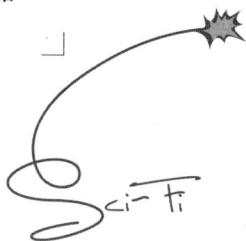

Sci-Fi

月涌大江流

赵海虹——著

山东教育出版社

图书在版编目（CIP）数据

月涌大江流 / 赵海虹著 . — 济南：山东教育出版
社 , 2021.6
（科幻文学群星榜）
ISBN 978-7-5701-0491-8

Ⅰ . ①月… Ⅱ . ①赵… Ⅲ . ①幻想小说－中国－当代
Ⅳ . ① I247.5

中国版本图书馆 CIP 数据核字（2021）第 071264 号

YUE YONG DAJIANG LIU

月涌大江流

赵海虹　著

主管单位：山东出版传媒股份有限公司
出版发行：山东教育出版社
　　　　　地址：济南市市中区二环南路 2066 号 4 区 1 号　邮编：250003
　　　　　电话：（0531）82092600　　　网址：www.sjs.com.cn
印　　刷：三河市冠宏印刷装订有限公司
版　　次：2021 年 6 月第 1 版
印　　次：2021 年 6 月第 2 次印刷
开　　本：880 mm×1300 mm　1/32
印　　张：8
印　　数：1-10000
字　　数：180 千
定　　价：29.80 元

（如印装质量有问题，请与印刷厂联系调换）
印厂电话：0538-6119360

《科幻文学群星榜》编委会

总策划：李继勇　北京书香文雅图书文化有限公司总经理
主　编：中国科普作家协会科幻专业委员会
总统筹：韩　松　静　芳

编委会：

总 序

想象新时代

　　《科幻文学群星榜》是由中国科普作家协会科幻专业委员会联合其他科幻组织，共同推出的一套科幻书系。这是一个规模庞大的工程，目前来看也是独一无二的工程，基本囊括了中华人民共和国成立以来老中青几代具有代表性的科幻作家的佳作。这些作家以年龄看，最早的是20世纪20年代出生的，最晚的是"90后"。

　　这套书系的出版，恰逢中华民族实现第一个百年目标——全面建成小康社会。因此，它呈现了百年未有之变局中，中国人对一个崭新时代的想象。随后陆续推出的作品，还将伴随中国迈进基本实现现代化的伟大进程。

　　科幻文学作为一种年轻的文学品类，本身就是现代化的产物。1818年，世界上第一部科幻小说《弗兰肯斯坦》诞生在第一个实现产业革命的国家——英国。此后科幻文学在法国、美国、日本等工业化国家繁荣起来，进入蓬勃发展的黄金时代。科幻作品反映着科技时代人类社会的变迁和走向，反思当代人类面临的多重困境，力图打破所谓世界末日的预言，最终描绘出一个五彩斑斓、生机勃勃的新未来。

　　如今，地球上正在发生的最具"科幻色彩"的事件之一，便是中国的崛起。这个进程不仅改变了这个文明古国的命运，也影响着全人类的走向。中国奇迹般地成了拉动世界经济增长的有力引擎。人类历史上首次十亿以上人口的国家将要集体迈入现代化的门槛。中国科幻文学正是中华民族伟大复兴进程的见证者、参与者与推动者。

早在20世纪初，中国的一些有识之士便把科幻作品译介进来，掀起了第一次科幻热潮。它承载起"导中国人群以行进""改变中国人的梦"的使命。20世纪50-60年代，随着中国自己的工业和科技体系的建立，科幻作家们以满腔热情擘画了一个欣欣向荣的新世界。1978年改革开放后，中国再次向现代化进军，科幻迎来新的勃兴。作家们满怀豪情地书写科学技术为实现现代化、为谋求人民的幸福生活所创造出的神奇美景。进入21世纪，尤其是随着新时代的来临，这个文学门类也进入成长的新阶段。随着《三体》等作品的问世，中国科幻迎来了新一轮热潮。作家们描绘着古老的中华民族在实现全面小康和建成现代化强国的过程中所面临的新机遇、新挑战，谱写着中国走向世界、步入太阳系舞台中央并参与宇宙演化的新篇章。

科幻文学的发展折射着中国国运的巨大变迁。当今，海内外不同领域的人们对中国的科幻文学的空前关注，实际上是关注中国的未来，关注世界第二大经济体将如何持续演进，关注14亿人的创造力将怎样影响乃至重塑这个星球。从现实意义上来说，这套书系不但包含这些丰厚的信息，而且集中梳理了新中国科幻文学取得的辉煌成就，整理出新中国科幻文学发展的宽阔脉络；从一个特殊的侧面，还反映了中华民族从站起来、富起来到强起来的进程，见证中国走向更加灿烂辉煌的未来。

这套书系具有以下三个特点：

一是权威性。它由中国科普作家协会科幻专业委员会主持编选，并与国内多个科幻组织合作，其中包括得到了中国科普作家协会科学文艺专业委员会、科幻世界杂志社、南方科技大学科学与人类想象力研究中心、未来事务管理局、八光分文化、重庆钓鱼城科幻中心等的鼎力相助。编者从中华人民共和国成立以来的海量科幻文学作品中，精选出足以体现时代特征的作品。收入书系的作者，涵盖了雨果奖、银河奖、星云奖、晨星奖、光年奖、未来科幻大师奖、引力奖、水滴奖、冷湖奖、原石奖、坐标奖、星空奖等中外各类科幻大奖的获得者。

二是系统性。它收集了中华人民共和国成立以来不同时期作家的代表作。作者中有新中国科幻奠基者和老一代作家如郑文光、童恩正、萧建亨、刘兴诗、潘家铮、金涛、程嘉梓、张静等，也有改革开放后崛起的新生代作家刘慈欣、王晋康、何夕、韩松、星河、杨鹏、杨平、刘维佳、赵海虹、凌晨、潘海天、万象峰年等，以及以"80后"为主体的更新代作家陈楸帆、飞氘、江波、迟卉、宝树、张冉、程婧波、罗隆翔、七月、长铗、梁清散、拉拉、陈茜等，还有在21世纪崛起的全新代作家杨晚晴、刘洋、双翅目、石黑曜、王诺诺、孙望路、滕野、阿缺、顾适等，从而构成比较完整而连续的新中国科幻光谱，是对中国科幻文学发展历史的一次系统检阅。

三是丰富性。它比较全面地展现了广域时空中新中国的科幻生态和创作风格。这里面既有科普型的，也有偏重文学意象的；既有以自然科学为主体的核心科幻，也有侧重社会现象的"软"科幻；既有代表科幻未来主义的，也有反映科幻现实主义的；既有传统风格的写法，也有实验性质的探索。作品的主题涵盖了中国科技、社会、文化和民生的热点。从中可以看到，一个曾经积弱的民族，如今正活跃在地球内外、大洋上下、宇宙太空、虚拟世界、纳米单元、时间航线、大脑意识等各个空间。这里有中国

政府和人民引领抗击全球灾难的描述，有脱贫的中国农民以新姿态迈出太阳系的故事，也有星际飞船和机器人在银河系中奏唱国际歌的传奇。

这套书系力求构建起一个灿烂的星空，并以此映射人们敏感而多样的心灵。爱因斯坦说，想象力比知识更重要。科幻是相伴人类发展进步而产生的新兴事物，是一个民族想象力的集中反映，是科技创新的艺术表达，在人们面前呈现出一幅幅奔向明天、憧憬和创建未来的美好画卷。许许多多杰出的科学家、工程师和企业家，在年轻时就受到科幻文学的熏陶和影响，因此走上了创造神奇新世界的道路。中国正在稳步建设创新型国家，需要更多富有创造力的人才脱颖而出。科幻文学也肩负着实现中国梦的责任，在点燃青少年科学梦想、激发民族想象力和创造力方面，起着不可或缺的作用。

这套书系将为广大读者尤其是年轻人打开中国科幻和未来世界的门户，有助于人们拓宽视野、开阔思想、激发灵感、探索未知、明达见识。它也将进一步促进中外科幻、科技、文化和文明的交流，为人类的共同发展做出中国的一份独特贡献。

中国科普作家协会科幻专业委员会

2020年10月1日

写作与成长

回顾23年的创作生涯，我的大学时代是与科幻创作紧紧联系在一起的。

自从1996年发表科幻小说以来，生活的节奏就被创作主导，时间过得飞快。何时又有了新构思、何时故事写完、何时故事发表，一篇篇连续发表的小说标定了我大学四年中的各个时间坐标点。我几乎是急吼吼地冲刺过完了那几年，完全不介意时光的流走。

创作中我一直有意识地用"花瓣型"结构，用系列小说来构造世界，其中"默"（陈平的世界）系列是带入我个人理想的近未来科幻。从1997年发表的《归航》开始，故事的背景时间如今大多被现实赶超，从"未来"变成了过去，使这个系列中描绘的世界实际上成了与真实世界平行的、另一宇宙的故事，如同我们世界的分身。系列第六篇《伊俄卡斯达》在1999年3月发表后，同年6月，我的第一本个人小说集《桦树的眼睛》被收入《当代中国原创科幻小说丛书》出版。那时我大学即将毕业，多年阅读、学习获取的资源已在之前的创作中耗尽，重复原来的故事风格对我而言全无意义。后面的创作道路应该怎么走？我有过很深的疑惑与挣扎。

研究生时代创作的作品大多是挣扎与探索的产物，比如《痴情司》（1999）这样由一句歌词阐发的小品与以前的创作思路就截然不同，算是一篇有趣的小品。在陈平系列的《异手》（2000）、《永不岛》（2001）之后，我逐渐走出了第一个时期，同时开始以系列之外的独立小说如《蜕》（2001）、《宝贝宝贝我爱你》（2002）尝试各种新风格，进入了个人创作的第二阶段。在这个转换期，《不枯竭的泉》《1923年科幻故事》（2001年开始创作，2006年完成，2007年发表）和作为《科幻世界》杂志封面故事约稿的《镜星之惑》都开始从故事层面，转向内向型的心理层面。此外，前两篇故事中虽然没有直接点出陈平的名字，但其实她都匿名现身，作为线索人物，将它们和陈平的世界连在了一起。

也是在这个阶段，我以2004年科幻世界笔会上的真实经历阐发，挥洒出一个在平行空间中流浪的故事：《康定的河——2004笔会纪事》，它的构思也直接启发了我的第一部长篇小说《水晶天》（2006年完稿，2011年出版），并成为长篇中启动主角思考时空的引子。

第二个时期我尝试了多样而庞杂的风格，其中《云使》是我第一次小心翼翼地尝试技术型科幻，因为经验不足，小说的技术部分和我擅长的柔软故事结合得略有些生硬，但对于故事中人类控制天气、进而真正控制自身命运的期望，是我难以割舍的挂念。每一个故事都有自身的命运，成稿后小说传达的情绪却是对技术的怀疑。为此，几年后我在儿童小说《云上的日子》里给出了同一技术的光明版本，组成了一对AB版故事。经过《云使》的训练，我从2001年开始酝酿的"灵波世界"第一篇《世界》（2006）正式开幕。这是我作为科幻故事创作者，第一次真正建构完全属于自己的世界，体验到特别酣畅的"造物主"的自由。但也因为这个缘故，在创造一个新世界时需要直面社会建构、技术细节的堆叠和种种难题，我发现自己对社会科学的了解远远不够，于是这个系列又慢了下来。

2010年，我的女儿降生，生活中巨大的改变让我反复思考未来的创作道路。这前后虽然也发表了不少作品，但多为旧作或者以旧科幻点写的B版儿童科幻故事。女儿8个月时，我收到了大刘（刘慈欣）的《三体Ⅲ》，读完的感觉，如浩瀚星空对着我打开，我感到科幻创作有其他文学创作不可替代的意义，于是开始逐渐回到创作中来。这之后可以算是我创作的第三个时期吧。

2012年，我开始攻读中国美术学院中外美术史方向博士，4年重新学习的幸福时光里，阅读人文、艺术、历史、哲学等社科类著作成为我新的爱好，也在这个过程中，我进一步思考"灵波世界"的具体架构。《若耶城的生与死》（2012）、《梦湖梦》（2018）就创作于这个时期。后篇原本是"灵波世界"的番外故事，背景时间则是整个系列的前传。这是一个关于寻找的故事，同时加入了我对月球生活的想象。

我的很多小说都来源于生活细节，多问自己一个"如果……会怎么样"。2015年发表的《记忆之香》就来自我真切的生活感受。因为气味曾以特殊的方式触发我的记忆，于是我心心念念很多年，要以记忆和嗅觉信号的关系来写一篇小说。如同种下了一粒种子，然后慢慢有了小说的雏形与人物，忽然一天，脑海中的人物变得丰满鲜活，开始自动上演一幕幕故事，我便追着记下了这个故事。

2016年是我科幻小说发表20周年，为此我写完了酝酿7年之久的《南岛的星空》，作为给自己的纪念。通过这次创作，我真正明白了自己为什么会走上科幻创作之路——因为科幻小说是我寻找自己与宇宙的关系，从而找到自身存在意义的"存在之锚"。

2018年，我开始参加创作采风活动。如果说之前的创作还局限于个人生活经历与书本，那么采风真正为我打开通向广阔世界的大门。当然短期活动的刺激并不是最重要的，但它会将我带入新领域，这就涉及了大量背景知识的收集与研究。早年这种研究只涉及技术层面，而这些年的采风主题涉及中国石油工业的发展和中国电力的发展历程，对我个人而言，有很深刻的教育作用。在我成长的年代，对中华人民共和国前30年的理解非常薄弱，近两年因为小说背景研究，我阅读了不少工业方面的报告文学，查阅了各种数据资料，深感先辈的奉献才换来了我们今天社会的基石。这种感恩的心情，在短篇《月涌大江流》（2019）中结合更加个人化的情节，体现得最为明显。

这次恰逢韩松老师主编的《科幻文学群星榜》要为科幻圈诸位同仁同出一套系列图书，我反复权衡，选出本书中的十篇故事。因为我尚有《云上的日子》（少儿科幻集）、《永不岛》（陈平的世界系列）、《灵波世界》（系列前三篇）、《水晶天》（长篇）四部实体图书在售，为方便读者，这个集子里回避了以上四本书的全部篇目，仅部分篇目与我的纯电子书《南岛的星空》重合。在《伊俄卡斯达》获得1999年科幻银河奖特等奖之后，不少与我交流的读者总会提到这一篇小说。作为一个正式发表历史超过23年的中年写作者，如果最被读者挂念的是自己大学三年级的作品，应当是作者的失败。希望这个集子能尽量展现我的中晚期成果，给读者新颖的感受。

小说集不同篇目的创作中，我曾与刘慈欣、王晋康、罗隆祥交流探讨过具体科幻点的设置，得到过他们的启发，成文后不同篇目分别获得李淼、仇子龙老师的科学指导，未来事务管理局也为小说的创作提供过具体帮助；此外酒文化与音乐相关问题得到过刘琳女士和果敢先生的指点，在此一并感谢。

赵海虹

2020年8月31日　于杭州

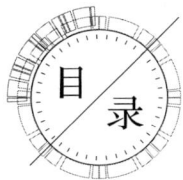

目 录

Catalogue

月涌大江流 / 001

1923年科幻故事 / 031

康定的河——2004笔会纪事 / 051

痴情司 / 077

不枯竭的泉 / 095

镜星之惑 / 115

云使 / 131

记忆之香 / 171

南岛的星空 / 187

梦湖梦 / 199

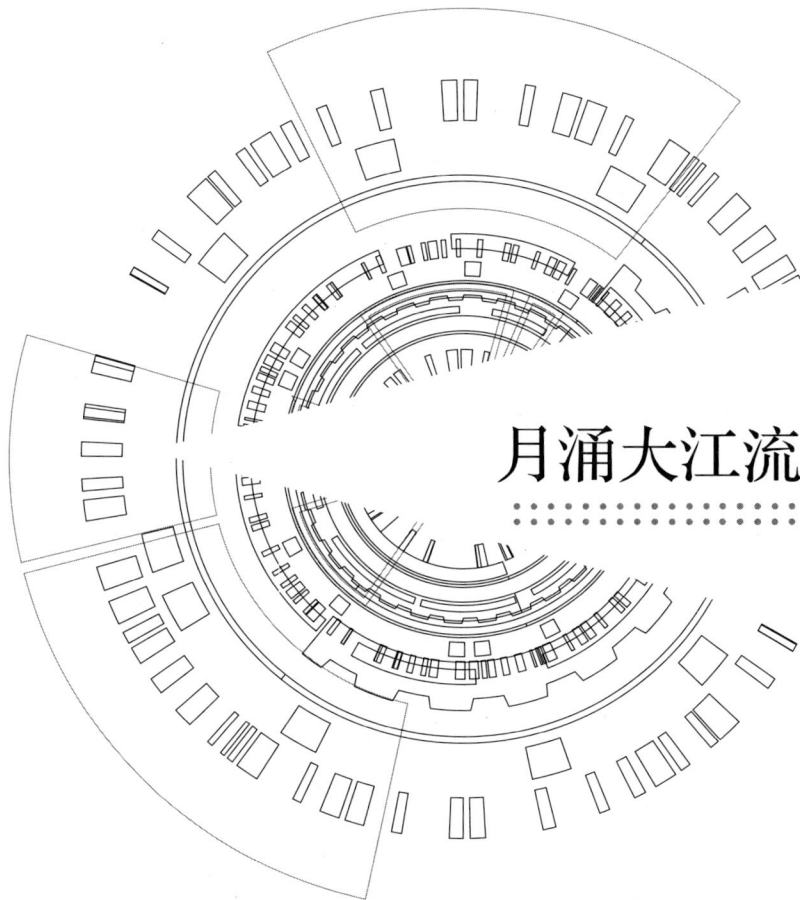

月涌大江流

1

1943年8月　重庆

炸弹落下来的时候，赵琮刚刚走上码头。

当刺耳的防空警报陡然在城市上空鸣响，沙坪坝沿江的台阶坎坎上，刚刚下船或等待登船的乘客，上岸采购的船工，还有挑着扁担、扛着大包行李的挑夫，都像潮水一般向江岸上涌去。

即将降临的危险让空气变得浓稠起来，充满独特码头气息的江风，充满各种细腻而丰富的味道，蕴含着两岸的植物、江中水生动物的气息，和着淡淡的轮船机油味与码头上杂物垃圾的腐味。这对他来说曾经是那样亲切的味道——家的味道，此时他却仿佛从中闻出了飞机的机油气味与炸弹的火药味。

他知道那只是幻觉，因为过分紧张勾起的记忆中的联觉。在他勘测川中公路和黔桂铁路的几年间，曾遭遇过多次这样的空袭。同事和老乡都曾在他眼前被炸死、炸伤。当时的惊恐与愤怒，让他在庆幸之余，又不禁为自己的平安无事而暗暗内疚，甚至，还有一种淡淡的羞耻感。

也许正因为这样，此刻，当黑云般压过的机群一路飞过码头与城市的腹地，投下乌沉沉的黑鱼似的炸弹时，他的第一反应居然不是躲避，而是像望着宿敌一般，瞪大了眼睛，望着它们纷纷坠下，钝声炸开。然后他眼前的世界遽然倾倒，他被炸弹的气流掀翻在地。

他从烟尘里坐起来，又一次死里逃生。他捡起蒙上了一层灰粒的黑框眼镜，用颤抖的手指翻起衣角擦拭镜片的时候，忽然意识到，和静与两个孩子就在这个被轰炸的城市里。

他猛然抬头，望向身后的城市，从那里腾起的烟尘判断轰炸的方位。"没有，一定没有……"他口中喃喃，伸手摸索了几下，抓住了自己常用的公文包，一把抱在胸前。这是他要送去交通局的宝贵资料。

他靠在高几级的台阶上，一手抓着包，一手在缝隙中爬满青苔的石坎上着力，手脚并用地支起身。在他脚下几十米处，嘉陵江原本波光粼粼的江面仍在轰炸的余波下震荡。落入江中的炸弹，爆炸后已沉入这千百年来沉淀过无数悠长历史的江底。他勉强站直身的一刹那，面对着眼前奔流不息的江水，忽然恍惚了一下。此时因为忧心家人，他已恨不得插翅飞到渝中的山坡上，到那个坐落在半山腰的大杂院里，去确认妻儿的安全。灵感却选在此刻初次降临，在他脑海中留下一个模糊的印记。

看到妻儿的那一瞬间，他长长松了一口气。和静背对着他，正在厨房的灶台上忙碌。6年前刚结婚的时候，她还是个十指不沾阳春水的学生妹呢。然后战乱更迭，女儿娟子出生后，她带着孩子一路逃难，从安徽到贵州，又从贵州辗转到重庆，连儿子尼尼都是在逃难途中出生的。孩子的保姆因为丈夫生病回乡，几个月光景，她的家务已经操持得有模有样。

三岁的女儿娟子正跟在母亲身后，嚷着要吃的。他看见了娟子，孩子迟疑地推了推母亲："阿妈……"

女儿没有认出他来。

这也不奇怪，上次离开家时，娟子还不到三岁，一晃一年多了，已经不记得他了。妻子依然没有回头，手中忙个不停，动作利索地把洗净的红苕削皮切片，口中说："再等等，就好啦。"

里屋却响起了孩子的哭声。和静连忙放下手里削了一半的红苕，在围裙上擦了一把手上的水渍，口中说："尼尼，妈妈来了……"她转身正要冲进屋，却看到正站在走道上的丈夫，愣了几秒钟，几乎和他同时叫出声来。

"和静！"

"孩子爸！"

妻子的脸瘦削多了。"你回来啦！"她露出带着一分懵懂的笑容，像是劫后余生，云开雾散。她对女儿说："娟子，认得吗？这是爸爸！"

娟子瞪着大眼睛，漆黑的眼珠滴溜溜直转，好像真的想起他来了。女儿闷声扑过来抱住了他的小腿，他忍不住摸摸她的头，忽然想起自己一身一手的灰土，又连忙把手缩了回来。

屋里孩子的哭声尖利起来。和静忙进屋去，哭声顿时停歇。

他带着娟子跟进屋，正在奶孩子的妻子一边把孩子搂在胸前，一边呜呜地哄着他，时不时抬头带点羞涩地望丈夫一眼，眼神里几乎要开出花来。

"你们没事就好。"他想笑，却发现嘴角一直在颤抖。

"这次你能待多久？"她问。

"我这次回重庆是给交通运输部送材料，谁知刚到沙坪坝就遇上了轰炸，幸好没事。我不放心你们，先过来看一下，马上就走。"

妻子脸上的光彩一下子黯淡了。

"啊，不，我的意思是，今天先去交通运输部，等他们给我安排了新任务再离开，肯定可以在家里待几天的。"

妻子的脸又亮了起来，她微笑示意他，看看她怀里的娃娃。他看见那个头发稀疏、脸颊瘦瘦的奶娃娃，忽然鼻子一酸，忙别过头去，擦掉了滑过腮边的泪水。

他大学学的专业是土木工程，毕业后先到陕西、后去安徽，都在水利处任职。但自从日军侵华战争开始，南京国民政府西迁，水利工作不如交通工作紧迫重要。他被派到交通运输部，辗转为川中公路、黔桂铁路做勘探、设计工作。抗战的这几年，他跟着勘探队辗转了不知多少处山高水深的西南腹地，随着日军步步逼近、层层封锁，开辟西南交通之路也日益重要。他虽然只是一个助理工程师和分队长，也明白共赴国难的道理。但他常年在外奔波，聚少离多，免不了一次次亏欠家人。

"快去快回，晚上有红苔饼吃！"妻子装作没有看到他的失态，语气欢快地说。

2

1956年12月　四川省达县地区

静静的江流随着夜色深沉，明星河不复是白昼中的模样，变成了一条深蓝色的河流，沉郁地流淌。

赵琮坐在河岸上，冬天的四川，空气中湿气沉沉的寒冷，让他禁不住哆嗦起来。这条河让他想起家门口那条更加宽阔的江流，想念在山城艰辛生活的妻子，与不断呱呱坠地又如雨后春笋般蹿起个头来的孩子们。

新中国成立已经7年多了，他作为技术人员被新政府接受，加入新成立的西南水利局，下派到四川达县地区水利水电局，转眼也有6年了。6年来他很少休探亲假，每次去重庆出差时，能回家停留一两天。

去年春夏连旱，59个乡33万人受灾，建水库的事成了火烧眉毛必须完成的任务。然后今年八一水库动工，专区成立水利科，他又被指派为勘测队的队长。没想到春天忽然下起了冰雹，59个乡共吹倒了400多间瓦房，死了6个乡亲，伤了130多人，他也参与了救灾工作。更重要的是，越是闹灾，就越需要尽快恢复生产，而农业生产离不开水利。县里决定要尽快在明星河造一座总库容近两万立方米的示范水库，从勘测到设计都离不开他。他是真的没法走啊！

他怀里还揣着妻子的信，信里向他汇报了5个孩子的近况。是的，5个。他短暂的探亲总会给妻子留下更多的负担。虽然毛主席说"人多好办事"，生孩子也是给国家做贡献，但像他这样长期两地分居的家庭，一转身就把从生育到养育的所有问题都留给妻子了。他虽然也有为国家贡献的荣誉感，但同时暗感羞惭，觉得对不住和静。

妻子在信中期待地问起，他是否买好了归程的车票？她还喜滋滋地说，已经攒好了两斤上好的白面，等过春节时给他炸油条吃，"让你尝尝我的手艺，可比得上你老家的阿嬷。"

"我今年回不去了。"——这样的回信他写不下去啊！

深冬的寒夜，他一直坐在江边，不舍离去。仿佛在这里，可以感受到遥远的家人的气息。

忽地，暗夜的云层中透出明亮的光来，同时在江面上洒下一把粼粼闪烁的银屑。月移影动，不一会儿，整个皎洁的白玉盘破云而出，让整个河面都跳动着一层暗色的粼光。而圆澄澄的水中之月与天上之月上下辉映，就如这条河上游的那条江，叫作明月江。

——千江有水千江月。

这同样的月光，是否也照在沙坪坝岸边的嘉陵江上，照在妻儿的床前？

还有，他曾度过饥渴求知岁月的大学，也傍着这样一条江。

钱塘江上的月光，嘉陵江上的月光，明月江上的月光。月光照耀着江流漫漫，无尽地流淌。

——子在川上曰，逝者如斯夫。

他激动得陡然站起身来。多年前曾经影影绰绰进入过他脑海的那个想法，忽然变得更清晰了。他知道这个想法太过奇特，还需要逾越难以解决的技术障碍，也许永远无法实现。但他相信科学一定会向前发展，到了那时，或许能够找到知音，将自己的想法化成现实。可那又是多么遥远的现实啊！

3

1965年7月　四川省达县地区

他们刚到麻柳镇公社的时候，路就断了。

天上忽然刮起了大风，豆大的雨滴在瓦楞上噼啪作响，雨势越来越密集，眼见着到中午就变成了瓢泼大雨，明月江的河水猛涨。他当时正住在麻柳乡场河对岸的炮楼上，带着勘测队的两个同志，想坐船沿江北上，去两个月前刚建成，还在后期调试阶段的魏家洞水电站，看看新站运营的情况，给在建的碑庙公社雷鼓坑水电站取取经。

没想这一下子就发了水涝，这是电站建成后遇见的头一次大考验，他心里一遍遍核算着自己在做工程设计时定下的汛期水位值和防洪库容够不够应付。

远望对岸，洪水已经没过了河岸的土坡。镇上的平房被淹到了成人腰部那么高。

"啊！淹水了！淹水了！"他听见院子里看门的张大爷叫嚷起来，"赵工，赵工，县里来人了。"

一叶小舟从对岸疾驶过来，船头站着头戴草帽的老孙。他是在建的雷鼓坑水电站工程负责人。"赵工，这儿眼见是要发洪水了。"他和赵琮想到一块儿去了，都想看看魏家洞水库在这次洪涝中的表现，给新电站更多的参考。但他传达周县长的口信，要他们去魏家洞之前，先去大石桥的方位查看过水的情况。1952年9月大洪水的时候，因为石桥阻水严重，县上一度打算炸掉大石桥来加速泄洪。这次，上游已经修了水电站，情况和十几年前比，是否能有所改善呢？

赵琮连忙戴了顶草帽，登上老孙的船，两人协力向大石桥方向划去。他们沿檀木乡越山绕溪，赶往下游的大石桥。一路上，他们被雨水淋得湿透，艰难地向前划。也许是觉得这段艰苦的路程太难打发，老孙居然和赵琮大声讨论起水电站的发电问题来。

"赵工，你说这前两年雨水这么少，今年这一下子又涝了，水电站的发电量不也是这年少、那年多的，一年年不一样，每个月也不一样。这么忽高忽低的，就没有办法吗？"

赵琮没想到会在此刻听到这样的问题。他仰头望着天空，那像被捅漏了一个大洞、呼啦哗啦直往下倒水的天幕，仿佛又一点点被补上了，雨点忽然稀疏了许多。"老孙，你的眼光还真远。"他抹了一把脸上挂的雨水，吐出落进口中略带涩味的雨水。"不过魏家洞、雷鼓村这些电站都还太小了，就算加上最大的、正在设计的沙滩河水电站，在发电量最大的年头，发电量都还是太少。调峰的需要当然也有，为了系统安全嘛，发电忽多忽少容易伤机子，系统也不稳定，但主要还是发电量不够的问题，枯水期老停电，还得靠火电来帮忙。过几年，等长江上的葛洲坝水电站造好了，甚至有一天，三峡水电站都建成了，这时候调峰的压力就大了。"

老孙的兴致也上来了："外国好像有什么抽水蓄能电站？电多的时候用水泵把低处的水抽到高处去，缺电的时候再把上水库的水放下来发电，听说很好用哟。"

"你和我想到一起去了！1882年，在瑞士苏黎世，建成了世界上第一座抽水蓄能电站。总有一天，我们中国也能有这样的调节型电站。"脱口而出的豪言壮语让他愣了一下，在中国四川东北部的达县，东周时的巴国属地，"苏黎世"是一个遥远得像外星球的名字。但物理的距离并非最遥远的距离，20年来，在他心中一直酝酿着一个惊人的想法。如果河流的力量能转化成电能，那么电能是否也可以使人类在另一条河流上自由地回溯、前行？而抽水蓄能电站的基本原理如果能与时间之河上特定质量物的回溯与前行相容，那么在遥远的未来，既能用时间旅行来蓄能，还能用时间旅行创造巨大的能量，这能实现吗？而时间之河，也许只是一种比喻，它真的存在吗？

他不知道该不该将这样超出常规的设想告诉老孙，他其实非常想说，但这些年来，出于谨慎，他甚至从未将这个想法用笔记录下来，而是将它在大脑中反复盘点。今天，他忽然感到自己已经到了临界点。他实在忍不住想倾吐这个想法，如果不能对着另一个人说，至少，对着自己的工作笔记吧。

暴雨中的江面一片汪洋，白茫茫的水气中，他们隐约看到了一座大石桥。

石桥高约30米，跨度约35米，呈鸡蛋拱形，桥宽约5米，横跨在两岸的砂岩嘴上。这座桥是清朝咸丰年间所建。引桥较低，上下游的边沿都砌着可供行人歇坐的桥栏。此刻，洪水在桥上已经漫过两侧引桥处的桥面，低洼地带早已汪洋一片，只有桥心部分还没有没入水中。一个戴着草帽，穿着阴丹士林蓝布衣裤的女子正站在桥心，对着他们挥手。她的姿势仿佛特别雀跃，几乎都要跳起来了："赵工！赵工！"

赵琮怀疑地左右四顾。这女子叫的必定是他了，但他并不认识她。

小船刚靠上桥头，那女子右脚跨上船，左脚轻快地在空中划了一道弧线，与右脚并立在船板上。她仰起头，欢欣鼓舞地说："终于得救了！如果不是碰上你们，我还不知道会被困到什么时候呢！"

"你是哪家的堂客？"老孙问，"我们这周围少见你这样白面皮的女同志。"

来人捂住脸笑起来，说道："我从魏家洞来的嘞！"

她的口音很奇怪，一听就不是本地土生土长的人，有一点点像重庆话，却也只像了三分，但我和老孙也不是本地人，早年达县也有不少从外地派来工作的同志，有外地口音也正常。

"想回去的时候，就赶上发大水了。"

"那你是还要回去？"老孙很热心，"我们正好要去那个方向，可以捎你一路。"

那女子笑着点点头，安静地坐在船头。她不时环顾四周，大概以前没有见过发大水，见到河面上顺流漂过的木盆、木椅和扑腾的家禽，眼中便露出兴奋的神色；但她马上想到了受灾家庭的损失，便又按灭了兴趣的火苗，只偶尔偷望一眼和老孙一起划船的赵琮。

"同志，你叫什么名字？"赵琮避开她奇怪的目光，望向白茫茫的水面，"你怎么会认识我？"

"你带勘测队给电站踩点的时候，路过我们村。赵工，你是这一带的名人，认识你的人当然比你认得的多。我叫贾姑，你就叫我小贾好了。"她说完又忍不住呵呵笑起来，好像有按捺不住的兴奋。但看她的模样，又不像是没见过世面，把个工程师兼勘测队长就当成大人物的村妇。

从麻柳到魏家洞只有10里地，但在河上逆流而行要慢上许多，过了半晌，小贾正了正额头上的草帽。雨虽然停了，她对阳光的避忌似乎比雨水更甚。她清了清嗓子，对赵琮说："赵工，换个手吧，不能一直让你们划啊！"

赵琮有点迟疑，他确实累了。他已经56周岁，力气不比年轻的时候。

"毛主席都说了，妇女能顶半边天！你可不能瞧不起我们！"贾姑见他犹豫，顺势一把抢了他手里的木桨，很起劲地划了起来。开头还有点不得要领，船头在水面转了小半圈，但不一会儿就上手了。

后半段他又和老孙换了一次手，终于在傍晚时分，远远望见了魏家洞水电站的工地。其实电站已经基本造好，正在后期调试，也幸亏如此，如果在围堰期遇上洪水，多少辛苦又要白费了。

河上静悄悄的。大雨后，江流傍着桨声，蛙声与虫鸣像对歌一般有节奏地低唱。这些声音之外，忽然响起一阵"咕咕"声。贾姑不好意思地转过头，那肚子饿得直叫唤的人原来是她。

赵琮从随身带的军用书包里取出两块钵儿糕，这是今天一大早，他在县里永丰街上买的。他把油纸包的两块白色米糕分给贾姑和老孙。老孙坚决不肯要，贾姑盯着他原本包在最外层的一张报纸，说："那张报也给我包一下可好？"

她虽然接了一块糕，却好像并没有要吃的意思，反而珍而重之地将它用油纸和报纸包上，然后放进她随身挂着的军用书包里。那年头几乎人人都有一个这样的绿色军布包。

小船行到离魏家洞最近的村子，贾姑说她到了，便靠岸离船。河边有一片葱绿中缀着明黄的李子树，她就站在李子树下向他们挥手告别，目送他们的船渐行渐远。

4

1965年7月 四川省达县地区 魏家洞水电站　建筑指挥部

门外依稀有细碎的脚步声。赵琮放下笔，侧耳细听。他的听力大不如前了。门口真的来过人吗？或者只是他的幻听？他打开门，门口没有人，仔细朝四下里看看，门边却放着一小篮子鸡蛋。这又是哪位好心的老乡送来的呢？或者是一村的老乡凑出来的。这些年他踏遍了达县地区大大小小的村庄，早就见惯了这里百姓的淳朴与热情。他们亲切地叫他"赵工"，把他当成自己家人看待。但是现在这个年头，这样一份礼物太珍贵了。

他叹口气，摇摇头，弯腰提起那篮鸡蛋。怎么办？这是老乡们从牙缝里省出来的，却也是一份沉甸甸的心意。他正在为鸡蛋寻思一个合适的去处，耳中又捕捉到了轻轻的脚步声。

"老乡！"他以为是送鸡蛋的老乡又来了，一看却是几天前从麻柳乡同船行过大半程的贾姑。不知为何，她居然比上回见面时瘦了一圈。

贾姑还穿着同一套蓝布衣裤，戴着草帽。这次赵琮才看仔细些了，这女子大约不到30岁，和他的大女儿娟子差不多年纪。这么一想，他忽然分了神，想起娟子大学毕业已经分配去了河南工作，她信里说春节就要带她同单位的对象回重庆见父母。信里还夹了一张小伙子的照片，看上去挺精神。

"这就是那有名的鸡蛋吧！"赵琮听到贾姑爽利的笑声，这才回过神来。他不明白她话里的意思。这鸡蛋有名？"小贾同志，你怎么来了？"他问道。

"赵工，能进屋说话吗？"贾姑的口气有点严肃，和刚才那发笑的女子简直像两个人。

"请进。"他把她让进屋，拉开椅子请她坐，一边小心地用杂物把门卡住，留出一条缝。

贾姑的表情里有一种奇怪的警惕。她当然理解留门避嫌的礼节，但她好像在竖着耳朵捕捉周边的一切细微声音，仿佛她即将开口说的内容，是个天大的秘密。

她站在赵琮的桌前，双手拧在一起，神情变幻不定。好一会儿，她才从衣袋里掏出一张折成四方小块的报纸，交给赵琮。赵琮望着报头上的那个时间，倒吸了一口气，脑子里嗡嗡直响。他无法确定自己面对的是什么情况。

"我希望你相信我，"贾姑的声音很轻，但吐字清晰，"我来自21世纪的中国，和你一样，我也为中国的电力事业服务。我们的上一次见面，是'溯江计划'的第17次试验，也是第一次成功的试验，为计划积累了重要的经验和宝贵的数据。之后我们又准备了三个月，进行第18次试验。你觉得和我们初次见面隔了三天，其实你见到的是三个月后的我。"

"'溯江计划'？"赵琮的声音微微颤抖。

"是的，所以你已经猜到我是怎么来到你的时空了吧？"贾姑的声音也颤抖起来，她好像非常激动。

"如果将时间看作一条河流，时间机器逆流回溯需要巨大的能量，顺流返回原点则也应产生巨大的能量。在时间跨度相同的条件下，两者的能量比大约是4：3。"

贾姑一字不落地背出了赵琮几天前记在工作笔记中的这段奇想，她的面容光彩熠熠。

"这个假设不能完全算我的发明，是参考国外抽水蓄能电站的工作原理。"赵琮惊讶、迷惑，又有止不住的狂喜，"可是你怎么会背……"

"40年后，你的家人将你的笔记捐给了水电系统的资料馆。我是在参观文献时偶然发现了'溯江计划'的原始构想，而它恰好为我的研究提供了一个崭新的方向。"贾姑激动得越说越大声，但她立刻意识到自己的失态，按下声线，"您……您相信我吗？"

赵琮不知道，说相信，那他未免过于头脑简单。

莫不是有记恨他的人偷看了自己的工作笔记，然后让贾姑来试探他？可他从未和任何人结仇，这女子同他也仅仅有过一面之缘，用这种方式来套他的话实在说不通。摆在他眼前的这张报纸，印刷工艺显然比他同代的报纸先进，这个证据他无法视而不见。

在贾姑做自我介绍之前，当她一字不差地背出"溯江计划"最开头的两句话，他忽然有一种感觉，这是来自几十年后、一个光明时代的美妙声音。

"你，给我讲讲你那个时代的事吧。"他心头还有许许多多的疑惑，他也不可能就这样完全接受她的说辞。但他望着眼前这张纸质细腻、套色丰富、印刷字体格外清晰的时间证据，目光被左下角的一则图片新闻牢牢吸引住了。

《三峡大坝拦蓄洪水》——只在他梦想中出现过这样的情景：雄伟壮阔的灰色混凝土大坝横跨大江两岸，面对汹涌而来的长江1号洪水，电站正根据实时水情，逐步减小出库的流量，以减轻中下游地区的防洪压力。

他用颤抖的手摘下黑框眼镜，抹去毫无预兆就涌满了眼眶的泪水。他抬头望向贾姑，嘴唇嚅动。她像知道他要问什么似的，轻声答道："混凝土重力坝，总长3035米，高185米，蓄水位175米，总库容393亿立方米，总装机容量2250万千瓦。"

这是沙滩河水库坝后电站设计装机容量的4万倍啊！

此时此刻，汹涌而来的狂喜让他几乎喘不过气来，不，他再也没有怀疑贾姑的余地。

"在21世纪，因为火电会造成严重的空气污染，越来越多地被可再生能源取代。除核能发电站和水电站之外，风能和太阳能发电站也越建越多，同水电一样，风能和太阳能发电量都不稳定。此外，如何大量蓄电仍然是技术难题。抽水蓄能电站越造越多……"贾姑开始向他详细介绍自己时代的能源工业。

"我知道，抽水蓄能电站的原理是，发电量多时，耗电将水抽到高处蓄能，按需要再放水释放或者说产生电能，这个过程会产生25%的能耗差。在您的时代，抽水蓄能在经济上并不划算，但是用来调峰、调频，保护发电设备还是有必要的。而在21世纪，中国总体不再缺电，从经济上看，将非峰荷时的低价电能，转化成峰荷时间段的高价电能，产生的价差远比过程中消耗的25%电能更划算。当然更重要的是，能以此控制电力系统的电能质量。在各种蓄能调峰的机组中，抽水蓄能机组的经济效能是最好的。同时我们也在尽可能寻找其他蓄能的方法。"

"这就是我在电力系统的工作方向。所以读到您的工作笔记时，我真的特别激动。"贾姑说到这里双眼泪光闪闪。

"可是，你们已经发明了用巨量电能推进的时间旅行器了吗？"赵琮知道这是个伪问题，尤其当他正面对着一位来自未来世界的鲜活人证，这样的问题更显得有点傻气。但这是'溯江计划'的前提，正因为这个前提无法解决，他才一直怀疑自己的想法只是空中楼阁。

"嗯，我们的时间旅行器叫'瞬息之舟'，如何用巨量的电能推动它穿越时间之河，是我们团队中的物理天才和机械大神们负责的部分。基地建在一个几十年来都与世隔绝的山洞里，空间位置距离这里并不太远，可以步行抵达。下次有机会的话我带您去看看。"贾姑点点头，"您写的原始构想虽然比较简单，但给了我们非常重要的灵感。比如您假设，由于瞬间抵达时空另一端的物体质量与它消耗或产生的能量成正比，在时间之河中运行'溯江计划'时，不管回溯时间之河需要多少电能，只要在顺流返回时间原点时，在'瞬息之舟'里增重三分之一的物品，比如砖头、石块、书本，就可以完全弥补能耗差。进而，在'瞬息之舟'的内部空间可以容纳的情况下，新带回的物体质量越大，产生的能量就越大，在补差之余，还可以产生巨大的多余能量，相当于额外发电。因此，'溯江计划'未来也能造就一种全新的发电方式。"

说到这里，她哭出声来："您知道吗，上次试验中您送我的钵儿糕和报纸，被我当成试验成功的证物带回去时，还产生了很大的电能，比您设计的魏家洞水电站的年发电量还要多。"

赵琮再也坐不住了。他掉头快步走到窗前，推窗望着静静流淌的河水。空气中浸润着青草的气息和附近的庄稼的气味。他听到大闸的水响和支渠里温柔的流水声。不知何时，已入夜了，月光照在河岸上，斑驳的树影里，透出水面折射的碎光。河水汇入江流，江流汇入海洋。

"寄蜉蝣于天地，渺沧海之一粟。

哀吾生之须臾，羡长江之无穷。"

贾姑轻轻诵出他记在笔记中的苏轼的诗句。那是他少时背诵过的《前赤壁赋》中的句子。

5

1972年冬　四川省达县地区沙滩河水库工程建设指挥部

有人轻轻地敲门。赵琮放下手里的航测图，揉了揉僵硬的脖子，挺直了背脊。他感叹自己老了，原本早已深深印在他脑海中的这110张达县地形航测图，居然也需要经常调看实物才能确定细节。不过一旦展开图片，丘陵与沟壑立刻化成他多年来用自己的双脚跋涉过的全地区11个县、市、区的山山水水。

一开门，又是贾姑，穿着同一身蓝布衣裤，冲着他笑呢。

"赵工，我又来了。"

也许是她对这个时代的衣着没有把握吧，生怕穿错衣服会招人注意，每次都是这同一身穿着。

赵琮眨了眨眼，他已经习惯了贾姑总是突然出现。这几年间，她反复出现了许多回。上一次，她还带他去看了山洞深处那个卵形的时间机器。"瞬息之舟"高2.2米，直径仅105厘米，内壁布满蛛网般复杂的电路。机器中心放置着一张带精密称量功能的座椅，仅能坐一位成年人。称量单位能精准到10皮克，也即十万分之一微克。通过一次又一次实验，"溯江计划"中，质量物在回溯时所需要的电能与折返时产生的电能比例已经越来越精准。

"你眼里看到的只是这个巨蛋。"那日贾姑绕到"巨蛋"背后，指着两处浅浅的圆形坑槽对他说，"但在我出发的时空，它却连通着输电管道和变电站。蛋的空间位置从未改变，未来时空里它完善的周边设施，在你的时空里是不存在的。"而那时的赵琮抬头四顾，纵情想象这个潮湿阴暗的洞穴，如何在几十年后变成一个光洁、明亮的蓄电实验室。他真希望自己能去看一看啊！

"赵工。"

"啊！"他发现自己又走神了。他正在指挥部的办公室里。窗外，寒风呼啸，已经入冬了，四川的山区又湿又冷。贾姑的身子也有些瑟缩。赵琮连忙端起热水瓶，走到屋角，给铜制的电热杯倒上热水、插上电，又回到窗台的小篮子里取了一个鸡蛋，等杯子里的水烧开时，"咯"地将生鸡蛋打进开水中。他再去拿自己常用的绿色塑料壳的保温杯，用水瓶里的热水清洗一遍，泼掉残水，将烧开的水鸡蛋倒进保温杯。他的目光四处寻找，又找来装白糖的小瓷瓶，急急舀出了两大勺白糖，加进去，就成了糖水鸡蛋。

他找出一只大号不锈钢勺子，放进杯中，一起推到桌边贾姑那一头，"天冷，吃点暖暖。"

贾姑望着老人为她做吃食，一直默不作声。此时她垂下头，轻轻吹散杯中的热气，用勺子先舀起一点糖水来尝。

"其实看到你，就会想起我的女儿和家人。"赵琮叹了口气。

"今年你又不能回家了吗？"贾姑的声音有点急，她是在为他抱屈吧。

"今年大概可以吧。"他的语气也不确定。他想起了那座江畔的山城。盘盘绕绕的坡坡坎坎通向那许多人家合住的院子和两层小楼。院子里总是人声嘈杂，充满了烟火气。一年年越来越瘦削的和静被生活的重担压驼了背脊，脸上也日渐没有了表情。除了娟子和尼尼，在重庆出生的孩子们与他总是生分些，和他的话也越来越少。就在他外派达县的20多年里，他们一个个或参军，或下乡，或工作，走马灯似的，就连最小的老八都当兵去了。他盼着回家，但心底深处又有点害怕回家了，怕和家人无话可说。对了，前些日子娟子写信说，春节探亲的时候要把娃带来。娟子呀，娟子都有儿子了。想到这儿，他脸上渐渐有了笑容。

"赵工，没有因为我的试验影响你回家吧？"贾姑瓮声瓮气地问。

"不，真没有过。实在是地方上走不开。你看，沙滩河这个水电站是1965年就踩的点，后来一直拖着，今年总算打算开工了，隔了那么久，又要重新勘察设计。"

贾姑叹了口气："明星、乌木滩、石鼓、沙滩河……那么多水库、电站，从勘测、设计到施工，您都要管。20年了，您的家到底在哪儿呢？重庆才是您的家啊！"贾姑一直在望着他。这时她柔声说："多回去看看吧，我这次和您道个别。达县这个点，我们积累的数据已经不少了，但这个区域不适合'溯江计划'的长期运行。这是我最后一次来这里看您了。"

赵琼愣了一下。虽然失落，他却早已料到了。他甚至曾反复推想，为什么贾姑的团队会在缺少特大发电站或电厂的达县地区做初期试验——这在电力的运输上会造成太多额外的麻烦。

"您也许猜到了，为什么我要来达县。一来，因为您的工作笔记能给我提供详细的指引，让我在不同时间都能比较方便地找到您。二来，您是计划的最初设计者，和您直接沟通比较容易取得您的信任。当然，更重要的是，我和我的同事，都希望能在试验中得到您的指引。"她的语气忽然变得有些古怪，好像要努力咽下"嘶嘶"的气声，"就算是我们想向一位可敬的前辈致敬吧，谢谢您！"

赵琼揉了揉花白的头发，面对这样过于感情冲动的场面略感尴尬。确实，贾姑说的每一条理由，他都已经想到了。但听到未来的电力人从时间的河流逆流而上，特意来对他说谢谢，他依然有些手足无措。

"我们还会见面的！"贾姑的脸涨得通红，好像再忍耐一刻，就会哭出来了。她"呼"地站起身来，拉开虚掩的门，便头也不回地跑了。

"哎——"赵琼心里多少有些失落，他捧起保温杯，又黯然放下，"吃了糖水蛋再走啊……"

6

1984年5月　重庆

赵琮又走神了。

他记不得这是自己多少回认不清回家的路了。他站在马路牙子上，回身望一眼背后的滚滚江流，感到一阵昏眩。他用力跺着手中的拐杖，仿佛那清脆的"笃笃"声能驱散他眼前的迷雾。

不，他的脑子没坏。他只是时常头晕，看不清楚东西。但只要熬过一阵子，又能变回那个原来的自己。但前一次在工人文化宫，他居然晕倒在地，失去了意识。他带出门的两个小娃娃，三岁的萌萌守在他身边直哭，五岁的红红一路跑回两路口的家里去求救。那是什么时候的事？那居然是两年前了吗？

"笃笃、笃笃。"他清醒些了，头没有那么重了，眼前的迷雾也散了些。

我该回去了，眼前就是通向两路口的大道。上坡路，小心走，穿过马路就不远了。从小百货店穿进去，顺便买点黑芝麻糖吧，红红喜欢吃。

付了钱，沿着青石台阶一路走，下坡又上坡。到半山腰的时候，他忽然想起来，红红已经走了，一年多前被大儿子接走，送到她妈妈那里去了。方才买糖时的那一点欢喜忽然落了空，他就在这半山腰上定住了似的，走不动了。

四年前，他终于退休，彻底离开达县回重庆时，已经71岁了。他想念这个地方，更害怕这个地方。妻子老了，孩子们大了。他害怕已经没有人需要他了，直到他看到这个怯生生的小丫头红红。她是尼尼的女儿，父亲在武汉当兵，母亲刚生下她，就赶上恢复高考，考上了浙江的大学。于是孩子刚满三个月就被送到重庆来，在奶奶、姑姑、叔叔、婶婶们的大家庭中悄无声息地长大。她喝牛奶长大，听说非常能喝，所以长得有点胖，表情有点木讷。她也不爱说话，不如三儿子的小娃萌萌那么活泼。就是这样一个孩子，却让他的心活泛起来了。他觉出她的孤独，格外怜惜她。她感到了他的爱惜，就总是黏着他，把他当成自己的保护伞了。

记得有一回，红红就坐在这个台阶上大哭呢。那是他带她和萌萌上街，给她买了冰棍。她欢喜得不得了，倒还记得给堂弟吃了一口。他看萌萌也馋了，心里怪自己偏心，便给孙子也买了一根。红红吃完了自己手里的冰棍，见堂弟手里还有大半根，越看越气不过，闹着要再买一根吃。他不依，觉得没有道理。她便又哭又闹。他硬下心肠，拖着他们回家。就是走到这个台阶的时候，红红坐到地上哇哇大哭，5岁的孩子哭成那个样子，好不丢人。他生气了，带着萌萌径直回家去了。

红红在这里哭了好久呢！想到这儿他心里忽然发酸了。好想能马上再给她买根冰棍。可是，可是，如果时间倒流，一切重演，他还是会让她在这里哭到泄气，然后乖乖地自己回家吧。溺子如杀子。不能因为爱她，反而害了她。

如果时间倒流。

而时间确实可以倒流。他已经很久没有想起"溯江计划"。贾姑的现身像梦境一样遥远，越来越没有真实感了。他一边这样回想，一边竟已走进了小院。邻居张妈一见他便说："赵工，有人找——"

一位精神的小伙子正身姿挺拔地站在一边，执手等待，他身上有种和周边环境格格不入的气质。

赵琮定住了。他忽然明白，这位客人来自未来。

"您就是赵琮先生吧，单位派我来接您，去参加一个电力系统的活动。"客人扬声道，然后他凑到赵琮耳边轻声说，"贾姑向您问好。"

7

21世纪上半期的某一天　重庆

我们都在等待，等待"瞬息之舟"的闪烁停止，等待巨量的电流随着椭圆形的时间机器顺时光之河瞬间抵达我们时代的河岸，随后长圆形的舱门打开，那位白发苍苍的老人坐在中央，脸上带着做梦一般的表情。

我们一起鼓掌，用热烈的掌声欢迎这位赋予"溯江计划"最初灵感的前辈。

老人看到我了，我就站在人群的正前方。他嘴唇嗫动，终于叫出声来："小贾同志！"

我心里痒痒的，像有几只猫爪在挠。我想哭，脸上却做出咧着嘴、几乎露出牙龈的夸张笑容来。

"欢迎来到21世纪。"我伸手去搀他，扶着他从"瞬息之舟"中跨步而出，又伸手取出他的拐杖。

他的双腿微微发颤，半个身子靠在我的手臂上，看他的表情，还没有接受这个事实：他已经抵达遥远的未来。"接我的那位小李同志怎么办？"他问。

"没事，等您回去再把他换回来就行。"

我示意同事们把用来调节重量的精密金属块取出来。从1980年起，重庆基地就备下了许多质量不等的金属块，方便质量的增减。这次小李留在基地，换老人到21世纪基地时，增加了几部他在当地购买的大辞典增重，并以金属块来微调回程承载的总质量，不但弥补了"抽水蓄能"原理的25%电损，还创造了能点亮整个重庆的巨大电能。

"对不起，这次我不能去接您。"我想对他解释。

"我懂，接我的人必须留在1984年，也就没法子在这边给我做导游了。"老人的思路很清晰，他应该已经逐渐适应了。

"其实还有一个缘故。您最早在工作笔记里也假设过，独立生命体的不共存原则。所以昨日之我和今日之我不能共存于同一时间。1984年我已经出生，成年的我无法进入那个时空。小李1986年才出生，他可以承担这个任务。"

老人的脸上掠过一丝怅然。

是啊，聪明如他，当然立刻想到，他现在所在的时空是他已然作古的未来，否则他亦无法抵达。知道"此时此刻，我已经死了"应当是一种古怪的感受。"那和静她……"

"她也不在了。"我看着他难过的表情，鼻子有点酸。我努力用兴致勃勃的语气说："接下来的一个月，我会带您好好看看新世界，看看新时代的中国。"

"要一个月吗？"他的表情又喜又忧，但又立刻释然了。

"您可能已经想到了，我们可以把您的回程时间点订在出发的同一天下午。所以对您家人和小李来说，您只是离开了几个小时而已。"

老人笑了。他的嘴角却微微地向下弯。他心里在挂念什么？

"来，让我先带您看看新重庆。"我的语调不由自主变得那么柔和，柔和得要流淌起来。

无人驾驶汽车在重庆高低错落的楼群中穿行。这个城市早已不是30年前的样子。我久远记忆中的那个山城，是在山与山夹缝中的道路，是长满青苔的石阶，是依山拔起、墙上爬满葱绿蔓生植物的旧楼，是朝天门低回的江轮汽笛与带着丰富气息的湿润江风。

老人坐姿拘谨，两手放在膝盖上，随身的挎包挂在右腰上，目光一直望向窗外，露出做梦般的表情。是啊，他一定为眼前的城市惊奇，川流不息的车辆，拔地而起的摩天楼，穿楼而过的轻轨，层层叠叠、密密实实的高架路网，一条条跨江横渡的斜拉索大桥。只有看到半空中悠悠掠过的索道车时，他才啊了一声，如梦初醒，指着那个正飞快远去的车厢问："那是长江索道的车吧？"

"是，它还在。"

"我带红红去乘过索道，把她怕惨了。"他怀念地叹了一口气。

"是，我记得，我老是忍不住要往江里看，害怕一车人会直接掉进江心的黄汤里。"我脱口接了上去。

然后我们都愣住了。

其实我一直在等待这一刻，等待能表明身份的最好时机。但越是犹豫，开口便越难。我要如何解释，为什么一次又一次的回溯之旅中，从未告诉他我的真实身份，而那个身份，也许能纾解他远离家人的寂寞与情感的困苦。我却因为自私，没有这样做。

车里忽然静得怕人，车外，是嘈杂的市声。

汽车开过黄花园大桥，这座桥也是新的。他默不作声地望了一眼这座1999年竣工的新桥，目光中仿佛沉淀了往日的尘埃，好像已经发现，家就要到了。

车在两路口浓荫掩映的路边停下，我扶老人下车，走到原先入口的百货店旧址。他一片茫然地望着身前高高的围墙，墙上嵌着四个金色的大字"重庆中心"，下面还有用金属条拼成的摩天大楼标识。我搀他走上路边的人行立交桥，走到桥上才能看到围墙后的景象。那是一个路后方的巨坑。周围高低错落的楼房和残存的半面山坡之间，嵌着一个直径为一两百米的半圆形大坑，赭红色的土地裸露在那儿，坑边还摆放着摆排得整整齐齐的黑色长条钢筋和成圈钢丝。

"就这样看，好像也不是很大，再过两年，这里会竖起一个大型城市综合体，5座超高层塔楼，最高的一栋388米。"我轻声说，"谁能想到，眼前的这个坑里装过多少人家、居民楼、菜场、商场、幼儿园、小学，装着我的童年，您的晚年，许多人的青春岁月。"

老人抬头望向我，额头的皱纹舒展了一些："你是红红？"

"是我，爷爷，真的是我。"我鼓起勇气说，"请您原谅我，没有早点告诉您。"

爷爷不说话，他垂下头，不停用拐杖叩击脚下的水泥桥面，"笃笃，笃笃。"

"我不希望倒因为果。如果那时候告诉您我的真实身份，几年后您回重庆看到幼时的我，再对我好，事情就不一样了。"

——我回想起在这个巨大的坑洞里度过的悠远日子。忙碌的大家庭，奶奶整日里为了全家的一日三餐茹苦含辛；姑姑在工作之余会教我识字；叔叔婶婶们各自为生计奔忙。我没有上过幼儿园，每天在院子里、坡坡上，和小朋友们玩耍，大大小小的孩子们围着一口装着泥水的破锅，做过家家的游戏。我只能听大孩子安排，领取一个路人甲的角色。对他们来说，我就是一个无足轻重的路人甲，被他们叫作"赵胖子"的迟钝小孩。

　　探亲的父母每年会出现，爸爸和妈妈，陌生又新鲜的名词。他们那么努力地要对我好，但那时的我看着他们，像是特殊的家人，突如其来的亲热还没有习惯，他们就又远走了。再后来，又有了堂弟萌萌，我也终于有了小跟班。但弟弟有父母在身边，和我不一样。幼时的我心里很明白。

　　今天看起来，那只是一个普通的留守儿童的故事。我并不是个乖小孩，而是一个偶尔撒谎、哭闹，更多时候怯懦、畏缩，经常从调料罐里偷白糖吃的胖丫头，直到您来了。

　　家里突然多了一个脾气很偏的怪老头，住进了大家特意清理出来的小单间。房间里的书桌上齐齐地垒了许多本土黄色的《工作笔记》，放着您不离身的绿色暖水杯。您像是突然掉进了这个世界里，家里的事什么都插不上手。而奶奶是埋在厨房里的一个忙碌的背影，总是默不作声。您年轻的孩子们相互非常亲善，但都和您说不上话。您离开这里的现实太久了，每当您提出任何建议，他们总是摇头叹气："爸爸哎——"

　　我已经记不得第一次见到您时的样子，也不知您是何时开始关心我，喜欢我。但慢慢地，我知道这个家里有一张专属于我的笑脸，每次您发脾气的时候，叔叔姑姑就把我领过去，一见到我，您清癯的脸上严肃的表情便化开了，每一条纹路都那么温柔。

　　回望在山城度过的五年稚幼的时光，我的留守岁月之所以没有留下遗憾的情感黑洞，是因为您，是您填满了我心里的洞。也许这样讲对奶奶和姑姑不公平，她们负责养我，而您负责爱我。

　　所以，请您原谅我吧。那么多次我去达县探望您，都没有告诉您我的身份。我真的不愿改变这份难得的记忆，我希望幼年得到的珍贵情感没有掺杂任何其他的原因。

　　站在立交桥上，站在那个巨大的吞食了童年时间的坑洞旁，我向爷爷讲述自己离开他以后的日子。我如何受他的影响，投身电力事业，又如何在开发新型蓄能方式的困境中，因为翻阅他的笔记，读到了"溯江计划"这样独特的灵感。

其实，在现代物理学中，找不到时间流动的概念。物理学家认为，时间流逝是一种错觉，而我们对时间的感受也许只是热力学或量子力学的过程，时间的"上下游"也不可能存在重力势能。所以刚读到这个构想时，我觉得那很美，却不可能实现。但偶然中，我听说高能物理所的科学家在试验用巨量电流推动"瞬息之舟"回溯历史的方法。那么时间旅行，至少回到过去的旅行，还是有可能实现的了？

我不无忐忑地去找物理所的科研团队，询问是否有可能试验"溯江计划"的构想。

他们本就是最狂野的科学家，做了各种千奇百怪的计划，但所有的计划中，预设回溯历史或返回原点耗费的能量是一样的。"溯江计划"立足于时光旅行中，从过去回到原点不但不需要耗能，反而可以产生能量，这样的假设违反了常识。但是倘使能成功，确实是个非常诱人的预期。"谁知道？也许我们都错了呢？"物理所的首席科学家这样说道。他是位有名的不怕试错的科研狂人。

第一次试验失败了，但有迹象表明，回返之旅真的有可能产生能量。我们受到了巨大的鼓舞，共同申请了新型蓄能技术的研发课题，一次次尝试，直到第17次试验时，我在大水泛滥的日子抵达了1956年的达县。自那以后，我们又积累了多次成功的经验。于是，"瞬息之舟"载着人类，在时间的河流中回溯、再归来，就成为存储巨量电能，按需释放，同时创造新电能的方式，而这一切的一切，都源自爷爷的一段飞来奇想。

爷爷静静听我讲完，他抬起头，露出我熟悉的慈祥表情。他虽然在微笑，脸上的皮肤却在微微抖动，黑色眼镜框后的双眼通红通红。

"这下就说得通了。"他说，"我一直觉得奇怪，我又不是什么大人物，就算《工作笔记》捐成了资料，也不会有人特意来读的。"

"原来是你。"他紧紧抵住嘴唇，吞进了一声呜咽，"你出息了，我很高兴。"

我实在忍不住了，伸手搂住他瘦削的肩膀："爷爷，我一直盼着这一天。让我带您去看看新重庆，看看两江交汇处的游轮夜景，看看新修的洪崖洞，真的好安逸。我还要带您去苏州，看长江底部的江底隧道，苏通特高压GIL综合管廊（气体绝缘金属封闭输电线路）。知道吗？我就是在那里参观的时候，想到头顶上奔流不息的滔滔江水，才想到了您，想到了您奉献了大半生的水电事业。然后我从头到尾，读了您的工作笔记。长江是一切的起点，但绝不是终点。知道吗？就在重庆云阳，已经发现了白垩纪时代新种属的恐龙骨架，也许有一天，"瞬息之舟"可以抵达那个时代，让我们亲眼见证那些恐龙的真实生活，然后，从一亿多年前带回更多质量，又能产生强大的能量，能点亮整个星球的能量！"

爷爷握紧我的手，我感到他薄薄的皮肤下粗大的骨节。他的手很凉，我的手很热。他抬头望着晴朗的天空，一架银色的飞机正从那里穿云而出。他忽然肩头一缩，像有点害怕似的，目光中混杂着恐惧与愤怒。我扶稳他，问："您怎么了？"

"不，没什么。"他回过神来，松了口气，挺直腰背，抹去眼角闪亮的泪痕，"我是高兴，我是太高兴了！"

《月涌大江流》来自国资委新闻中心×未来事务管理局、环球网、果壳网、新浪微博联合发起的"科幻作家走进新国企"活动。

后记

　　本文虽然采用了科幻小说的体裁，但也许只能算科学童话。因为越来越多的物理学家认为，"时间旅行"的基础——时光的流逝，只是一种错觉。而现有的物理学中，并不存在时间流动的概念，更不用说"河流一般存在着上下游（过去和现在）势能差的时间了"。我们常说，科幻小说是关于可能性的小说，遗憾的是，故事里的这种可能性，也许并不符合我们现存世界已知的规则。用一种科幻作者常用的托词：也许那是一个我们不了解的、另一个平行世界中的故事吧。在那一个世界里，时间可以像河流一样被回溯，回溯时还能积累巨大的势能，让返回原点时产生能量；在那个世界里，我们能回到过去，见到挚爱的亲人，弥补人生的遗憾。

　　在创作准备阶段，我收集了不少20世纪50年代以来的水利资料如《达县水利志》，并参考一些亲人的书信材料，故事主角的人生轨迹也尽量贴近真实。为避免剧透，此句置于文后：仅以本文献给我的爷爷赵璞（1909-1985）。

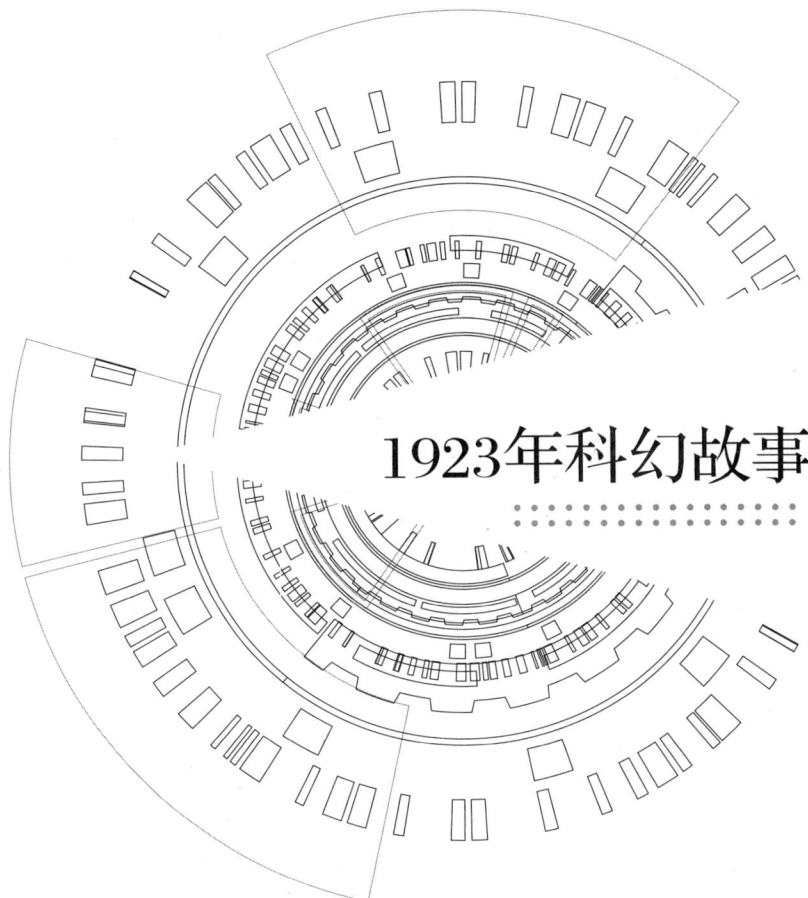

1923年科幻故事

每个人都得有个理想才能活下去吧?

贾苏的理想是造出一部机器。

泡泡的理想是革命。

梅樱的理想是从良。

这是20世纪的20年代,在上海,终日可以听到周璇、白光[1]的歌声,甜腻的、低沉性感的声音在空气中化开,销魂蚀骨。在这样的空气中生活的人,像喝了酒一样,带着微醺的醉意,送走一个个丧权辱国的日子。

——写到这里,我仿佛已经听到了愤怒的抗议,20年代的上海是个多么革命的地方,纸醉金迷,十里洋场,只是这个城市妖异的侧面。比如泡泡,她就是个不寻常的人物,她属于这个城市的另一面,但此时此刻,却恰巧走岔了,撞进了灯红酒绿的"海上花"。

我想象中的泡泡发型怪异,也许是《刀马旦》里的林青霞给我的印象太深,我毫无理由地认为泡泡留着一头男式的短发,两三寸长,现在看来并不起眼,在当时却过于超前。浓而黑的眉毛,压得有点低,同那双灵动的黑眼珠子凑到一处,三分俊俏,七分锐利,乍看之下,整张脸只剩下了这副眉眼。

泡泡进门时,"海上花"门口的女招待以一种类似打情骂俏的动作拍打她的前胸,顺势把一支白玫瑰插进她中山装左上方的口袋:"先生……"

女侍的话刚出口,她还滞留在泡泡胸前的手指遽然弹起,如同惊飞而起的鸟翼。泡泡嘴角牵动了一下,流露的笑意消弭了女招待眼神中的讶异。

"我找人。"泡泡平静地吐出这三个字,然后就化入那个流光溢彩的

---

[1] 其实周璇、白光都活跃在20世纪30年代,20世纪20年代应该也有同类风格的曲目,但是在现在并不知名。此处用这两位歌手代指同样风格的歌者,后文借用了一首白光的歌。

世界，那里的每一个人都像斑斓的热带鱼，在暗夜的波光里游弋。泡泡融化在这一池彩光中，我的想象几乎抓不住她滑溜的鱼尾，正在这时，贾苏出现了。

泡泡走近贾苏的时候，看到他的脸如同一块逐渐浮出水面的石头，坚硬而棱角分明，正像很多女人想依靠的那种石头。

可是泡泡不是女人，她是革命者。

我无限憧憬地想象泡泡和贾苏的第一次相见，想象他们交谈的第一句话会是什么。"你好，我就是你在等的人。"或者，"我是贾苏，你在找我么？"我近乎着迷地为他们设计台词，并没有为这种出乎意料的热情感到对不住故事的第三个主人公——梅樱。

梅樱是我的太婆。在10岁之前，我一直和太婆、外婆和外公共同生活，第一次听到太公的故事是9岁那年。90岁老太太的记忆力加上9岁孩童的理解力，这个不令人看好的组合并不能成为驱使我记下这个故事的动力。在她过世已近20年后，我却突然想写下那个原本就不完整、并被时间磨损了的故事。起因是一本家谱和一只盒子。

上个月我回国休假，中国的空气质量比N国差，于是，刚回来那阵子我老咳嗽，咳得惊天动地，无法出门。闲在家里便起性整理起陈年的旧物事来。

储物柜里有不少父母从老家带过来的东西，我以前从未留意，这一回却一样样地仔细打量。一只锈迹斑斑的铁盒子，挂着一把铜锁，看上去很有些年头了，我好奇地摇了摇锁头，还很结实，可惜没有钥匙。

"里头是什么呀？"晚饭时我问母亲。

"我也不知道，好像是你太婆藏着的东西，后来埋在老房子后院里的。"

"有趣有趣。"

"听说是家谱，不过我也没见过。"

有那么沉的家谱？"钥匙呢？在哪里？"

"有钥匙的话早就打开了。老人家去世以后才到我们手里，也不知道钥匙在哪里。"

我把铁盒子小心地举起来掂了掂。

"不会吧，这种锁不会很难开呀，你们居然等到今天！"

"你要玩就拿去吧。"母亲挥挥手，"不会有什么值钱的东西，不然早些年她也不会过得那么苦。"

好玩好玩。咳咳。

　　贾苏，字听涛，号宁江，浙江绍兴柯镇人氏，生于公元一八九四年，逝于公元一九四五年，享年五十一岁。贾家世代书香，自清朝乾隆年间，屡出进士；听涛自小聪慧，勤学诗书……十八岁时，考中庚子赔款公费留洋学士，赴大英帝国之剑桥大学攻读物理、化学两科，获物理硕士与化学博士学位。一九二三年学成归国……

从记忆深处，有一些久远的头绪被这些半文半白的句子牵了出来。这并不是一本家谱，而是太公过世后，他的朋友为他写的小传。纤瘦潇洒的竖行小楷，密密地排列在已发黄变脆的纸簿上。和它放在一起的，还有两个黑乎乎的瓶子，沉甸甸的，摇一摇，里头似乎还装着一些液体。

　　一九二三年八月，搭乘大英帝国"廷达瑞俄斯"号抵达上海……

一九二五年，研制"水梦机"失败。和许氏梅樱结婚。后离开上海，赴燕京大学执教……

我仿佛看到贾苏的形象从夹在纸簿里的照片上溢了出来，慢慢扩大，连微笑的嘴角都在逐渐拉开……

太婆第一次碰到太公时，太婆正在"海上花"当舞女。当年她父亲在拉黄包车，母亲生着肺病，哥哥罢工游行被枪毙，一家人求生无门，她只好去做了"舞小姐"。

那个晚上，刚刚归国的贾苏受海外朋友之托，带些资料给革命党人，地点在"海上花"舞场，接头的人是个留短发、穿黑色中山装的年轻女性。她就是让我向往不已的泡泡。

贾苏对泡泡说："这都是普通的资料，你们能有什么用处呢？"

"那边普通的东西，这里也是难得的。"泡泡淡淡一笑，"况且一件东西的用处，不能从表面简单判断。"她的含而不露更显深沉。

两人模糊的应答化在舞池的歌声、人声里。

选择这个时候出场，实在是梅樱的命运。母亲肺病加重，父亲夜里还要拉车赚钱，她不能不照顾这个烂摊子。赶到化妆间时她已上气不接下气，又被老板娘在脖子上狠狠拧了一把。她在叫骂声中上了妆，用香粉掩藏了耻辱的印痕。

乌黑柔顺的头发挽成两个髻，弯弯的月牙眉，秋波流转的桃花眼，微翘的嘴角仿佛天生会笑——我见过一张她在那个时代的老照片，照片里的人很像一度复古风流行时从陈年箱底里翻出来的香烟画美女图。同样的妩媚甜腻，同样的娇柔温婉。我无法把她和我记忆中鸡皮鹤发的太婆联系到一起。那样的梅樱早已消失，那样的梅樱只属于那个时代。

贾苏是先听到歌声，然后才留意到了歌者。歌声凄婉，却有一种奇特的力量，那歌声里有生命的挣扎。

他侧过头，就找到了梅樱，她的美并不夺目，但却有一种奇异的姿态，仿佛她的整个身躯都悬在曲调之中。她的七情六欲、身家性命，都被这一线歌声牵引，去向一个未知而正在努力探寻的地方。

她唱的是白光的歌。她没有白光低沉、性感的嗓子。可是连白光都不能这样唱……

> ——如果没有你，
>
> 日子怎么过。
>
> 我的心也碎，我的事也不能做。
>
> 我不管天多么高，
>
> 我不管地多么厚，
>
> 只要有你伴着我，
>
> 我的明天为你而活……

贾苏像是被那声音下了蛊，呆望着那个方向。梅樱一直星眸半掩，陡然睁开眼，就看到了那张岩石一般的脸。

我打开放音像制品的柜子，从收藏的古老CD片中找出一张《昨日之歌》。按下按钮，就听到了白光在唱："如果没有你……"我真想让时光倒流，听到80多年前的梅樱在那一夜的歌唱。

曾外祖母对她丈夫的评价非常简洁。她说当时在那种地方看到他，真的吓了一跳。她说他一看就是那种"靠得牢"的人，舞厅里几乎从来见不到那样的面孔。可以理解，生活贫困、需要依靠的她，从此就想方设法地靠过去了。

同一个故事可以有许多完全不同的写法，而同一件事在不同人眼中看来色差很大。贾苏的失神落在泡泡眼里溅起一丝不屑：所谓的留洋学生也不过是一个登徒子。于是我的第一次纵情臆想到这里便匆匆收场。望着泡泡潇洒地挥手而去，贾苏的愕然可想而知。这个女人的步态是那么与众不同，她在飞影流红的舞池中穿过，如一把尖刀剪开了浓情的光色，锐利、干净。

但是，贾苏没有尾随她而去。在第一次交锋中，太婆便略微占了一点儿上风。我想那是因为泡泡给人的鲜明印象并未张扬女人的特质，她像一个谜，像剑一样锋利，寒光冽冽而又难以捉摸。而梅樱，似一杯酒，甜香扑鼻，她的吸引力有着明确的性别特征。

今夜我小心翼翼地打开了那只尘封多年的铁匣子，面对匣中那两只不透明的密封容器，左眼皮无端地跳动起来。容器是瓶子的形状，然而很沉。我捧起一只来晃了一晃，似乎里面还装着液体。

会是什么呢？我问自己。

在古人的故事里，封存多年的液体只能是酒。想到这里，我几乎就没有兴致了。但是——这两个容器并不像酒瓶或酒坛，而且我也无法把贾苏和一个好酒之徒联系在一起。

"噗嘟，噗嘟。"我又听见那液体摇动的声音，仿佛那声音可以穿过漫长的时间的隧道，向我揭示出不为人知的秘密。

"贾先生有人找——"

贾苏听到校役通传，眉头顿时打了个结。他以为那是梅樱，这个时间学校的人很少来打搅他。

即使是留过洋的先生，让舞小姐找到学校里来还是有伤颜面的事，贾苏也未能免俗吧。但进来的却是泡泡，她随身还带着一只箱子。

"怎么……"贾苏的表情疑惑。

"贾先生，换个地方说话。"泡泡平静的面孔底下透着一丝焦急，无须是聪明人也知道她遇上了麻烦。

贾苏把她从门房处带进实验室——这已违背了他给自己定下的规矩。

"您这是在……"一进门，实验室里的情形便让泡泡耸然动容。

实验室正中一个黄铜色的巨人伸出无数触手，仿佛一尊千手金刚，每一只手上都嵌着不同颜色的大小玻璃容器，容器里的液体有着梦幻中才能出现的色彩。液体在振荡、歌唱。手掌边沿跳动显示着可调节的温度指标，从手掌开始，沿着手臂，爬满了赤橙黄绿青蓝紫的"血管"，"血管"中霓光闪烁的液体汇入金刚的肚腹——半透明的水晶缸，里面沸腾着色彩斑斓的泡沫，它们蒸发的气体通过手臂粗细的"气管"上升到这巨人的头部——一只正在加热的圆水罐。水罐下三分之一处那正面朝外的圆管就像是巨人的嘴，这张"嘴"现在被上下两片活动闸封住了。巨人也有鼻孔，那是圆水罐正中的两个气孔，细细的烟雾不断地从那里喷涌而出，在空气中形成各种古怪的烟圈儿。

那些声音啊——液体煮沸的噗吐噗吐声，烫人的蒸汽从瓶口喷出的呼呼声，机器内部加热炉运转的隆隆声，药物受热发出的吱吱声——混合成奇特的音响。猛不丁听到这种声音，会让人产生幻觉，甚至昏昏欲睡。

泡泡的脸上沁出一层薄薄的汗珠，薄削的嘴唇因为湿润而显出难得的红晕。"太奇妙了。"她叹出一口气。

"这里很安全。"贾苏说，"有什么事快说吧。"

"上头在抓我，想在你这里避两天。"泡泡说。

"这里？"贾苏环顾四周，他望着这尊黄铜巨人的目光依依不舍，仿佛已经看到了因为收藏通缉犯毁掉眼前一切的后果。

泡泡嘴角抽了一下："抱歉，恕我冒失。你我并无交情。"

"不，我不是这个意思。只是太突然了。"贾苏慌忙摇头，"你等等。"他转身出门。

泡泡将厚厚的深蓝色窗帘拉开一角，看到远处的贾苏和门房处的校役比画着。老实人说谎话都有明显的特征，如频繁做出无谓的动作、面红耳赤或表情局促。这些贾苏都没有。他一脸的宽厚，仿佛正在解释为了某种道义上的理由，他必须收留一个朋友。

看着看着，泡泡有点怀疑，这个无甚交往的留洋先生也许并不值得信赖。但是她没有选择。她周围可靠的人都已被监视，只能在贾苏身上赌上自己的性命。

她回转头，环视一屋子高高低低、幽蓝浓绿朱红的玻璃瓶子，她那对犹疑的黑瞳的影子在透明、半透明的彩瓶里荡漾的液体中载浮载沉。突然，巨人的嘴巴——那朝外的铜管口的封闸自动打开，"噗"地喷出一汪色彩变幻的水汽，同时从巨人胸腹深处发出一声悠长的低鸣，那是无数容器中液体的共鸣，隐约似一声"唉——呀——"，从遥远的地方、遥远的年代，悠悠传来。

泡泡迷惑不已，却不自觉地和了一声叹息，一直绷紧的肩背顿时松弛下来，这才放下了手中一直提着的黑色皮箱。

她重新打量了一下这个地方。实验室不算太大，共四间房，两间用来存放化学药品和物理器械，另有一小间供加班时临时住宿，而主厅周围摆放着各种实验用的药剂，正中的一尊"千手金刚"就已占据了主厅一半以上的空间。

空气中弥漫着一股气味，带着淡淡的酸，又似乎有青草叶的微甜，不同液体的蒸汽汇成一股股扭动、纠缠、带着朦胧颜色的气流，幻化出各种形象。呼吸着这样的气息，耳边响着那奇特的合唱，泡泡紧绷的身体渐渐软化，靠着窗台滑坐在地上，看那红色蓝色的烟，在空中一圈圈地绕，绕出一个妖冶美人跳舞的身姿。美人青蓝色的衣裾忽悠悠地飘过泡泡的头顶。泡泡瞪大了双眼，凝住一脸惊诧：她认出了这个烟雾揉成的身影，虽然原身的美丽与性感都经过了夸张和放大，她依然认出了这个雾里的女人是梅樱。我的太婆梅樱。

"水梦机"到底是什么？我假设那是一部和"水的记忆能力"有关的机器。我唯一一次看到相关的技术报道，是发布该学说的法国人获得了当年度的"搞笑诺贝尔奖"。也许这个世界上并不存在充满记忆的水，就如贾苏的"水梦机"研究从来没有成功过。可是，弥漫着淡彩的水汽从那发黄相片一样古老的年代向我涌来，毫不客气地霸占了我全部的想象空间。它们借着老唱片沙沙的背景声和白光同样沙哑怀旧的声音翩然起舞，一个丰腴而妖娆的夸张版本的梅樱无比真实地向我张开双臂。歌声仿佛从"她"张开的嘴——那个烟雾的空洞后面喷薄而出：

> ——如果没有你，
> 日子怎么过。
> 我的心也碎，
> 我的事也不能做。

那天傍晚，贾苏继续着同梅樱的约会，但总是心绪不宁，惦记与泡泡同处一室的"水梦机"。

梅樱立刻觉察出贾苏异于平常。

"贾先生，你有心事？"她用温软的话音试探，这句话带着余韵，如一只弯弯的小钩子，轻悄悄地带住他的话头，一点点往外拉。

"我有点惦记实验室。"这并不算谎话，"你也该上班了，我回学校看看，今天就不去你那儿了。"

"贾先生……"梅樱立刻产生了危机感，从偶尔的舞场相见到难得的场外约会，又到如今日日到贾苏的住处给他做完晚饭才上工，她在短短五个月间就促成了两人关系的飞跃。但她总还要担心，倘使不能尽快让贾苏完全接纳她，从良的梦想也许终将只是镜花水月。她咬了一下嘴唇，断然说："那我也不去了。"

"你……别闹了，想想你家里人吧。"贾苏显然对这样的回答缺乏准备。

梅樱眼圈一红，叹了口气。

贾苏微红着脸低下头。他知道两人现在已算恋爱关系，但要他立刻拍着胸脯答应娶一个舞小姐，却还没有那么大的勇气。

我是不是逼他太紧了？梅樱的脑海中无数个念头搅在一起飞快地旋转，她只觉进退失据，但面上的笑容依然是甜蜜蜜的。

天色已晚，第一抹月光催着梅樱动身了。她从来没有觉得离别的脚步这样沉，女人过于敏锐但有时又会失去分寸的直觉把她祸害苦了。

我找来了可以打开世界上任何一种瓶子的全套器械，准备对太婆留下的瓶子下手。也许是"水梦机"这三个字带给我的联想，我甚至以为容器中盛载的是比陈酒更悠远香醇的旧日梦寐。如果可以，我更希望见到泡泡。

小时候，母亲曾经神秘兮兮地对我提起，当年太公在上海收留过一个被通缉的女革命党，"那个人非常厉害，是同盟会会员"。这句话在我脑海中埋藏日久，已经生根发芽、抽枝长叶，恣意纵情地茂盛起来。这个20年代的革命党人，是我心中的一棵树，总在不经意间花开满枝，将我想象中的家族史熏染上清雅而悠远的芬芳。

我握着工具的手微微出汗，心头忐忑。窗外月朗风清，仿佛80多年前的一个晚上。

夜幕低垂，一面是朗朗明月，一面是北斗星。清风送爽，安抚心灵。但泡泡不敢招摇，在校园里小坐片刻就返回了藏身的房间。她晚上睡不着，实验室的临时睡房里有化学药剂的味道。被褥和床铺还留着男人的体息，让她有点浮躁。半梦半醒中，她如同漂浮在海上，机器运转的隆隆声便是托着她起伏的波浪。

她迷迷糊糊地听到什么声音，立刻警醒，摸出枕下的手枪，开门，走过让她有点发怵的大实验厅，靠近实验室的大门边。

"嗒嗒"——有人在敲门。贾苏正在门外叫她。"歇了吗？"他问。他当然是有钥匙的。这是君子的礼貌。

她拉开门，对他随意点点头，不再客套，转身回屋。

那晚贾苏在实验厅里折腾到半夜，离开时并没有和泡泡打招呼。他晚上过来，多半是怕泡泡擅动他的实验设备，看到她这么有规矩也就放了心。在蒸腾的药剂烟雾中挥汗的时候，他很偶然地想起应门的泡泡在青白色的月光照映下略显憔悴的脸，像一朵月下的白兰花。那张脸第一次让他感到，这个神秘而冷淡的革命者，原本是个女人。

贾苏走后，泡泡醒了。她揉着睡眼推开门，扑面而来的奇特气息混同骤然高涨的机械噪音让她头晕，未完全苏醒的身体摇晃起来。

几十只甚至上百只瓶子里的液体在唱歌。

她隐约在那歌声中听出一点熟悉的韵律。带着微甜气息的蒸汽将她的头部完全笼罩，烟雾和这些空气中的水珠围绕着她飞舞。她忽然想到，这是她儿时同母亲一起纳凉时常听母亲唱的那支歌——

小小妹子，上月桥啊；

黑黑辫子，两边摇啊；

遇见哥哥，笑弯腰啊……

　　她挥舞双臂，扑打眼前的水汽，仿佛这样就可以扑散耳边回响的旋律。可那旋律像是有生命一般，它是一根昨日的鞭子，抽打着她像陀螺一样飞快地旋转。歌声在她脑海中越来越响亮，她在雾水中看到许多依稀的影子，那些往昔的吉光片羽在她四周的水汽中一闪即逝，但是那闪烁的瞬间，却是如此鲜明。唱歌的母亲身后星幕如织的夏日夜空，私塾院里的夏蝉和秋虫，中年就在生活重压下凄惨死去的母亲——她枯叶般的手最后抚过头顶的触感，印刷地下杂志和传单的小车间里浓重的油墨味道，躲避追捕时紧张而恐惧的心跳，广州雨季的闷热气息，还有孙先生在某次誓师大会上慷慨激昂的表情。

　　这是怎么回事？

　　这是怎么回事！

　　她慌了。很久没有真正害怕过什么了，但这一次她真的怕了。

　　她扑倒在地上，听见自己的声音在上百只瓶子里说："我是革命者，我不是女人。我是革命者，我不是女人。"

　　而那100次的回声之间有微弱的时间差，仿佛整个空间被精密地丈量分割，而每一寸的地方都有这样一句话在等待着她，与她的大脑一次又一次地遭遇。

　　我是革命者，我不是女人。我是革命者，我不是女人。

　　"停止！停止！"她歇斯底里地叫出声来。

她看到了自己的脸。

确切地说，是她在镜中的脸。多少次她在照镜子的时候自我催眠似的喃喃自语："我是革命者，我不是女人。"

这是泡泡最深处的伤疤。在1923年，甚至更早，想做一个女革命党人，要付出的太多太多。她必须有所选择。她从来没有后悔过。但是，她不想在这种情境下，看到自己的秘密在100个瓶子之间反复地转述。

"停止吧，求你们停止吧。"她不知不觉已把那些可以发出声音的瓶子当成有生命的，"我知道我也是女人。"瓶子们仿佛受了惊吓，窃窃私语了一阵，原先反复回响的那句话便在纷乱间逐渐隐没了。"我也想做一个女人。"她对自己说，又像是对那个黄铜色的巨型机器说，"但如果必须做出选择，我选择革命。"

这是我想象中的"水梦机"——沟通、记忆、回响的液体和让它们产生这种能力的机械。真实的情形到底怎样，没有人知道。泡泡在贾苏的实验室寄居的那几日到底发生了什么，没有人知道。

明确的历史是，1925年贾苏放弃对"水梦机"的研究。同年他娶了太婆。这场婚姻当时遭到他家人的强烈反对，差点和他断绝关系，但他和太婆婚后感情很好，生下5个子女，其中的老三后来成了我的爷爷。

泡泡后来怎样了？我在太婆这里没有得到答案。她说之后泡泡就和他们失去了联络，余生再无消息。

贾苏是否也和梅樱一样，再也没有获知关于泡泡的任何情况？或者他知道，却一直不说，当作他一个人守一辈子的秘密。

他和泡泡相处的时间很短，但他接受她影响的时间也许很长。

一日一日，当他潜心研制他的烟水梦幻时，那个巨人向他传达了何种信息？泡泡的所有过往、童年的回忆、内心的挣扎、女人的欲望、革命的理想，是否都通过水汽和烟雾透进他的毛孔，进入他的身体，成为他的记忆？就如他脑海中的梅樱曾经在泡泡眼前翩翩起舞，泡泡的软弱与热情是否也在她走后的日子里与他朝夕与共？

我一边想，一边手下使力，"扑"的一声，瓶口的金属盖被撬开了。

周璇曾经唱过一首歌叫《龙华的桃花》。我隐约记得最后一句是：龙华的桃花回不了家。

龙华是一个刑场。

因此当我在瓶口中冒出的无数泡泡中触摸到"龙华"这个信息，你可以料想我心中的悲恸与震撼。

龙华的桃花回不了家。

我小心翼翼地慢慢放倒瓶子，银蓝色的浓稠液体漫过瓶口的边沿，却并未淅沥而下。液体一接触空气，浓稠滞重的质感顿时变得轻盈。

瓶口边的液体像一句涌到嘴边的话，就像佛祖未及说出的话开出美丽的莲花，"瓶子的话"骤然胀大，开出一朵银蓝色的半液态的花朵，花朵在瓶口外部的空气中膨胀，颜色越来越透明，终于像气球一样"嘭"地破了，溅出千万点银蓝色的星星，充满了整个房间。而每一颗飘浮在空中的星星发出"嘶嘶"的声响，绽放出满屋半透明的泡泡。

泡泡带着气息，让人怀念的时光的味道。泡泡透出颜色，银蓝色的底子，最薄最透明的部分却流光溢彩，闪现出各种变幻的颜色。泡泡里还有图像，就好像电影片段剪辑一般映出各种生动的画面，连续或不连续的。泡泡会破裂，它们互相碰撞的时候发出轻轻的一声"噗"，然而和它们一起消逝的还有一声模糊的话语，或是几个伤感的音符。

我举目四顾，无数个泡泡在我眼前发出"噗噗"的告别之声，在它们之间传递的种种稀薄的画面一闪即逝。我依稀看到了夜晚的"海上花"，贾苏的怪人实验室，和一个旗袍女子的背影，她正抬起纤柔的手臂挽起乌黑的发髻。还有，还有……

那天下午的阳光很暖，贾苏匆匆赶去上海城郊的一处农庄。

泡泡约了他见面，她马上就要回广州，参加孙先生下一次的起事。

贾苏一路在马车上颠着，紧闭着嘴，一言不发，一副心里有事的样子。

快到那个农庄的时候，他从远处看到了泡泡。院子里到处晾着茅草，泡泡穿着一件男式衬衫，惬意地大敞着领子，躺在平房铺晒着茅草的房顶上。阳光下的茅草金晃晃的，她的轮廓仿佛也有金色的光圈，有点像西洋画派的农女像，带着亲切的人间的气息。

贾苏远远望着，张开嘴，过了很久才喊出她的名字。

泡泡闻声站起来，利落地跳下地。近了，贾苏才看到她的嘴里叼着一根麦秆，一手还拿着一小瓶液体。空气中还有香皂的气味，那是已经破裂的香皂泡泡留下的痕迹。

"你来了。"泡泡笑笑，像男人点烟那样，拿麦秆点一点左手拿的皂液，放在唇边吹了一口。

一串雪亮透明的泡泡随风飘散开来。

然后她笑，像一个男孩那样笑。

"什么时候动身？"他问。

"晚上。"她答，"走之前想再谢谢你，不过城里不安全，只能劳您大驾。"

"还回来吗？"

"嗯。不过下一次来，这里就是我们的天下。"

"要打仗？"

她笑笑。

他于是说了一句话。

她的表情变了，先是讶异，然后脸微微发红，仿佛是一对粉色的蝴蝶飞上了双颊。阳光照射下她两颊的皮肤几乎是透明的，似乎可以看到蝴蝶的翅膀轻轻颤动。

然后，皮肤下涌动的红潮消退了，她又回复了一贯的冷静。

她答了一句话。

他站在那里，身体僵直，眉心有点拧，好像很痛。

她又笑，理解地笑，难过地笑。

于是他也笑了，有些落寞，带点温暖。

我多想听到那时他们到底说了什么，可是我听不到，无数个泡泡在和我指尖皮肤接触的刹那化为空气中一阵微薄的雾气，迅速消散。在那触电般的破裂瞬间，它们传递给我太多复杂的信息，多到我来不及捕捉，多到我来不及感受。

贾苏和泡泡在金色的茅草间那次简短的对答就这样隐没了。我尽力想抓住那声音，有一回几乎就抓住了，但它的裙角却变成了一条光滑的泥鳅，从我的手心里溜走了。

然后我又听到了清晰的音节。像一个泡泡破裂时那样干净利落地爆出脆响：

"不应时。"

那天分手前，泡泡对贾苏说："我喜欢你的机器，不过恕我直言，这样的研究，太不应时。"

20世纪20年代的中国，不需要"水梦机"，也不需要贾苏。

我不知道这句中肯的谏言对贾苏的影响有多大，但他终于放弃了"水梦机"的计划。此后成家生子，按部就班地教授他的物理和化学。

但是真如小传中所说，"水梦机"研究是失败的吗？那又如何解释我今天的所有发现，如何解释这满室充满回忆的泡泡，它们闪烁的画面、挥发的气息、跳动的声音？

我着迷地捕捉泡泡，用我的手指触摸着先辈遥远的记忆。我要快一点再快一点，因为它们马上都会消失，消失得像那段历史一样干净。

指尖的神经末梢从来没有像今天这样活跃，它们倾听、触摸、汲取、沉淀。

指尖开始发烫、发红、发麻，指尖好像有了自己的生命，它们在跳舞、唱歌。

泡泡都已经融化在空气中，但是房间里仿佛还笼罩着一层银蓝色的薄纱，一种怅惘的气息和着旧日的尘埃一同沉淀下来。

有一条细流在我胸中震荡、流淌，麻酥酥的，带着异样的甜蜜的痛楚。

我抱住剩下的另一个瓶子，对自己保证永远不再释放这个记忆的魔瓶。让贾苏、梅樱和我最心爱的泡泡，这样一直活在这黑沉沉的昨日之瓶里。

我口中不自觉地哼唱：如果没有你，日子怎么过……

不是白光，不是梅樱，而是某夜泡泡揽镜自照时奇异的低吟。那一弹指间便幻灭的水泡，让我看到她微微翘起的湿润的唇和唇上细细的绒毛。

我没能听清蓝色水泡中贾苏对她的呼唤，但那一刻我决定，这个20年代的奇女子叫作"泡泡"。

贾苏的瓶子让我做了一个梦。关于泡泡，梦里并没有特别明确的结局。如果瓶子里保存的是贾苏的一段记忆，那也许关于泡泡的死是他不敢触及的禁区。只有"龙华"这两个字，带着无限的伤痛时隐时现。

还有躲藏在实验室的夜晚，泡泡那白兰花一般皎洁的面容，一双闪着异样执着和天真的眼神中流淌着忧伤的月光。

创作絮语

这篇小说起意于1999年年底，那时我刚刚翻译了矢野彻的《纸飞船》，对这种充满神秘气息，将所有科幻故事中"硬"棱角都深藏在文学语言中的幻想故事大感兴趣，也想创作出类似的作品。

搜肠刮肚时，我想起了一本家谱。早听说奶奶的父亲，我的曾外祖父在民国时代是一所女校（中学）的校长，直至我看到那本记录了他简历的家谱（他友人在他过世后编写），才知道曾外祖父年轻时曾经是一位很有理想的科学家。但他一定是一位浪漫主义的科学家，因为他曾经想发明"永动机"，结果当然失败了。之后他却发明了一种碎谷机，获得了国民党时代科技发明的政府奖项。这个由虚到实的转变实在引人遐思。而爷爷的父亲赵稼书是同盟会的会员，早期的革命者，与曾外祖父是世交，我把这两个人的信息合在一起，分在贾苏与泡泡的身上。而科幻点，则取自偶然在报纸上看到的"搞笑诺贝尔奖"的获奖项目"水之记忆"。

2000年，我在读研期间写了3000字，然后才思枯竭，一直放着等感觉。2004年读林语堂的《中国传奇》，书中故事都是绝佳的示范，教我如何打通现实与幻想的边界，推动我再次开始本文的创作。而一如我其他许多作品，小说的后6000字一夜写成，那酣畅的蓝色梦境也带我做了一场如梦之梦。

小说中没有具体姓名的"我"其实设计为陈平，我早年创作的"默"

系列小说主角，从而将这篇故事和我以往的科幻创作建立联系。我认为这是一篇纯文学的小说，不过最后的结果也许是一篇"Science Fantasy"。

小说英文版1923，*A Fantasy*由Nicky Harman和潘朝霞翻译，收入宋明炜老师主编的《译丛（2012年春秋双季号）：19世纪与当代的中国科幻小说》（*Renditions 77&78 Chinese Science Fiction：Late Qing and the Contemporary*），后收入该期杂志的扩展版，美国哥伦比亚大学出版社2018年9月出版的*The Reincarnated Giant：An Anthology of Twenty-first-century Chinese Science Fiction*（《转生的巨人：21世纪中国科幻小说选》）（宋明炜与Theodore Huters主编）。

文中泡泡的形象来自《刀马旦》中的曹云（林青霞饰）。愿以此文纪念我在高中时代唯一一次追星的迷恋和狂热。感谢永远美丽的青霞。

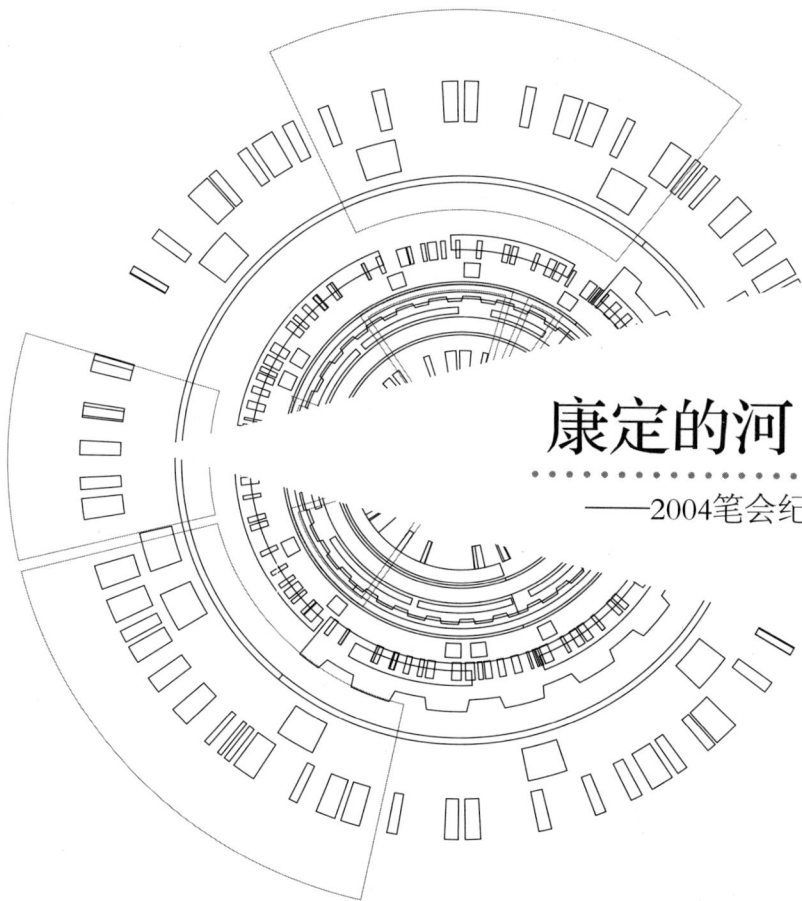

康定的河

——2004笔会纪事

穿过康定的那条河非常清澈，河水湍急，仿佛在城市的任何一个角落都能听到流水的奔涌之声。

康定是一座小城，据导游说，旧城大部分毁于几年前的一场洪水，现在的康定城几乎都是之后重建的。群山环抱的小城被这条十几米宽的河纵向分成两半，河水恣意地、纵情地高唱。水总让人联想到柔美的女性，而康定的河，是男性化的，蕴藏着曾经摧毁一座城市的狂野力量。

那是一个闲适的夜晚，科幻世界笔会附加旅游的第三天，下午我们刚刚去38公里外的木格措领略了野人海的风貌，一群同行的姐姐妹妹穿着藏装热闹地拍照。回来已经不早，晚饭后的自由活动才是我之所好。城市太小，就一条主干道，很快就走到了头。一路我并没有看到多少藏胞，也没瞻仰到名播海外的康巴汉子。总算在本地的广场赶上刚刚散场的演出，买了一个大号烘土豆，趁热切成两半，可选两种作料夹着吃，只要五毛钱，依稀传达出一点小城的淳朴。

快到宾馆的时候，看见大刘、姚夫子和小罗在路边小店挑旅游商品。没说上几句大家就决定找地方吃东西，都争着做东，最后大刘以得奖为由坚持请客。那一顿烧烤吃得很酣畅，小罗早退，剩下都是"老人"，大家抚今追昔，怀念起历年开会时出现过的面孔。有的是一闪而过的星，有的是共同在科幻圈努力的老友，偏偏今年的老面孔少而又少，让我们"老人"感叹不已。也说自己和对方的小说，种种实现的、未能实现的想法。不知不觉间，素来不大沾酒的我也灌下了两杯冻啤，脸烧得红扑扑的，还在酒精作用的催发之下，放出了许多豪言壮语。

快11点时我们退席，刚走出小店，我忽然晕眩起来，仿佛从远处黑沉沉的山影里透出一阵怪风，吹得天旋地转。

好不容易站稳脚跟，身子也不再摇摆，我回头寻大刘和姚夫子，两人居然都已不见了，店里只见靠门边的一对食客，好像与片刻前不同，而本应在收拾桌席的老板圈着手坐在柜台里，我们刚刚饕餮一顿的乱席已被收拾得毫无痕迹。

我定了定神，认为自己一定是酒劲上来了，又冲前方的夜幕里费劲地找。

河岸边的小店还有三成依然营业，灯火照映的街道上看不见他们的身影。

"走得真快。"我嘀咕一声。

夜色中浮着乌黑的山影、沉郁的河流，明亮的星星在夜空中列出认不清的阵势。

回房时又遇到一个意外，给我开门的居然是张卓。

"你回来啦，"她说，"后来又去哪儿玩了？"

"你什么时候换来的？"我问。

"是你要换的呀，说方便照顾我。"张卓路上水土不服生了病，下午都没有去木格措。但她出来一路都和杂志社的编辑同屋，我一直和秦姐一间。

我忽然觉得古怪，离店的片刻间那种怪异的感觉又回来了。我觉得全身发虚，心里特别没着落，但要因此和张卓核对事实又仿佛小题大做。我试探地说："晚上去哪儿了吗？我和大刘他们吃烧烤去了，还有姚夫子和小罗。"

"你什么记性啊！"张卓狐疑地横了一眼，"我不是和你们一块儿吃的嘛。小罗没去。我把他想买的藏刀全买完了，他满街找藏刀去了，根本没和我们一块儿吃。"

我心里"咯噔"一下。我扑到镜子面前，脸上还泛着异样的红潮，酒劲儿还没有下去。我望着镜子里的自己，张卓穿着我几天前见过的那件大T恤正在我身后梳头，用的是一把黑色宽边牛角梳，我曾经怀疑这把梳子是硬塑料的。

这应该就是原来的那个世界，难道出问题的是我的记忆力？

"我有点累就早回来了，你们刚完啊？"张卓继续说。

"是。"我迟疑地点点头，胃里有什么在搅动，"你现在感觉怎么样？下午休息一下还是有效果吧。"

"你还没老吧，怎么就得上老年病了？"张卓把脸凑到我跟前，瞪圆眼睛盯着我看，她很仁慈，没有直接说我老年痴呆，"我下午不是和你们一块儿去的吗？我们五个人还一起穿藏装玩COSPLAY（角色扮演）呢。"

我可以清楚地看到张卓那双熟悉的带点懵懂的眼睛和她面颊上几粒可爱的浅褐色小雀斑。我百分百肯定这个人确实是张卓，但我也百分百地肯定她下午没去。不过我没敢说，那种"有什么不对劲"的感觉愈加浓厚。下午她有没有去倒是很容易证明的。我的相机里有四女的藏装合影，倘若如她所说，那么我拍下的就应该是五女同戏。

我面对着熟悉的面孔和熟悉的房间，一阵寒意却从脚底升起。含糊地支吾几句后，我洗漱上床。临睡前我习惯翻几页书，但我从包里掏出来的不是这次带来的《小说月报》，而是杂志社新出的《计算中的上帝》。我怎么都想不起来什么时候弄来了这本书，好在阅读的过程相当愉快。我喜欢看聪明人写的书，同时我发现自己片刻前的惊惶是那么可笑。

不就是张卓逗我，开了几个玩笑，我怎么可以幻想自己到了另一重时空——是的，我知道自己暗地里是这么揣测的。我忘了自己只是个写科幻的，或者怪酒精，也许我还未完全清醒。我翻转个身看张卓那边，她好像已经睡着了。

"桌儿。"我笑着叫她。

"嗳？"她双臂挣出被子，手掌在被沿上扑打了一下。

"我们约个暗号。"

"什么？"

"梳子。记住，暗号是梳子。"我瞪着浅褐黄色的天花板，心里有一种自嘲的恶意。真的，我是在讽刺那个曾经害怕过的自己。

"你真喝高了。"张卓很认真地点点头。

没多会儿我就睡着了。梦里云山雾绕，身体浮在波浪上，又像是趴在一台发动的马达上面，震得有点恶心。这个梦似乎特别长，我一直带着微弱的意识期望闹钟把我叫醒，但我却是被推醒的。大客上和我隔了一条空走道的女孩拍着我的左肩："泸定桥到了，还睡！"

我猛睁开眼，天光让我不习惯地又闭上眼帘。应该是在昏暗的客房里的，难道是我做梦做得魇住了？

但是日光的热度、带着汽油味的空气是真实的。我疑惑地重新睁开眼，车子正在下客，我坐在第一排靠门边走道右手边的位子，这位子是没错的，问题是上上下下的人里，没有一个是我认得的！

我脑子里嗡了一声，顿时瘫软下来：我跟错团了！

想想，再想想。

我按了一下腰间，硬硬的包还在，有钱有证件，就算跟错团也出不了什么大事，不过要马上通知杂志社的人才好，免得他们担心。

可是我怎么会跟错团呢？我坐第一排，导游不可能没有确认过我这个位置。我也完全不记得何时早饭、何时上车了。难道是我间歇性失忆？太夸张了。相比之下，走错时空的解释似乎还正常一点。

我迟疑地下了车，打量车子的外观，黄色的旅游大客，但和原来那辆不太一样。我不敢走远，只努力在人群中寻找熟悉的面孔，却总是徒劳。泸定桥入口离车子不到30米，我左顾右盼地走近时，守在桥口那个挂着导游证的圆脸黑皮肤的女孩塞给我一张门票。"十点半上车啊，十点半！"她对我嚷。

这应该就是我"现在"的导游。我尝试和她搭话，我问："什么时候能回成都？"

"下午五点左右吧。"她显然因为劳累而不耐烦，"你今天都问三遍了。"

我被吓得不敢吱声，觉得像误入沼泽的旅人，每个试探的步伐都可能踩入吃人的泥淖，坠入不可知的虚无。

我几乎是被导游赶着走上了摇摇晃晃的泸定桥，梦游似的躲过桥心站着拍照的旅人，朝对岸摸索过去。横里又出一个挂着一次成相机的老倌，拦路兜搭生意："小姐拍照吗，一分钟成像三分钟可取，十块钱。"

他在我眼中的形象有点虚，其实我看谁都觉得对不准焦距，应该是心理问题。

"好吧，拍一张。"我听见自己说。

老倌身手矫捷地蹦到桥尾，让站在桥心的我做个姿势。我左手抓住充当栏杆的铁索，咧嘴露出比死还难看的奇怪笑容——当然这是照片显影后我才见识到的。

我早早回到了大客车上，拿出手机找电话簿，里面却没有随同旅游的任何一个编辑的手机号码，只能给成都的杂志社打电话。接电话的居然是姚夫子，我瞬间失语。整个笔会人马的旅行团应该还在泸定桥前后的路上，离成都还有六七个钟头的车程。

"……你什么时候回成都啊？"

回过神来时听到姚夫子在问。

"我……今天傍晚吧。一路没什么熟人挺没意思的。"后句是我临时想出来的试探。

"前面去九寨沟回来大家都累得够呛，也就你还有精力继续玩。对了，还有潘海天他们去西藏了。"

我支吾了几句挂了机。

九寨沟？

杂志社举行的会后旅行去了九寨沟？我去完了又一个人来康定？而且还是用我一贯厌弃的跟团方式？

我翻出泸定桥的过桥票，明信片式的票后印着当日的戳：20040801。

时间是对的。

我默默看着到时间后一个个上车的旅客，每一张面孔都是陌生的。然后那个圆脸的黑姑娘上了车，坐在梯级上，司机——一个长得有三分像赵本山的师傅，发动了引擎。

车到成都，导游的任务就结束了。我随便找了个旅馆，搁下东西就直冲卫生间，一身的冷汗，肠胃里直搅和，吐得我昏天黑地。勉强冲了个澡，也懒得吃东西，一直趴在床上想东想西。

然后我给张卓家打了个电话，她到现在还不肯使手机，也不知她到家了没有，只能姑且一试。居然是她本人接的电话，径直问我旅行如何。我说："累吐了，我连日子都记不清了。笔会是几号开始的呀？"

"20号呀。"电话那头说，"连会带玩26日结束，你歇一天居然又去海螺沟、康定了，真够有劲的，还是不行了吧。"

"笔会是去的九寨沟？"

"你怎么了你？老年痴呆？"

"记不记得那天我说的暗号？"

"哪天啊？我说你病了就别说话，吐过了好好睡一觉，说什么错什么。"

我无力地搁下电话，脑子是木的。我想我要好好面对这次特殊情况了。

假设我一直熟悉的世界是A，张卓换房的世界也许就是B（B与A的区别还是不确定的），而现在所处的世界却是C，感觉我离自己熟知的那个"时空"越来越远了。这种正在远离的恐惧催促我立刻打了下一个电话。

我拨了大刘的手机，然后惶恐地等待。

应声的人是大刘，我松了口气，至少这个号码还是正确的。

大刘正在北京，他说开完笔会就去北京办事，还没回到山西。

虽然不好意思耗费他的漫游费，我还是厚着脸皮和他展开了一个科幻设计的讨论。

讨论的主题是，人是否可能由于某种奇妙的频率波动，进入不同的平行宇宙。

"很多科幻小说中，在A时空的主人公，我叫他张一号，进入B、C、D等不同时空时也会分别遇见张二、张三、张四……他和自己的变体是共存的。不过我认为，不管进入了哪一个平行时空，只有一个张，如果那是张一，就不会存在张N。"

"你说。"大刘说。

"不过很多故事里的张进入平行时空是希望改变A中的自己，结果却无谓地进入了B、C、D，他永远无法改变张一。当然也有例外的故事，但不是平行宇宙概念的，《谋杀了穆罕默德的人》中张一不断求变的结果是颠覆了自己存在的基础。有没有这样的故事，张一完全不自觉地，没有任何原因就进入了B、C、D等等平行时空，而且每当进入，他就顺势成为张二、张三、张四，但同时还保留着张一的意识。"

"这里的B、C、D之间有关联吗？"

"也许，它们和A的现实距离越来越远。"

"那也许只是一次波动。"

"波动？"

"任何生命也是一种波粒二象性的存在。这里我们只谈波。张存在的波偶然发生单向峰值的波动。比如从0升到100，假设100是峰顶，而每变化10个单位值就会进入另一个平行宇宙，但是如果把它当成坐标值的一次波动，那么它很快会恢复正常值。张也就会回到A时空。"

"但为什么只有张一的意识存在？张二呢？张三到哪里去了？"

"被张一暂时占频了吧。但我认为他们其实是同时存在的。也许张一会发现自己拥有张二的身体，只是意识在频率混乱的情况下抢占了片刻的地盘。"

"什么原因可能造成这样的状况？"

大刘沉默片刻："这就要看你小说的需要了。不过没必要纠缠具体技术，你完全可以有自己的写法。"

我冒着被当成神经病的危险战战兢兢地说了一句："其实我觉得自己就是频率波动的赵一，已经进入了空间C，而且可能还会继续远离。"

电话那边显然迟疑了。

"在康定一起吃烧烤的，到底是你、我、姚夫子、小罗，还是张卓？"我是豁出去了。

大刘很平静地回答："我没有去过康定。"

我害怕夜晚，别提有多怕。我怕醒来发现又是一个世界。我怕那个世界里"我"的生活逐渐超出自己掌控的能力。

我怀疑梦也是一种频率变化的结果，也许所有的梦境都是睡眠中自身频率不稳定，被其他平行的时空接收，进入了另一个自己。

但夜幕还是温柔地降下来，月亮圆得太规整，我查了查，发现今天是阴历十六，十五的月亮十六圆，那么在康定的夜晚就是阴历十五了，不知这和我的"波动"有没有关系，可我那夜并没有看到月亮。

我努力回想整个变化过程，意外发现以前的我——这里应该叫"赵一"，反而变得越来越不确定。那个我是真正存在过的吗？还是那只是我的一次"波动"，而现在的时空才是我的原乡。

眼帘越来越沉重，我听到自己熟睡的呼吸——这不是语病，也不是逻辑错误。我真的听到自己熟睡后均匀、平静的呼吸，然后我完全失去了意识。

我依然是在振动中醒来的，仿佛我不是熟睡了一夜，而只是眼皮子打架，打了几秒钟的盹儿。而且我是在小三轮上，这种价格低廉的交通工具是成都的一大特色，一般短途选用比较划算。望着蹬车师傅穿红色汗衫的后背，我好久没回过神，也不知道该说什么。直到他在一栋熟悉的院子前停下车，转过头用四川话对我说"科协到了"，我这才恍然大悟地交给他十块钱——不知道说好多少，但肯定是够了。师傅找了我五块钱，我梦游般地说声"谢谢"，一仰头看到了大楼顶端写着"科幻世界"四个字的大牌子，牌子很朴素，并没有如A时空里那样安上霓虹灯。

我走进一楼大厅，电梯边的介绍栏灰扑扑的，上面找到了：10楼——科幻世界。

我心里咯噔了一下，A时空的《科幻世界》杂志社6年前就从10楼搬到改建后的6楼了。

我坐电梯上了10楼，带着点做贼心虚的感觉往里走。我还记得6年前的《科幻世界》杂志社，但依稀有些不同。我不知道自己到底是进入了D时空，还是时光倒转，回到了6年前。

我一路走过了挂着"社长室""总编室""邮购部"门牌的房间，房间的门都关得紧紧的，直到"编辑室"才看到一扇虚掩的门。我在门边礼貌地敲了两下，不，这不是6年前的《科幻世界》杂志社，如果我没有记错的话，那时编辑部的门是双面的木门，而不是这种单面的红色铁门。

房间里有人用带川音的普通话应了一句："请进。"

我推开门，陷入一个完全陌生的环境，埋首工作的编辑们对我置之不理，只有那个应门的编辑转身朝我问："找哪位？"

我不认识他。我不认识这屋里的任何一个人。

我觉得嘴唇发干，报了自己的名字，他没有反应。另一个编辑的脑袋从最远一排桌上垒得高高的书和杂志上冒了出来："你就是刚才打电话问买书的那个吧？去邮购部。"

我一边嘴里不停说着"打扰了"一边退出房间，一时间我不知如何是好。仿佛因为杂志社的改头换面，我和原来世界的联系也彻底断了线索。

我不知道我进邮购部还有什么意义，但是我实在想不出后面该做什么。我甚至不知道我该住在哪里——昨晚入住的宾馆很可能也属于"上一个波段"。

于是我敲响了邮购部的门，一个中年男子拉开门："有事吗？"

"我……"我想不出还可以说什么，只能报出了自己的名字。

"哦，你刚查过邮单的。已经给你发出去了呀。"

我松了口气，仿佛又抓到了另一根线，虽然是那么纤细的一条线索。"我……我还想再买几本别的，还是请你们用原来的地址给我发出去就可以了。"

果然电脑里存了发货的地址记录。他打了一张出来，我把随便挑的四本杂志递给他，看着他打包。同时我拿起一支桌上的圆珠笔，在手心里记下了那个地址：

浙江省杭州市福心路285号302室，邮政编码：310023。

记忆中杭州并没有这样一条路。

付钱后我离开了杂志社和多少有几分原来面貌的科协大楼，在人民南路上漫无目的地晃悠。这似乎就是我熟悉的人民南路，但是气息、感觉却不尽相同。

与本原越来越远的世界让我措手不及。所幸有过之前几次渐进的铺垫，我还能保持基本正常的精神状态。

成都的天空总是灰蒙蒙的，云层遮蔽了天空，即使在晚上，也很难看见清晰的星群。也许这个世界里的星星，和别的世界是一样的吧？我像一个白痴那样坐在花坛边的水泥板上瞪着天空，等待黑夜的降临。其实我根本不熟悉星星的位置，我的天文学知识完全不具备实践能力。

就在这个时候，我挂在腰间的小包忽然振动起来。

"在我意想不到的时候，你居然就在那里——"一个女声唱着，伴着叮叮咚咚的和弦。

我忽然意识到这是手机来电。

我急忙去掏那个包，从来没有觉得自己的手脚这么笨拙，终于掏出这个跳动的小东西。我又迟疑了，不是我的西门子，也不是我知道的任何牌子，我不确定应该如何接听。

那个女声依然唱着我从来没有听过的歌曲："我等待了那么久，你来的时候我却已经放弃……"

管他的，手机反正都差不多。我按下屏幕下的"C"键，希望那个符号代表话筒。

和弦停了，女声安静了，然后又一个声音，细细的，从手机一端传来："喂。"

我战战兢兢地凑上去听。

"听得到吗？"

"听到了。"我心虚地回道。

"什么时候回来？"

"啊？"

"你不是说昨天订票吗？告诉我航班号好去接你。"

一个男声，陌生的男声。

我灵光一闪，立刻在包中翻找，果然找出了一张机票。2004年8月3日上午9点30分起飞，CU3850，成都到杭州。我在电话里报了一遍。

那边笑了："明天我调休吧。你想想要怎么庆祝。"

我就像个临时顶替的B角，在舞台上忘了词："庆祝什么？"

"你当我忘了？三周年嘛。锡婚，还是陶瓷婚。我是搞不清那些的，反正我已经准备好节目了。"

我干笑两声挂了电话，这才真正地傻了眼。大刘说波动也许是暂时的，很快就会复原。如果真是这样，我希望现在就复原。现在，我对着翻得一团糟的包包许愿：让我立刻回去，实在不行的话，最迟在明天中午之前。

我抓住这只新鲜的手机，努力寻找电话簿，但是簿子里找不到任何熟悉的名字。有一个"家"的号码，但我怕会是那个陌生的男人接听而不敢尝试。

我拨了一个A世界中杭州家里的电话。

无尽的长音，之后"喀"的一声，一个很粗鲁的声音在电话那头应声："喂？"

"喂。"我畏缩了，我已经料到这个电话号码也失效了。

"找谁？"话音是凶横的。

我忽然来了气，因为这一段无端的颠沛，我用同样凶横的口气说："找我妈！"

"打错了！"电话被重重地挂断了。

包里有一张薛涛宾馆的房卡，我不明白赵四——这个空间原来的住客，为什么要住得那么远。还有一个红色的皮夹，塞了10张纸币和各种颜色的银行卡、贵宾卡。纸币是绿色的，正面印着毛主席的全身像，反面好像是革命圣地延安，都印着阿拉伯数字100和"壹佰圆"字样。

皮夹里还有一张两人合照，一对年轻男女刻意摆出肉麻的姿势。这两个人我谁都不认识。

然后还有一盒兰蔻的两用粉饼，一支迪奥的口红。

我打开粉盒，镜面因为沾了粉不太清楚，但还是可以看到一双陌生的眼睛从镜子里望着我。我被唬得哇了一声，几乎把带镜的粉盒摔在地上。

"镇定，镇定。"我对自己说。

我把镜子重新举到面前，镜子里还是那双陌生的眼睛。

等等，好像见过。我拿起皮夹，和镜子并排举着。

是的，镜子里照出来的，正是照片上那个女人的脸。

见鬼，我也许真的是和一个赵四撞在一起了。她的身体，我的意识，或者她的意识也是存在的，我们正在抢占同一个波段。

"我不干了！"我仰起头，好像这个城市天空的云层之后有张嗤笑的脸正在取笑我的慌乱。

下一次的震荡发生在飞机下落的时分。一个柔美的声音提醒我，飞机正在下降，请收起小桌板。我这才发现自己刚才又睡过去了，手表显示时间是11点30分，还有20多分钟就要到杭州机场了。

窗外是白茫茫一片，没什么值得看的风景。而我，软弱地遵从了赵四的生活轨迹，终于还是在昨晚回到了薛涛宾馆，并且一早出发赶飞机。不是没有想过愤然反抗，留在成都不走，或是换一班飞机回杭州，让那些我不认识的人再也找不到我。但是钱包里只有1000块钱，卡再多不知道密码也白搭。当然还有最重要的一点，我想我和赵四共处的时间也许非常短暂，如果同前几次一样，可能还到不了一天。

现在我已经杯弓蛇影到每次瞌睡醒来，都会立刻查证是否进入了另一重世界。我按了按腰部，没有那个包。我急了，先搜座椅后的袋子，除了卫生袋还找出一本南方航空的杂志。咦，不是川航的航班吗？终于从T恤衫的胸袋里掏出一个皮夹，蓝色的，大夹层里只有薄薄两张纸币，一面印着一个不认识的头像，另一面是长江三峡，标明面值是"壹仟元"。"哈"我情不自禁叫出声来，左边座上的一对老夫妇白了我一眼。记得上机时坐的还是一对小夫妻呢。

虽然又换了个世界，但打了个盹的工夫就多了1000块总是好事。我觉得这个世界，按顺序应该是E，一开始就给我带来了好运。反正一切都不由自主，那就只能等待尽快复原，同时把当下的经历当成一次小小的冒险，或者看成大学时在英语剧社里演出的短剧好了——我在心里对自己这样说，但仍然觉得七上八下，搜皮夹的手掌心汗津津的。

两张银行卡，三张名片，一张照片。

名片居然是同一个人的，"章之延，中国美院国画系，家庭地址：杭州市南山路540号302室"。A世界里的南山路没有那么大的号数。但为什么会有三张，一般只可能是本人的名片，出门时带了几张备用的。但是难道赵五连名字都换了？当然事实上不能叫她赵五，她只是E世界里正好和我同频的人。

还有那张照片，那张照片让我一个激灵。

一个小小的女孩儿坐在画面正中，粉蓝色的婴儿裙，贴耳根的短发，黑圆的眼睛瞪得很大，照片上沿印着：章咪一周岁。

在这个世界等着我的，也许是婴儿的纸尿片。

皮夹从我汗湿的手掌里滑落，我弯腰去捡时，前额撞到了左边的扶手。一边把皮夹放进衣袋，一边揉着额头，我忽然有脱力的感觉，觉得自己再也无法应付这一波又一波的新生活。

从飞机临降落前的一段广播中，我知道这是从云南昆明过来的南航班机，降落时间是中午十二点零五分。我最后一个下机，因为没有别的方式从行李柜中找出"我"的包——所有附近乘客都拿剩的才是我的。

机票上没有额外的贴纸，应该没有托运的行李。我木然地跟随人流向出口走去，全然忘了可能会有接站的人。走路的感觉有点异样，但我以为是因为不习惯脚上的高跟鞋。

"之延！之延！"那个男人是匆忙挤到我身边来的，"幸好没晚。一路还好吧？"

我看着他的眼神一定很奇怪。我没有见过他，他甚至不是赵四的皮夹里那张肉麻合照中的男人，声音也不合。

他比我高一个头，特瘦，眉眼棱角过分突出的那种，绝不是我喜欢的类型。

我下意识和他比个子的时候忽然发现，赵五，或者是章之延，个子是很矮的，大概不到一米六，那这个男人其实也并不算高了。

刚才的异样感觉就是因为陡然矮了一截，走路、看周围的环境就都不大一样了。

我做了几次深呼吸，像上战场前的女兵。但我说不出话，一句都说不出，只是一言不发地跟着他走，实在需要发表意见的时候呜两声。

我跟他上了一辆吉普，途中他非常安静，说过一句"阿咪特别想你"，之后再无他话。安静得我都觉得不正常，隔三岔五瞥他一眼，以确认他没有睡着。50分钟后车停在了南山路口一个古怪的弄堂外，一块小牌子上写着："纤花巷，南山路520—546号"。

"那我就不上去了。"男人说。

我狐疑地推开车门，走到巷口向里张望，而男人的车居然在这片刻就开走了。

我东张西望地找着540号，有路过的小姑娘和我打招呼："章阿姨回来啦。"

我局促地笑笑。

然后就看到540号楼，非常古色古香的5层小楼，楼道有点窄，采光也不太好，上到302室，青漆的木门，正中盘着一串深红的珠子，其中一粒嵌着门铃。

我四下里看看，忽然有一种要在这里逃跑的冲动。终于叹口气，又做个深呼吸，按下了门铃。

珠子最上一粒突然透出一簇光来，原来里面藏着个猫眼。有人在里面打量我。

门还没开声音就先出来了，带点安徽口音的年轻女声："阿姨回来啦。"

我吓了一跳。赵五怎么有这么大的侄女。

门后站着的小姑娘不到20岁，穿着朴素，脸上透着都市里少见的淳朴，很灵光地接过我手上的行李包。我松了口气，这是个小保姆。

"是叔叔把您送回来的？"保姆一边放下行李，一边去冰箱里拿了一瓶冰水给我。

我估计她是指刚才来接机的男人，随便嗯了一声。

"阿姨，其实叔叔对你那么好，为什么要离婚呢？"

我定住了。一贯讨厌这种多管闲事的碎嘴娘，但这次却幸亏她多嘴，让我松了一口大气。紧张感退却后就感到了疲惫，全身上下都酸痛得要命，不是因为坐飞机，也许是因为换波段。

我掰下脚上的高跟鞋，把肿胀的双脚套进门边放得整整齐齐的一双水绿色篾编拖鞋，趿着走过湖蓝色的客厅，左右观望了一下，立刻找出了属于赵五的卧房。淡青色地板，浅一个色号的墙，深一个色号的衣柜，梳妆台和一张大床，并排放着一张婴儿床。

保姆在身后追着说："叔叔一早把咪咪送回来的，他说咪咪这几天很乖。"

我叹了口气，走向另一段串线的命运。

婴儿床上的孩子正在酣睡，圆圆的脑袋陷在松软的枕头里，嘴角挂着一串白亮的口涎。细眉毛，睫毛黑簇簇的一大圈，鼻头有点塌，小小的嘴巴，翘翘的嘴唇，肉鼓鼓的两只小胳膊摊成一字形。我没有养孩子的经验，看不出她到底有多大，但显然比一周岁的照片上大了许多。

正看她时，她就醒了，张开的眼睛像杏仁，圆咕隆咚，转起来好像会有声音。

她在静静地观察我。都说小孩的感觉最敏锐，难道她发觉自己的母亲已经换人？

她黑色的瞳仁那样宁静，我在里面看到了赵五，不，是章之延的影子。我忍不住戳了一下她肉乎乎的胳膊，试探地叫了一声："咪……"

不知道章之延平日怎么叫她，但是这一声试探的"咪"却立刻在她身上激起了回应。

小胳膊呼地朝上举起，仿佛是召唤一个怀抱："妈妈。"

嫩生生的小姑娘的声音，带着亲昵的撒娇的尾音。

我好像玩游戏走对了第一步，顿时被逗起了兴趣，把孩子从婴儿床里掏了出来，觉得不稳当又换了姿势，很舒服地把她抱在怀里。

孩子笑了。第一次发现婴孩笑起来眼角也会有这么厚的褶皱。她拿柔软的迷你手掌戳我的脸，戳腻了又抓。我喜欢那柔软皮肤的触感，但讨厌她的动作，心下嘀咕："真不知是怎么管教的。"

我用手臂做摇篮，回转身时却看到保姆站在卧房门口，看得目瞪口呆。

"怎么了？"我奇怪地问。

小保姆一边比画一边支吾着说："阿姨你……不是不喜欢抱孩子吗……可以交给我来。"

我的动作僵住了，低头看了看怀里欢天喜地的小家伙。原来这么放肆是因为很少被妈妈抱的。章之延随身带着咪咪的照片，应该很喜欢她，但或许不习惯用肢体语言表达。

小家伙又伸出手来摸我的鼻子，嘴里嚷着："咕噜！"

我闻到了她身上的奶香味儿，那是一种暖烘烘的，让人心软的味道。"没什么。"我对保姆说。我把丫头搂得更紧了一点儿，任她折腾我的脸。

我们的交集，或者不会超过一天。

我抱着孩子完成了对整套房子的检阅，两室一厅，设计非常简洁，配色很干净。保姆在客厅搭铺，卧房外的另一间是书房兼画室。两面书墙，靠窗则是宽大的长桌，能铺下三米长卷。桌上两排红木笔架上像挂兵器一样悬着粗细不一的毛笔。砚台造型古朴，上次研的墨早已干了，却仍让整个房间都酝酿着特殊的墨香。

但是，桌上没有画。

一转身，就看见屋梁位置悬着一条线，一幅水墨丹青飘飘悠悠地挂在那里，盛放的湖畔荷花图。在盛放的白荷花同花苞、荷叶之间，弥漫着淡青色的雾气，让这幅画像轻纱一样灵动。

我忽然嫉妒起来，怨自己为什么不是赵五。

晚饭后我带咪咪去湖边散步。出了巷口到湖滨不过几十米的路程，我就觉得怀里的小丫头越来越沉，谁让我把孩子当玩具呢，这下子吃到苦头了。

刚下过小雨，眼前的湖山迷迷蒙蒙，如在梦中。近湖粉荷大放，荷花独特的香气伴着晚风阵阵袭来。我抱着咪咪在石椅上坐下，指着湖畔的花朵问："咪——那是什么？"

"荷发——"咪咪激动得手舞足蹈。

忽然，一个小小的黑影从荷塘中一跃而上，轻悄悄地停在岸边的青石上。

"咪——这是什么？"

我小心翼翼地把她放下地，让她可以仔细观察那个刚跳上来的小东西。

她撅起小屁股朝前探身，但如此幼小的她还不知道如何保持身体平衡，于是"噗"地扑倒在地上。娇嫩的手臂和地面摩擦，一定很疼，她哇地哭出声来。我慌忙把她抱起来，轻轻摇晃，一面查看她擦红的手臂，心里埋怨自己玩得太过火。

"蛤蟆！"她忽然停止哭泣，瞪着我说，手臂指向那个受惊跳回荷花丛里的小影子。

"是呀，这是蛤蟆。"我不由得有些惊讶，小丫头牙牙学语不久就教会了她这么难的词，章之延真有点本事。我突然想到了什么，把孩子抱起来，异常认真地对她说，"咪，我们约定一个暗号吧。"

"暗号，暗号，暗号。"小东西不知道这个词是什么意思，只一个劲地点头重复，好像在做一个游戏。

"蛤蟆，"我兴奋地对她说，"暗号是蛤蟆。记住了吗？"

她挥舞着小胖手，拍在我的脸上，啪啪地响："蛤蟆！蛤蟆！"

"蛤蟆是什么？"

"暗号。"

"暗号是什么？"

"蛤蟆。"

真是个聪明的孩子。

我一笑，她也笑了，露出没长齐牙齿的牙床，黑眼睛格外的晶亮。我心中一动，仰头看，夜空突然放晴，一整面洁净如透明蓝水晶的天空，嵌着深深浅浅的星座，遥远的星光隐约形成一条宽阔的乳白色河流，无声地从天宇中流过。只有在巴音布鲁克草原才见过这样的星空！

我抱紧怀中的孩子，在星空神秘的注视下激动得全身颤抖。

入睡前我在镜子前面好好打量了一下章之延的容貌，小脸尖下巴，不习惯；放肆的浓眉毛，我喜欢；有点塌的翘鼻子，过得去；黑洞洞的圆眼睛靠得太近，怪怪的；小嘴巴和鼓翘的嘴唇，还算可爱。我知道在我的人生轨迹中永远无法与她相见，除非是像现在这样。她在镜子里面，我在镜子外面。

我把咪咪从婴儿床上抱到大床上，在床头柜上准备了奶瓶和纸尿片。然后我搂着这个小小的肉包一起睡，她粉红的舌头不停地在我脸上舔来舔去，痒痒的，但很有趣。

"咪，暗号。"我在逐渐侵袭的困意中下意识地嘟哝了一声。

然后一个温软的童声用跳跃的语调在我耳边放声说："蛤！蟆！"

梦一个接着一个来了。

在梦里我穿越了一个又一个不同的世界，又好像，我穿越了不同的人一连串不同的梦境，而且一直在波浪上震荡，一波又一波，一浪又一浪。

我晕眩得想吐，我什么都忘了，以为自己在做一个晕车的梦。我不知道自己身在何处，要去何方，我不知道梦里这一次又一次的流浪到底意味着什么——或者这几天的颠簸也许都是梦吧——这起伏翻滚的波浪，像穿越康定城的那条河，滚着汹涌的波涛，发出隆隆的声响，而河水又是那么清澈，可以看见波涛拍打着的河底青石。

然后隐约有什么声音。在那河水的咆哮声中，有什么声音，像是一个孩子欢欣的笑声，渐渐地远去。

晨光，以及明确的、吱啦吱啦的声音。

我睁开眼，看到淡褐色的天花板。然后，看到Baby正在拉窗帘，她逆光，被勾勒出一个苗条的背影。

"我要上班去了，你是不是不舒服，刚才一直在翻身。"她回头问。

我还没有反应过来，呆呆地望着她。

"电脑开机就自动上线，你要上网的话直接打开就行。"她指指桌上的东芝笔记本。我记得那是一台比两块砖头还重的大家伙，因此她一直把它当台式机用。

我头部酥麻的感觉渐渐消散，然后慢慢地接上了线——在A世界的我，原计划从成都返回后径直去上海的同学家小住两天。这是我为什么会在Baby家醒来的原因。

"好的。"我应了一声，声音有些虚弱，像大病初愈的人。

我慢吞吞地起床，在卫生间找到了我的洗漱用具，在镜子里看到熟悉的面孔，每一个早晨，这张脸总是有些浮肿，无精打采的。

"你好。"我摸着镜子里的自己，"欢迎回来。"

暑假很快就结束了，生活又回到了正轨，跟随忙碌的齿轮不停地旋转。我后来才知道，有这种经历的人并不仅我一个，康定夜晚的那阵怪风，吹散了三个人，而那次暂时性的波动给我们带来的影响，也在同一时间消失。大刘和姚夫子的经历比我更刺激有趣，但只有我还念念不忘在不同空间的日子。

我经常怀念章之延的生活，也对赵四的丈夫有一点好奇。还有，还有，我想念咪咪那柔软皮肤的触感，和那对沉淀了神秘星空的黑色眼睛。我知道我的人生中永远不会出现那样一个孩子，她存在于另一个神秘的世界，但我经常幻想，如果有一天，我遇见一个人，愿意和他有一个孩子，而那是一个女孩，在她牙牙学语的时候，忽然靠在我耳边神秘地说："蛤蟆。"

我知道在我的空间永远不可能发生这样的事情。即使这是一篇伪托的科幻小说，也应有它内在的逻辑规则。大刘说波动可能是偶然的、无序的、不可再生的，但是我想试试。许多事都是从偶然开始，逐渐被人们摸清规律。

2005年的夏天，同一个阴历十五的晚上我又回到了康定。这一次，只有我一个人。

又是一个繁星若尘的十五夜晚，没有月亮的夜晚，我深吸了一口高原清新的空气，沿着跨河大桥桥墩处的梯级，一级一级地走下去。水声越来越响地拍击耳鼓。最下面的梯级没在河水中，我紧张地放下一步，又一步，河水没过了我的凉鞋，清凉的水，夜里带着冰一样的寒意。我咬咬牙，继续下行，身体逐渐没入寒流，我紧抓住梯级旁的扶手，用被冰水冲得几乎麻木的脚去探最近的一块河心石。果然河水并不深，但是汹涌的浪头让我几乎站不住脚，如果不是双手紧抓住扶手，片刻就会被巨大的水流冲走。

但是我感觉到了，在这波浪冲袭的一波又一波中，我感到这个世界的声音逐渐遥远，一种似曾相识的震荡感代替了水流的波动，将我送向一个又一个时空……

创作絮语

这篇故事纯属临时起意，是2004年夏天科幻世界笔会一个有趣的副产品。编辑杨姐提议说想做贺岁刊的时候，我说，那就写点好玩的，从笔会第五天，在康定吃烧烤说起，编个故事。当时是随口说说，谁知道在上海时就真正开动起来，一周时间写了大半，回杭第二天就完成了。说实话2004年的这次笔会，我本来是冲着旅游去的，但是中间几次交流却给我带来了全新的灵感。尤其要感谢大刘的《球状闪电》，读后让我感到科幻小说的独特力量，进而激发了自己在另一种风格上的创作探索。

小说开头的烧烤一节是真实发生的，其他大多虚构，读者自能辨别。由于创作小说时还是未婚女性，也尚未认识后来的先生，想到要在平行宇宙中描写自己的婚姻生活感到非常为难，于是为图省事就把"赵五"写成一位单身妈妈。现在想来颇为尴尬，但是也有借口，那是另外一个宇宙的事情嘛……

同时这个短篇也为日后我的第一部长篇《水晶天》（曾用名《水晶的天空》）提供了灵感来源，并在长篇中作为"故事中的故事"引用。

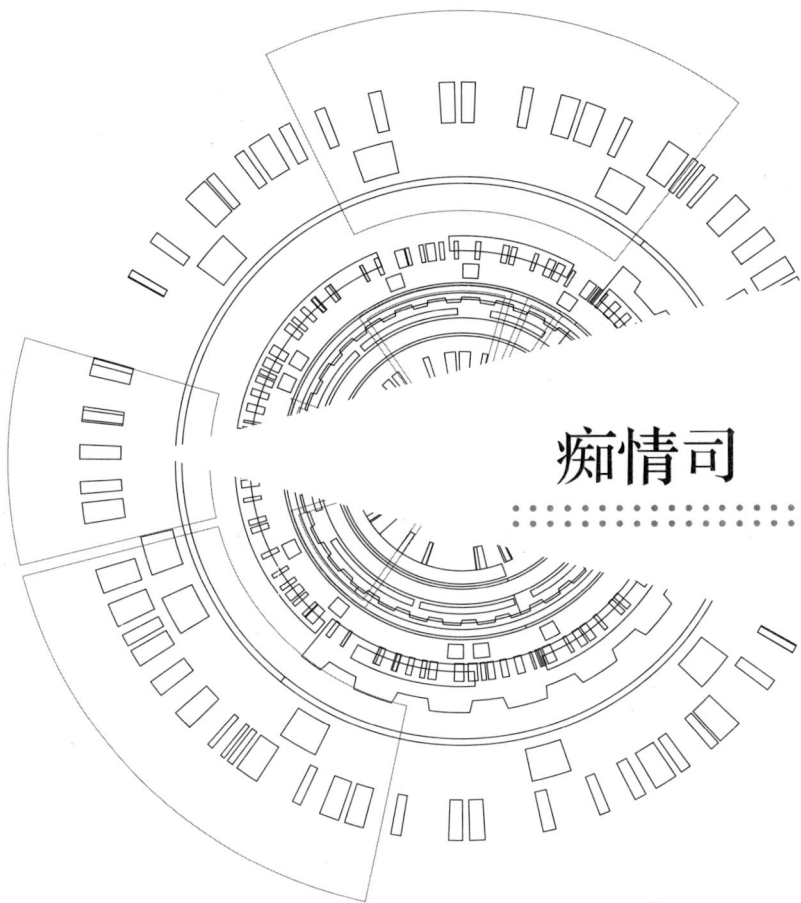

痴情司

若若是在美兰结婚那天第一次听说"痴情司"这个地方的。

那天婚宴结束后，一大群老同学都拥到美兰家去闹新房。

若若不大喜欢这样的场合，但美兰是她的挚友，于情于理都不能不去。而在那样的场合里，就必然会听到那个难堪的话题。

"哎呀，若若。"家丽的话里有点儿大惊小怪的意思，"我们一班的女生到如今只有你还是一个人呢！"

若若觉得胸口一窒，慢慢起身。她太明白这样的话应该怎样应对，只需自嘲一声"是呀，我怎么就嫁不出去呢"，甚至还可以赶蛇随棒上，"拜托你给我介绍一个吧"，大家哈哈一笑，也就搪塞过去了。

可她偏不肯让大家如意。

她慢慢站起身，走到客厅的装饰柜前，参观里头的摆设，始终一言不发。

家丽慌忙收了声，大家也都有些沉默，觉出事态严重。屋里的气氛顿时冷了下来。

只有美兰清楚好友心中的痛苦。她并没有怪若若不给足面子，悄悄走上前去，牵住若若的手。

若若的手冰凉。

美兰忽然觉得难受，鼻子一酸，把牵住的这只手紧紧握了一握。

"真是美丽呀！"若若忽然出声。

装饰柜正中一格铺着厚厚的深蓝色天鹅绒，上面散落着一颗颗乳白色的珍珠。珠子都是一般大小，圆滚滚的，泛着柔光。

"你喜欢吗？可以拿出来看。"美兰飞快地打开玻璃门，小心翼翼地取出一颗连她丈夫都不准碰的珠子，放在若若的手心里，"这是我母亲送的结婚礼物，在'人生驿站'定做的记忆珠宝。"

若若惊讶地抬头："这难道不是普通的珍珠吗？"

"看来你对外头的事情关心得太少。"美兰不住地摇头。

若若死死盯住掌心的这一颗珠子。小指甲盖一般大，十分规则的球体，上头有一个小圆点，仔细一看是个针尖大的孔，对着灯一照却并不漏光。

"这是个记忆容器。"美兰解释道，"母亲把她与我有关的27年的记忆拷贝了一份存入这些记忆珠宝。所以，这些'珍珠'……名叫'母爱'。"

若若脸上现出做梦般的表情："可以把记忆与感情做成珠宝，科学居然已发达到这一步了吗？"

"说你不问世事吧！"美兰拿回那粒"珍珠"，放回柜中，马上关好玻璃门，"你看到的珠上的小孔是'读取口'，插上配套的'读取器'就能接收到里头的记忆。"

若若被深深震撼："你说，能制作这种东西的地方叫'人生驿站'？"

"是，"美兰留意到若若问话中带有一种激越的调子，敏感地瞟了她一眼，半晌才答，"那家'人生驿站'设有三个部门。你看到的这一套'母爱'出自'亲情司'，此外还有'怨情司''痴情司'。"

听到最后一个名字，若若浑身一颤。

美兰抽身去客厅另一边招呼客人，临到转身，又静静望了一眼自己的好友。那一眼直看到若若的心里去。

"或许，那正是你该去的地方。"

若若望着美兰翩然坐回新婚夫婿的身边，仰头对周围的亲朋好友说话。美丽的新娘时而巧笑嫣然，时而美目顾盼。一对新人的手依依相握。

呵，执子之手，与子偕老。

若若转过头，不想让别人看到自己发红的眼圈。一种彻骨的凄凉从脚底慢慢浸润上来。

她远远离开幸福的人群，推门走上阳台。

外面是一天星月，淡淡的星，浅浅的月。夜色深沉如无边的海洋，习习夜风，吹透她单薄的春裳。

如此星辰如此夜。

爱人啊，你又在什么地方？

几天后，若若打了一个电话。

电话那一头是个浑厚的男声，让若若隐隐心动——这个声音，有一分像"他"呢。

"你好，人生驿站，这里是痴情司咨询部。"

"我……想了解一下你们提供的服务种类。"

"痴情司可以把人最美好的爱情回忆录入记忆珠宝，做成一份珍贵的纪念品。你可以把它送给你的爱人，也可以自己保留。即使时光冲淡了你脑海中的记忆，可这份最真的感情会永远完整地保存在记忆珠宝中，你随时随地都可以取读。……以上制作方式称为保真型。

"如果你的感情经历带给你的是深刻的痛苦，你需要在人生驿站放下这一份感情包袱，轻装上阵，走向新的彼岸，那你可以选择抛弃型珠宝……"

若若突然打断他的话："抛弃什么？"

电话那头迟疑了一下才回过神来："抛弃型的制作方式是，在把原有记忆输入珠宝的同时，会自动把客户大脑中的相关记忆清除。所以，被抛弃的是客户本身拥有的相关记忆。"

"不。"若若情不自禁地呻吟。

电话那头沉默了。见多了尘世的旷夫怨女，仅只这一声"不"便能让他明了若若的处境。

"其实……"他显然在斟字酌句，"如果一段感情经历在你心中占有太过重要的地位，而这段感情本身偏偏不具可操作性，那么最好的办法就是把它从记忆中清除掉，使得新的感情、新的人可以进来。那一段美丽而痛苦的过去，则可以化为一套精致的珠宝，留作永久的纪念。"

若若听得入迷。她渐渐假想电话那边说话的人就是"他"。她在"他"的声音中沉醉。

如果是你这般劝我，如果这是你的愿望……

"可是……只要读取一次记忆珠宝，所有的过去不就都回来了吗？"若若怯怯地问。

"抛弃型珠宝是不能直接交还原主的。你可以在手术前填好接收人的地址，由我们公司负责递送。昨天就有位先生定做了一套抛弃型的珠宝送给他刚分手的女友。"

"真是卑鄙。"若若脱口而出。

电话那头又静了一静。那声音再度响起时带着语重心长的口吻："小姐，恋爱这种事，每个人的故事都不相同。听得出来，你还算是幸运的。你过去的那段感情虽然痛苦，但依然值得。"

这一次轮到若若沉默了。

"小姐，抛弃型珠宝若不愿送给'那个人'，还可以选择代售或寄存。痴情司的珠宝市价相当高，为保护客户隐私，代售的珠宝不出售配套读取器……"

"我绝不会出售这一段记忆！"若若的声调陡然提高了八度。

"理解，理解。那或者，你愿意选择寄存？年限从10年至50年不等。公司本着为客户着想的原则，一旦确定了保管年限，就不能在中途取出。"

如果要选，就选50年。50年后我已老矣，再重拾这段回忆，是否可以只是叹口气，感慨"惆怅旧欢如梦"呢？

若若想到这里，猛然记起自己的本意不过是打个咨询电话随便问问，如何当起真来了。

"小姐需要预定制作时间吗？"那一头还在问。

"啊，"若若回过神来，不好意思地说，"我……就是先来看看，再做打算。"

"当然可以，随时欢迎你来。"

"人生驿站"记忆珠宝公司的办公地点是城西一幢74层的摩天大楼，在阳光下亮晃晃地发光。

若若找到这里时，心头有难以言说的失望。

本以为会是太虚幻境、孽海情天般的地方。

在科学的时代里，技术早已消解了浪漫。

大楼从第二层至五十二层都属于"痴情司"，上回接电话的咨询部干事A先生特地陪若若四处参观。

"看，制作过程毫无痛苦。"A先生指指水晶罩里的顾客。

每个人头上都戴着一个古怪的"头盔"，上面有线路连通密封的首饰盒。每个人的脸上都挂着平和的表情，好像睡着了一样。

"珠宝的种类、形状、数量都可以任意选取。"A先生把若若带到展示柜前，"钻石、玛瑙、祖母绿、珍珠……"他看了若若一眼，"或者你喜欢水滴形的蛋白石——如同一滴眼泪。"

"不，我就要珍珠。"若若说。

沧海月明珠有泪——珍珠本来就是最古老的眼泪。

还君明珠双泪垂——珍珠又一向与情爱牵牵绊绊。

"记忆珍珠也分不同型号，有各种内存任选。同是一份记忆，可以植入一串珍珠，也可以统统输入到一颗里去。"

"只要一颗。"若若悠然出神。

乳白色的珠子，圆滚滚的一颗，那是我最初与最后的眼泪。

"抛弃型还是保真型，你打定主意了么？"A先生殷切地问。

若若"呀"了一声，瞪大眼睛，呆呆望着A先生。刚才那后半句话，她一时间竟错听成"他"的声音了。

你打定主意了么？真的不再见面了？

是，是的，已经决定了。

那我应该为你祝福。

谢谢，可是不必了。

为什么又掉眼泪了？

不，别看我，没什么，没什么。

记得烛影摇红，记得乐声悠扬，记得你用目光牵住我不放……不，不，不，对你的回忆，对你的情感，放弃它们我不能够！

若若一把推开A先生，跌跌撞撞地夺门而出。

她冲出大厦，站在一楼门厅外的台阶上，望着外面的世界。

大街上熙熙攘攘，人来人往。

我们都只是生命的过客。

在这茫茫人海中，时间的荒原里，要遇见一个能真正相爱的人是多么的不易！

虽然我们不得不分开，但我至少要保有你的回忆。不管保留它的代价有多高，我依旧觉得值得。

想得这样清楚明白了，若若定了心。她仰头迎着阳光笑了一笑，抬头挺胸地往前走，融入来来往往的人流中去。她并没有明确的目的地，此刻只想任由这浩浩荡荡的潮水把她冲到任何地方。

今后要好好地生活才行，即使寂寞，可左胸上方的那个位置始终都会是满满的。

若若用手摸一摸那处地方，似乎感到幸福了。

闲步遛进一家快餐厅，若若叫了一杯果汁慢慢地吸。邻座有一对少年男女，正吃着刨冰，讨论人生的问题。

"你一定要正视你自己。"少女说。

若若哑然失笑——现在的少年呀！

"我努力过了，可是没有用。"少年没精打采地答道，"她还是不理我。"

呵，原来不过是段普通的校园故事。

若若笑嘻嘻地望着这对少年男女。此后，她注定要看着别人的爱怨情仇轮番上演，而她超然事外，仅作旁观者。

这样的生活，也不是不好的。

忽然，餐厅里的人都把面孔转向同一方向。

若若有些好奇，也跟着回头看去。

快餐厅右面的墙上嵌着一面大型电视屏幕。电视里正在播映一段娱乐新闻。

——面对"狗仔队"的穷追猛打，"他"不动声色地微笑，气定神闲地招架。

是你！是你！是你！

看到他的一瞬，若若如雷轰顶。

他的形象在投上视网膜的同时，直接烙入了她的意识，几乎没有留下任何喘息的机会，就在她的脑海中引爆。

眼泪和哭喊同时迸发，大庭广众之下，若若不能自主地痛哭流涕。

她在众人惊诧的目光中落荒而逃，沿着大街狂奔而去。

她拼命地跑，双手紧揾着似要爆裂的头，一对美目变成了两汪泪泉，咬紧的唇齿关不住抽搐的呜咽。

原以为这段感情会是我孤独人生的慰藉。

谁想到它居然牢牢控制着我的灵魂，主宰着我的精神，蚕食着我的意志！

若若内心世界里的这场暴风雨震天动地地吼着，似乎会一直一直这样持续下去，永无止息！

救命！救命！救命！

不论为了任何理由，我都不想忘记你！

可是，至少先让我活下去！

冲进痴情司的时候，若若几乎已完全崩溃。A先生倒似见惯不惊，上前招呼："小姐，你已决定？"

"现在就做……抛弃型！"若若的声音仍如呜咽。

"选择寄存？好……请在这儿签字。"

"请马上给我做……"她泣不成声。

"好的……好的……保管年限？"

"……50年……"若若用尽全身力气吐出那三个字，便躺在头盔式脑波仪下面睡着了。

刚醒过来的时候，若若还有点迷糊。她伸个懒腰，仰头冲站在一边的服务小姐笑了一笑。

"这是什么地方？我怎么会在这儿？"

服务小姐送上一份合同文件。若若细细翻看，越看越奇怪："咦，我居然在一颗珍珠中存下一份记忆，指定50年后读取。"

"是，50年后你可以来取回这颗记忆珍珠。"服务小姐彬彬有礼，"不过，这位小姐，很对不起，根据脑波检测结果，刚才的制作过程中出现了一点小偏差，你大脑记忆库中的相关记忆清洗得不够干净。如果你愿意，可以再重新清洗一遍。"

"谢了！我看还是免了吧！"若若吓了一跳——可不能再折腾我的脑袋了。

"为了保证效果，也许你还是应该……"

"真的用不着。"若若毫不在意地摇头。不过是没有清干净的一丁点记忆，能有什么大不了的？

"那好，请到收银处付款，然后领取你的寄存券，保管年限一到，你就可以来把'它'领回去。"

若若顺着服务小姐手指的方向看到了首饰盒里的那颗珍珠。拇指盖那么大的一颗白珠子，圆圆胖胖的，特别好看。她不由得有些好奇：这里头到底存着一些什么记忆？

一低头，她留意到付款单上写的品名——"情人的眼泪"。

几乎要踮着脚尖，若若才能从货架最上层够到一瓶"幸福牌"剃须膏。

这是君达最喜欢的牌子。虽说若若不大喜欢它的味道，可在超市采购时仍不忘为丈夫买上一瓶。

还有，还有，千万记住拿一盒婴幼儿爽身粉，宝宝一到夏天就会捂出满身红红的痱子。多么让人心痛！

若若又在冷冻食品部取了几份净菜。平时工作太忙，好不容易到周末下一次厨房，应该尽量搞得丰盛些。

超市里一直在放着音乐，欢快的歌、奔放的歌、深情的歌、幽怨的歌，交替回荡。

若若伴着音乐的节奏轻轻点头。

又换了一首歌。

歌手的声音分外哀怨、深沉——

为什么要对你掉眼泪，

难道不知道是为了谁……

若若突然停步。

感觉怪怪的，有点儿不对劲。

她站在那里一动不动，直到一曲终了，然后环顾一下，感到莫名其妙。

我为什么忽然站在这儿发呆呢？

她用力甩了一下头，像是想把什么东西甩掉似的。

结了账，拎着一大包商品，上车，驾车回家……她极其机械地完成了一系列动作。

一到家，君达就开门迎出来，接下若若手中的大袋什物。若若进了屋，看见小阿姨正哄着宝宝睡觉。三岁大的幼童，睡着时嘟着红红的小嘴，真有说不出的可爱。

若若若有所思地微笑。

应该觉得很幸福才对。

为什么反而不由自主地难过？

那是一种不挟带任何理由的、纯然的难过。

"累了吧？"君达靠上来，双臂环住她的腰。她自然地倚着他，心中仍不停自问："为什么，为什么？"

对了，是因为那首歌的缘故，一切都是从听到那首歌开始的。难道我以前在某种场合听过这首歌？

可是我为什么不记得了？

若若脑海中灵光一闪：是了！我应该去一趟痴情司！

痴情司咨询部的A先生好一会儿才认出了若若，他的脸上慢慢聚起一个笑容："都快认不出来了。小姐，你现在过得不错吧？"

"是的，我很好。"若若看似无意地打量着他，寻思着，这个人又是谁呢？

"你肯定不记得我了。那也不奇怪，与我有关的记忆也被清洗了……我是你上次来制作记忆珠宝的联络人。"

"你好。"若若对这个男人有一分忌惮，莫名的。

"小姐这次来是想定做新的记忆珠宝还是对以前的制作有什么附加要求？"

"我并不想定做新珠宝，我只是想拿回以前寄存的那颗珍珠。"

"不，小姐，对不起，我不能满足你的要求。"A先生看清了她手里的寄存券，说，"这是违反规定的。"

若若深深吸了口气。那种难受的感觉怎么都无法摆脱。仿佛有什么东西，原本以为封存在心里就没事了，谁想到它却像霉菌一样，慢慢地、一点一点地从心房里往外霉了出来。

是当初未能清洗干净的残存记忆吗？

"我不管。"若若宁可摆出蛮不讲理的架势也要把事情搞清楚，"是因为贵公司五年前的手术失误，我才会留有残存记忆。这种感觉令我受着折磨，我一定要取回我的记忆珍珠。不同意的话，我就到消费者协会去投诉。"

A先生有些恼了："小姐，本公司坚持以顾客脑清洗前定下的时限为准是为你们着想呀！"

若若依然固执："就算是我不识好歹，事情的后果我会自己承担，绝不影响贵公司的信誉。但若你们坚持不肯现在交还珍珠，我便要……"

"好，好，我明白了。"A先生示意她停止，然后他打电话请示部门经理。

"是，是，立刻交还给她……"

若若听着A先生接电话，惴惴不安的感觉渐趋平缓。刚才不过是虚张声势，她知道自己的行为已近无理取闹。

"请跟我来吧。"A先生的语调闷闷的，像是很不高兴。

若若生出一分歉意："对不起，可我实在是好奇。"

"只是好奇的话，还是不要走到那一步的好。"A先生冷冷地说。他引着若若进入一间像骨灰堂般的大厅。厅里是望不到头的檀木架。高高的檀木架上放置着一排排色彩缤纷的首饰盒。

大厅两边挂着一副对联：曾经沧海难为水，除却巫山不是云。

横批是三个斗大的银字：痴情司。

"为什么挂上这两句话？"若若问。

"痴情司里寄存的抛弃型珠宝记录的都是无望的爱情，记忆的主人大都有着对联上的心境。"A先生忍不住叹了口气，"但是现今已不再是崇尚'痴情'的时代，要想好好生活下去，就只有埋葬难忘的记忆。"

"可是……"

"倘若不记得有沧海，见到小湖泊也会高兴地停泊下来；如果忘记了巫山的云，那么另外一处的云也会让你觉得美丽。"A先生找到属于若若的那个首饰盒，郑重其事地交到她手中，"小姐，一段你原本认为50年后才能启封的记忆，如果现在就释放出来，也许会立刻淹没你现在幸福的湖泊。这样做，值得吗？你以前的苦心不就白费了吗？"

"谢谢你对我说这些话。"若若更为自己方才的行为感到惭愧，"不过，我认为一段回忆的破坏力不会有这么大。我已经结婚，孩子都三岁了，不可能因为另外的男人影响到现有家庭的稳定。"

"你的想法太简单。"A先生望着她的目光不无怜惜，仿佛已看到了她必然的结局，"我想说的是，如果当初那个人可以留在你的生活里，你也就不必到痴情司来了。只怕你读取了那段记忆后，知道原来还可以那样爱，现在的'爱情'，现在的幸福，会全部失掉意义。"

"就算是那样，与其糊涂地快乐，不如痛苦地明白。"若若的脸上写着自信，"况且，我对自己有信心。我一向不是一个不坚强的人，我对……"她忽然噤声，想起了一首歌带给她的心灵震荡。

A先生望着她，想起五年前，她泪流满面地狂奔而来，要求清除记忆的情形，默默无语。

多么漂亮的一颗珠子！若若小心翼翼地用两根手指拈起这颗"情人的眼泪"。珍珠异常光滑的表面上嵌着一个小小的"读取孔"。

若若几乎想马上就把读取器插进去，把五年前抛却的记忆召唤回来。

"早点休息吧！"是君达在招呼她呢。

"哦，来了。"她把珍珠放入首饰盒，摆进客厅的装饰柜里。熄灯后，那颗美丽的"情人的眼泪"仍固执地在黑暗中荧荧发光。

或许，我还是应该再考虑一下？

若若心事重重地走进卧室，在床边坐下。君达伸出手来牵她。

难道眼前的这一切都是假的？

难道那颗小小的珍珠里包含的秘密，竟能破坏我现在的所有？

那么我是否，还应坚持去读取它呢？

一接到若若的电话，美兰便心急火燎地赶了过来。

正是中午，若若忙着加班，无暇下楼，让美兰带上两份外卖盒饭。两人一边吃午饭，一边聊那个重要的话题。

"你不能读取那份记忆。"美兰表情严肃。

"真的有这么严重？"若若吓了一跳，但更加心痒难耐。

"它能给你带来什么好处？不过是一份回忆。可是它的破坏性有多大你知道吗？它会粉碎你现有的幸福！"

"你夸张了。"话虽这样说，但若若深知美兰从头至尾都是最了解内情的人，她的判断或许是正确的。

"是吗？我夸张了吗？好吧，我问你，和君达恋爱、结婚这五年间，相聚的幸福也好，离别的痛苦也罢，你是否经常为他的缘故掉眼泪？"美兰追问。

"偶尔……也会有吧，但大抵都是觉得特别孤单的时候。不过你也知道，我不是个喜欢哭哭啼啼的人。"若若回答，她对自己的答话有点不放心。美兰问这个有什么意义呢？

"就没有过见风流泪的时候？"美兰喃喃低语。

"什么？你说什么？"若若大为震惊，多年老友的默契使她立刻明白美兰的所指。

居然曾经有过一个"见风流泪"的若若吗？

在那扇回忆之门里藏着怎样一个不被认识的自己呢？

或者在那里头的，是一个最真实、最本质、最纯粹的自己！

五年前被埋葬的爱情里那个迥然不同的自我，强烈地震撼了若若的心。

"握住我的手。"若若悲哀地恳求。

"不再去读那份记忆！"美兰用双手握住若若冷汗淋漓的手掌，那语调也几乎是在哀求。

"请你握着，一直握着。"若若觉得心里有什么东西堵得慌，一吸气就硬生生地痛。

天哪！是什么样的男人，什么样的感情能把我变成那样？

这时候，若若知道，不论付出什么代价，她都会回到自己五年前努力出离的心境中去。

一颗乳白色的珍珠。

一种致命的诱惑。

而我，如扑火的飞蛾。

怀着希望与绝望，若若闭上眼睛。

推门进屋时，若若的步履无比沉重。

就要来了，毁灭性的记忆。

就要来了，沧海水、巫山云般真实与纯粹的情感。

她扔下公事包，抬头看一看自己的家。华丽的家具，精致的摆设，温馨的布艺……或许再过几分钟，这一切对她就完全没有意义了。

"哎呀，太太！你可回来了！"小阿姨慌慌张张地迎上来，脸上挂着做错事的表情。

"怎么，宝宝出什么事了？"若若挣扎起身，但精神仍不能集中。

"喏……喏……"小阿姨支支吾吾地红了脸。

若若忽然有不祥的预感，三步并作两步，冲进客厅。

宝宝坐在沙发中央，身边放着一个打开的首饰盒子，嘴里正"吧唧吧唧"地嚼着什么东西。

天啊！你为什么这样对我！

那一刹那，若若只觉得有一把铁钻猛地从自己的头顶心钻了下去。

无底的绝望把她瞬间冰冻了。

"太太，我不该把它拿给宝宝玩。"小阿姨眼泪汪汪地凑上来。

若若极想一掌把她劈倒，可身子软弱无力，连一根手指都提不起来。

"妈妈，妈妈抱。"宝宝发现若若进来，咕咕直笑，向她伸出白白胖胖的小手，"抱抱……"

宝宝天真无邪的笑容，一点点烤热了若若僵死的意识。

"宝宝，我的宝宝……"若若突然奔上前去，张开双臂，紧紧拥住了孩子小小的身躯。

天啊，我是多么的愚蠢！我曾经想毁掉怎样的幸福呀！

若若抱着宝宝，又是哭，又是笑，没有人分得清她脸上的表情到底是什么样的。

是喜极而泣吗？

是悲极反笑吗？

没有人知道！

没有人知道！

甚至连她自己，都不是那么明白的。

可是，她左胸上方有一个地方，似乎有什么东西正在那里不停地碎裂，不停地碎裂，直到碎成千千万万片，永难弥补。

而她的脑海中反反复复地响着同一首歌曲，低沉的嗓音，哀婉的旋律，那首歌名叫《情人的眼泪》——

> 为什么要对你掉眼泪，
> 难道不知道是为了谁？
> 要不是有情人和我要分开，
> 我的眼泪不会掉下来、掉下来。
> ……

创作絮语

1999年3月，我偶然听到歌曲《情人的眼泪》，感动莫名，忽然生出要为它写一篇小说的念头，于是就有了《痴情司》的主体构想。后来查到原歌词，发觉与我记忆中的句子有些出入，但仍固执地留用小说中的原句。

《痴情司》原本想写人生中的出离与回返，但因功力欠佳，似乎写成了爱情小说，实在汗颜。不过，之前写惯了每篇都要死人的血腥故事，偶尔尝试一篇这样的小品，自觉也是件很快乐的事情。

故事完成于同年八九月间，正是我嗜读亦舒小说的时节，语言风格颇有几分师太的影子。"痴情司"同时也是师太的一篇小说的名字，不过她也是从《红楼梦》里借来的，我也就不妨再借一回。

那时也喜欢用双字做小说女主角的名字，若若、瑟瑟、滴滴……后来在师太小说里才看到了前两个名字，但写这篇小说时还没见过，只是自己学着她取双字名罢了。古字中"若"是女子梳头的样子。而我喜欢"若若"是因其多变不定，充满可能性，"若即若离""若隐若现""若有若无"……后来这就成了我沿用多年的网名了。

很多年以后，看金·凯瑞和凯特·温丝莱特主演的电影《美丽心灵的永恒阳光》（*Eternal Sunshine of the Spotless Mind*），同样是个清洗记忆的故事，但更加复杂丰富，看得我泪流满面。不论中外，这是一个多么有共鸣的科幻点啊，常写常新。

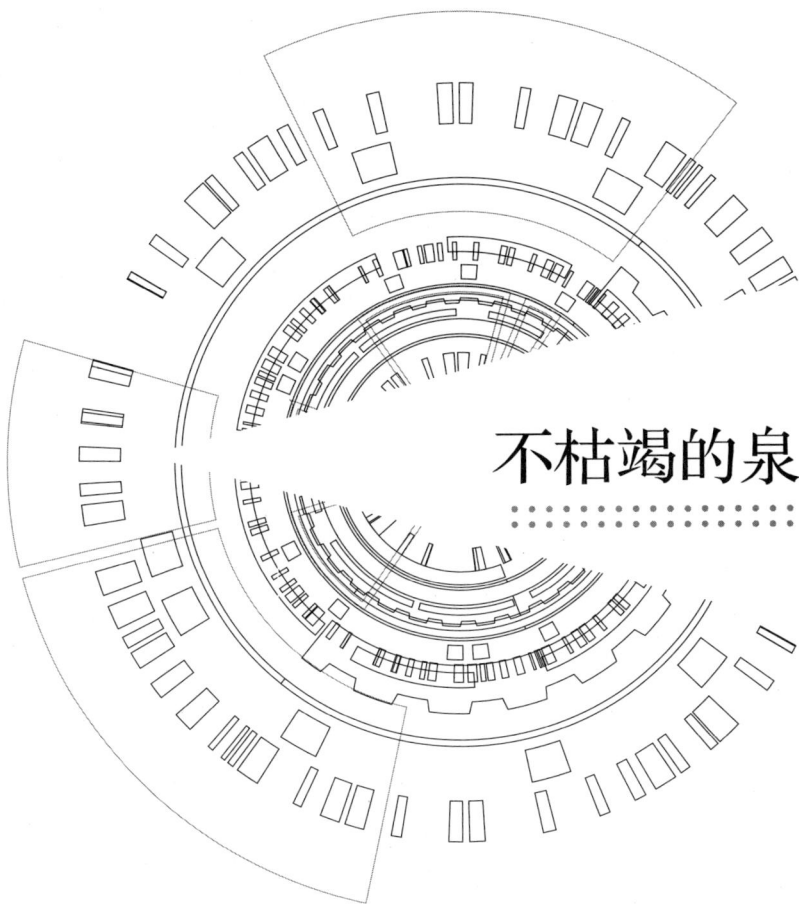

不枯竭的泉

与其在悬崖上展览千年，

不如在爱人肩头痛哭一晚。

——舒婷《神女峰》

第一次走进中心大楼，我就被一层大厅里的橱窗震住了。我的脚底像粘了胶，动弹不得。

"这个人是？"

"她叫蒋南枝，是中心第53期培训班的学员。"

"培训班？"那只是中心面向社会的外延，与正式学员、研究专家相差甚远。一个培训班的学员，怎么会在这里以这种方式……等等，第53期培训班，那不是十多年前的事了吗？

"她……还活着？"

"是的，你看到的是一间四壁透明的无菌室。她是靠整个维生系统延续生命。"

"那么她是植物人？"

"不，从理论上讲不是这样。她并未脑死亡，而且发生在她身上的一切都是由她的自由意志控制的。"

我一个激灵："可是，难道这十多年她就一直……"

"是，至今她都是自由控制理论最成功的实践者，还没有人能超越她的纪录。"

"她是一个活纪录？"我触摸着把她和我们隔开的透明膜。

无菌室里的高台上躺着的那个人几乎已辨不出性别，十多年只靠维生系统续命，她的肌肉已经逐渐萎缩，监测仪上平缓波动的心电图和持续连绵的脑电波告诉我们这依然是一个活体、一个生命。

按捺不住的疑惑探出头来——为什么？为什么她要这样做？

"她是中心的骄傲。"主任的语气让人不安，"她向世人证明，由人类自由意志来控制五感不是不可以达到的。"

"可是……"我终于忍不住冲口而出，"为什么？难道就是为了做个证明，就让自己变成活死人？"

主任的面容僵硬了几秒钟，又渐渐和缓，用打官腔的口气说："嗯，为事业献身也是很伟大的嘛。"

然而我还是不能相信。

大厅里的活标本成了我的一块心病。每天路过无菌室的时候，我都情不自禁地驻足观望。

成为中心正式研究人员后，我获得了进入中心电脑资料库的密码。在那里，我查到了中心第53期培训班学员的名单，找到了时年20周岁的蒋南枝和她的全息照片。

只需轻轻点击屏幕，那张小小的两寸照片便浮了出来。20年前的蒋南枝有着灿烂的笑颜，那种感觉，不属于夏日的朝阳，倒像是初春繁星若尘的夜空。

伸出左手，轻轻触碰她丰满的脸颊，滑润而有弹性的年轻肌肤充满了生命力。

我想到大厅里的"皮包骨"，手指骤然回缩，一种痛切的伤感慢慢将我包围。

为什么？为什么？

我听到这个声音在空空的办公室里回荡。那是我的呼喊。

"您好，我叫蒋南枝，编号058，当前身份是大学二年级学生。我希望在课余参加自由意志控制能力的业余培训，因为我想拥有自由选择的权力，可以在爱看的时候才看，在爱听的时候才听……"

学员的自我介绍是以声音文件存储的。她的声音柔和婉转，但说到后面语调变得跳脱，仿佛说话人正强忍着笑意。

"蒋南枝，蒋南枝。"我轻轻唤她。

全息影像仍然在说话："……我的业余爱好是旅游、探险。2030年大学毕业后，我想成为一名旅游记者，去很多很多的地方……"

"停，停，请你别说了！"我的右手痉挛似的猛敲了一下鼠标，于是全息影像隐去了，那个兴致勃勃的声音也隐去了，只剩下空荡荡的房间，冷清清的我。空气中残留着温暖的信息，使我心烦意乱，无法自己。

年轻的蒋南枝，充满憧憬的蒋南枝。

还有，枯萎的蒋南枝。

我的胸口发闷，仿佛有一只手把我搏动的心脏捏在掌心，然后五指慢慢合拢……

我喘不过气来。

"啪"我一拍操作台，起身冲出办公室。半分钟后，我又站在无菌室的隔离膜外，凝视那个正在逐渐衰竭的身体。

维生仪器、检测仪器、金属、胶管，她仿佛和这些东西属于同种同类，那是一个死气沉沉的世界，与隔离膜外的天地完全不同。

我的耳朵嗡嗡直响，我听到一个声音在说："我希望……可以选择什么时候不看，什么时候不听……"

倘使可以，我真想运用自由意志，暂时关闭大脑接收听觉信号的分区。

可是我知道，那个声音其实不是真实的存在。它在一个无法关闭的地方。

我弯下腰，凑近那张枯槁苍白的面孔。我的脸紧紧贴在隔离膜上，两颊的皮肤被挤得扁平。

这是我第一次近距离看她的脸。有朝一日，等我有了足够高的地位，甚至有可能获得进入无菌室的特许。但是今日，这已是我们之间距离的极限，无法更近一步。

然而，我还是看见了——

我的心脏在胸腔里猛地一跃！

我看见了那晶莹的微光。

泪水。泪水默默地从眼角流涌而下。

我震惊了！难道她有心灵感应，我召唤出她年青的魂魄，竟使她悲从中来，流下眼泪？

一时间，我手足无措，不知道该做什么好。我不知道自己是否应该通知主任，大堂里的活标本居然流泪了！

不，不，宋东西，你是个科学工作者，你要冷静、冷静、冷静。

视线追随着泪水滑落的方向——潮湿的枕头、大片的水渍，她这般双泪长流和我并没有关系。

她默默流泪，不知已流了多久、多久……

五感都已经关闭，大脑拒绝接受任何视、听、味、嗅、触的信号。那为什么还会流泪呢？是哪一部分有反应？

"心。"我听见自己吐出这个恍然大悟的字眼。

多可笑呀，科学工作者应该明白，心脏不过是一个身体的血泵，大脑才和具体情感相关。可也许是传统，也许是习惯，那一刻我脱口而出的依然是这个字——心。

她可以关闭她的五感，但她却无法关闭她的心。

她的心在哭泣。

我直起身，百思不得其解。如果痛苦，只要解除自由意志对大脑特定接收区域的禁锢，不就可以回到正常世界和正常人的生活中来了么？像这样一边表演，一边哭泣又是何苦？

蒋南枝，你何苦来哉！

"让人类真正自主！"——30多年来这个呼声越来越强烈。通过对大脑功能的进一步开发，运用自由意志来控制大脑固定区域对五感的接收能力已逐渐成为可能。研究中心自2022年创立至今，已培养出拥有这种特殊能力的正式学员逾万人；培训班学员10万人，中心的规模也扩大了50倍，在世界各地都开办了分支机构。

系统记录显示，蒋南枝接连参加了5期培训班，结业成绩优异，初步掌握了短时间内关闭视觉、听觉、嗅觉、味觉和触觉中任意一个感官系统的能力。一般的培训班学员只能开发对五感中一至两个感官的短暂控制能力，五感全面得到开发的范例即使在当时的正式学员中也实属罕见。2030年，蒋南枝大学毕业，之后没有继续参加培训。附录中提到，学员蒋南枝毕业后进入N周刊任旅游版的记者。

那么她的愿望实现了。

我在网络世界里追寻着蒋南枝，在密集的电子讯号中搜索她的影迹。她的文字与照片带我漫游了世界各地不同地域的奇特风光。她的脚印引导着我的足迹。

然后，我发觉她在杂志发表的文章记录到2034年就已结束。

我吸了一口气，这里可以找到真相吗？

最后一篇文章：《南美丛林漫记》。

在南美某国，贯穿全国的金姆河两岸，丛林茂盛，动植物种类丰富。这片宁静的原始森林，是现代人向往的桃源净土。茂密的热带雨林深处如同神奇的童话世界……

记者：蒋南枝。

我忽然觉得这个落款有点触目。再看一遍——"记者：蒋南枝"。

我明白了。在别的文章后面，我看到的总是两个署名，"记者：蒋南枝、苏殊"。后面的那个名字是她的同事吧，合作了4年多的伙伴。如果是在别处少了一个名字我不会在意，可恰巧是在她的最后一篇，他的名字消失了。

这两件事之间会有什么必然的联系吗？

哗啦啦——窗外突然下起倾盆大雨。有什么事让老天爷都难过起来了呢？我倒是很想知道。

"您到底想说什么？"坐在我对面的女士在长久的相对无言之后打破了沉寂，"请我这个陌生人来喝茶，总得有点理由吧。"

她说得轻描淡写，而事实上，我是动用了很多的人事关系，好不容易才联系到她的，能请她出来也还借用了一位前辈的面子。

"为什么呢？"她忽然用异常柔和的口气说话。

我一惊，意识到自己的表情一定很怪异。她的反应如一面镜子，让我看到了自己心事重重的脸上不协调的炽热目光。

"我……想向您打听一个人。"我依然有点支吾。

"唔？"她略略扬眉。

"我想知道蒋南枝的事。"我终于吐出了这个名字，像是吐出了哽在喉头的一根刺。

也许是我的错觉，她脸部柔和的线条似乎变得僵硬了。

"我……我没有什么企图，我只是，"我越想解释越觉词穷，"我只是……"

我呆了一下——我到底有什么理由呢？

对面的目光像探照灯一样罩住我的脸。我在这种要照透人五脏六腑的目光之下几乎窒息。

"我……您知道我是研究中心的人，我见过蒋南枝，我今天还见过她，我每天上班都会看到她。"

我眼前浮现出她的样子。她整天躺在大厅里，身上挂满了管子，背后还有个计时器，标榜她创造的纪录在分分秒秒不断延长。可是，这个活死人，她在流泪呀！她一直一直都在流泪呀！这简直是疯狂。如果她不愿意做活死人，她只要想一下就好了，她只要不再强迫自己压抑五感就好了——哈，我活转过来了！就这么简单。可是她不。为什么她要这样做？为什么她不愿做正常人？

我抬起头："她为什么要这样做？她为什么不愿做正常人？我不相信有人愿意做一个活标本。我绝不相信。"

对面的目光融化开来，带着一点儿了解与同情。她叹了口气，垂下头："那么，你找我是……"

"想知道她为什么会这样！"我的急切溢于言表。

请来的女士曾是那家周刊的资深记者，很少有她不知道的内幕。更重要的是，蒋南枝"出事"那年，正在她的部门任职，她是蒋南枝的直接上级。

"你不可能不知道的！"我的语调里有乞求。

"可是……"她看着我惶急的样子，一定觉得说出拒绝的话是不近人情的，"你知道了原因又能怎么样呢？"这就是委婉地拒绝了。

我眨眨眼。眨眼之间，我为自己的行为感到羞愧和后悔。一个科学工作者，这样毫无理由的冲动，为一件没有实际意义的事情到处奔走。那么多年的书都白读了。

"咳。"我清了清嗓子，以掩饰自己的尴尬，"对不起，让您见笑了。"

再吮一口茶："刚才我太冲动了。"

"其实，我也只是有点儿好奇。"咳，咳。

"我明白。"女士很有涵养地微笑了一下，"我可以满足您小小的好奇心。"

"哦，可以吗？"

"不过，那是很久以前的事了，"她的每一句话都似有深意，"我也不敢保证自己的记忆与事实有没有出入。"

"当然，当然。"

"14年前，蒋南枝在我们周刊工作，当时我刚刚接手负责旅游地理版，南枝是我的部下。她年轻、活泼，不过，也有一点儿骄傲。不是那种溢于言表的傲气，但是，非常自信，相信自己能比别人做得好，在心里头，她觉得自己是与众不同的，我可以感觉到。"

她沉默片刻，又补上一句："她确实是与众不同的。"

"与众不同"，这个词让我不寒而栗。蒋南枝后来用一种多么残酷的方式证明了自己的不同呀！

"她就没有瞧得上的人？"我追问，"比如苏殊？"

她的眼帘一撩，精光四射："你知道的还真不少。"

"他也是你那个组的记者？"

"是的。"她把背向后靠，拉开一点和我的距离，打量人的眼神像在评估一个对手，"苏殊是她的爱人。这你也知道的吧？"

"呵，我是瞎蒙的。"我可不想让她觉得我不诚恳，"我并不了解实情，不然就不必费那么多周折把您请出来了。"

"苏殊……"她的眼神黯淡下来，"苏殊是个很优秀的摄影记者。他们两个……真是一对儿。可惜了……"

我预感自己即将听到重要的情况，凝神屏气地等待她的后话。

"……14年前，他死在了南美。"

那天夜里，我做了一个梦。

晚霞烧红的天空，斑斓异彩的丝缎般的云朵无边无沿地铺展开去，像红色的花海倒映在天空。云团如一个个不停攥紧又张开的拳头，又似是一朵朵渐次开放、合拢又开放的红茶花。

霞光里穿出一支灰蓝色的机翼，然后是整个机身，矫健的蓝鹰在红色的天湖上平静地滑翔，平静得如同梦境一样……

"苏殊！"那张熟悉的脸正对着我做出忧急的表情，我们明明有好几米的距离，她的面孔却近得吓人，像拍坏的特写，"快拉绳子呀！"

我仰起头就看到了她身体上方迅速涨开的白色伞体。

我们是在空中。梦境不是永远科学的，牛顿定律对我没有作用，我飘浮在空中，如一个轻盈的气泡，以至于没有意识到要拉开降落伞。

"快——"她遥远的声音那样震耳。该死的梦境，居然连声学原理也不遵循。

我摸到腰间的拉绳，"扑拉"，白色的伞花在我头顶上方骤然开放。

"南枝——"我向她伸出的臂膀似乎可以无限延长。我抓住她的手了！漫天的红霞飞舞，她的脸上也飞着霞光。天地在旋转，我们也在不停地自转，在一个螺旋上升的世界里螺旋下降。

眨眼之间，我们看到了广袤的大地。墨绿的色块是热带雨林，流动的璀璨水晶是河流，褐黄色的起伏是山谷。我们舒展双臂，如同鸟儿张开翅膀，向地面的世界俯冲。

我终于感到了重力加速度，耳边的风声呼呼作响，大地的色彩如打翻的调色板；山与水，树木与土地，交糅成一片模糊的色彩，在我的视网膜上颤动。

我们在——飞翔。

"他们乘坐的直升机出了故障。"请来的女士是这么告诉我的，"两个人只好跳伞求生。"

"那是南美洲最原始、最神秘的热带雨林区，据说丛林深处的印第安部落还保留着剥人头皮的古老习俗。"

"然后呢？"我小心翼翼地追问。

"并没有人被剥头皮，可是……"她的目光定定地望着面前的茶杯，仿佛碧绿的茶水里藏着什么不可思议的东西。

"可是？"

"跳伞的时候遇上大风，两个人失散了。"

"南枝被当地人救起，一周后，我们联系当地的搜索队把她接了回来。《南美丛林漫记》就是在那之后写的。"

所以作者的署名只有一个人。

"那苏殊呢？后来他去了哪里？"

"苏殊……没能走出丛林。"

我心头一跳。

"他的降落伞掉进了金姆河，正好是鳄鱼出没最多的河段……"她的声音越来越低，几乎细不可闻。

"蒋南枝……"

"搜索队不敢告诉她真相，一直对她说正在抢救中，这才把她诳出来。不然她根本不肯离开那个地方。"

"不可能永远隐瞒下去吧。"

"一个月以后，告诉她真相，当夜，她就切开了手腕。血流了一池子，还能救过来真算是奇迹。"

我打了个冷战。

"根据医生的诊断，她当时有初步的狂躁症征兆，需要在特护病房接受特殊护理。"

"特护病房。"我下意识地重复她表述的语句。

"有弹性的墙壁，没有玻璃制品，没有致命的药物，没有绳索。总而言之，那是一个不让人死的地方。"

"想死不能死的地方。"我的补充只能使这个注脚更加可怖。

"难道让她自杀才对吗？"她叹了口气，"不管怎么说，她罪不至死。"

我把这个不恰当的用词当成了她的口误。我非常懊恼，觉得自己千方百计翻出这种陈年烂谷，最终却无法求得心安，相反，事实真相反而令我更加不安。

"南枝在病房里待到第三天，忽然没有知觉了。检查结果表明，她的身体完全健康，可是……"

"她运用自由意志，控制了脑部对五感的接受。"我已经料到了后话，"她的心脏还在跳动，她的大脑仍有思想，可是她已经把自己与外界的接触完全切断。"

她缓缓点头，迎向我的眼神那样肃穆："这就是你想要的答案。"

"不……"

"现实就是这样简单而残酷。因为南枝没有亲人，没有人可以负担让她活下去的昂贵代价。你们中心不知从哪里听到消息，及时和我们接洽，要求把她转到你们那里去——而我们，实在没有拒绝的立场。"

"不……"我近乎哀求地问，"真的没有别的答案了吗？"

她站起身，推开座椅："很遗憾，没有更好的解释了。"

"等一等，"我伸手去拦她，"我最后问一个问题。就这一个，真的。"

她等待着。

刚才只是情急时脱口而出，现在我又犹豫着不知该问什么。

"她，"我斟字酌句地问，"从那时起就一直在流泪吗？"

"天！"她轻呼出声，"难道她还在……"

而这，也就等于是回答了。

有什么东西在我眼前摇晃。

我眨眨眼。那像是一只手掌。那确实是一只手掌。

"宋东西！"

我呼地跳起来，又立刻毕恭毕敬地垂下头，不敢面对意外驾到的主任。"教授……"一时情急，我露出了以前叫惯的称呼。

主任铁青的脸色略微和缓了，但说话依然很严厉："小宋，你最近很不对呀。你是我带出来的学生，我是举贤不避亲才把你招进来，你有什么问题，最后还不都是我的责任。"

"对不起，教授。"我吓出了一身冷汗，"我最近状态是不太好，我……"

"听说你到处打听蒋南枝的事？"

"我……"

"不要为不相干的事浪费精力。你是个研究员！应该注意自己的言行。"

"是，教授。"

"那好，我也只是提醒你一下，你也不要有包袱。"

"好，好的……"

主任的批评像兜头给我泼了一盆冷水，我觉得自己清醒了。为了一个完全不相干的人起什么劲呢？一个为爱殉情的糊涂女人，轮得到我来感动吗？

于是，我不再心事重重，不再四处找资料，每次经过大厅我都目不斜视。我本来很快就会恢复原状，可偏偏在这个时候，上回见面的女士给我打来了电话。

"喂？"我接听的时候顺手关闭了三维传输的按钮，光是声音的侵入已经够打搅人的了。

"是宋先生吗？"

我对这个声音印象极深，马上反应过来："您是上次的……"

"是的。宋先生，不好意思，现在又来打搅您，可上次您提到的那件事让我很不安。"

"其实，我已经不打算再去翻那些陈年老账，我……"我的口气非常平淡。

"想到南枝还是一直在流泪，我觉得非常难过，非常。"

"……"我忽然不知道该说什么。那感觉就像是你一直想买一件东西，拖到你不想要的时候，对方又一定要卖给你了。

"宋先生既然调查过她的事，难道没有留意到其他关于金姆河的报道吗？"

我想说自己已经不打算再关心蒋南枝的事了，可是她的话勾起了记忆中的某个环扣，带出隐约的异样感觉。

我记起了被我忽略的一份资料，一份原以为没有关联的记录——《金姆河水是红色的》。资料中记载，自2028年至2034年间，某家世界著名的基因公司曾在金姆河北岸的印第安原始部落中试验基因药物，死者数以千计。但由于公司与当地政府达成协议，支付了可观的赔偿金，被掩盖的黑幕直到2038年才大白于天下。

这件丑闻和蒋南枝能有什么直接的关联呢？——啊，我心头一亮，蒋南枝的最后一篇游记莫非就是在那个杀人魔窟里写成的？

"蒋南枝和那家基因公司有关系？"我小心翼翼地问。

对方没有料到我会问得那么直接，她沉默了片刻才回答："那一次，两人乘坐的直升机并没有故障，真相是，他们遭到了来自地面的袭击。"

我"哦"了一声。好不容易压下去的好奇又被她勾了出来。原来，事情并非单纯的殉情事件。全部真相到底是怎样的呢？

我仿佛又看到了蒋南枝洋溢着青春的笑脸像桃花一般绽放……那娇艳

的背后会埋藏着什么样的故事？

"两人跳伞之后，南枝被从林里的土著搭救，但不久就落入基因公司的人手中。他们胁迫她在给杂志发稿时掩盖事实真相。当时那家公司已经开始撤出金姆河林区。如果没有人及时揭发事实，曾经发生的惨剧也许就永远不会被外界了解了。"

"所以她就写了？"我听见自己在冷笑，"她不是很有理想抱负吗？终究不过是个贪生怕死的普通人。"我有一种受骗上当的感觉。虽然不能要求她舍生取义，但在我心目中，她是一个明朗的形象，她透明、纯洁，正直而刚强。同样的事情可以发生在别人身上，可是她……我觉得受了伤害。

对方没有驳斥我的话，她的语调变得非常苦涩："我相信她也很矛盾。但是，那些人告诉她，苏殊也在他们手里。她亲眼看到被鳄鱼咬伤的苏殊被推进手术室。他们对她说，如果她不能按他们的授意发稿，苏殊就会死。"

我开不了口，嘴里像有黏稠的液体吸住了唇舌，我不知道该怎么说。

舍生取义是一个道理，但倘若要被牺牲掉的是别人的性命，抉择就太艰难了。更何况，那是爱人的性命。

我眼前浮现出栩栩如生的画面：蒋南枝站在手术室半透明的隔屏外边，她正看着自己垂死挣扎的爱人。她的目光炽热痛苦，似乎要燃烧起来。

我看到她冷漠地击打键盘，把一篇粉饰太平的游记发给杂志社。她的眼神空洞，像个死人。

……

"我说过她是一个骄傲的人，她的骄傲大多来源于自信。她认为自己一定能成为第一流的记者。可是她辜负了自己的信任，背弃了自己的理想，这种背弃对于她来说，本身就是一场可怕的精神灾难。"

"那么苏殊？"我提问时已隐约猜到了答案。

"他死了。他被鳄鱼咬伤后就失血而死。南枝看到的是一具被乔装打扮的尸体。一切只不过是基因公司的圈套。"

"哎……"我唯一能回应的只是一声叹息。

"半个月后，基因公司结束了在南美的全部实验，扫清了任何可能留下的蛛丝马迹。南枝直到那个时候才被放出来，她在第一时间和我取得了联系，坦白了真相。但稿件已经刊发，在当时的状况下，贸然指责基因公司的罪行缺乏有力证据，因此上级决定，这件事到此为止……"

"后来不是又……"

"那是当地政府官员在政治斗争中互揭丑史，公布了与基因公司的秘密协定，这才真相大白。"

"那她是什么时候开始关闭五感的？"

"在向我坦白的同时，她递交了辞呈，之后就到处找寻苏殊的下落。那以后的故事，上次就已经告诉你了。"

我明白了。我终于完全理解了那个把自己与外界隔绝了13个年头的活死人。

在这个世界上有一种人，一定要有一个意义支持才能够生活，失去意义的人生对他们完全没有价值可言。

蒋南枝就是这样的一个人。她的人生意义是成为优秀的记者，用自己的笔歌颂世界的美好、揭露世界的黑暗。可是突然之间，她发现为了爱情，自己宁可失去生存的意义——这个结果一定出乎她的意料，它本身就是异常沉重的打击。不仅如此，她的笔成了粉饰太平、掩盖罪恶的工具，她由真、善、美的使者变成邪恶的帮凶。即使是为了爱，她也无法原谅自己。但她没有想到，那唯一支持她的理由，原本就是不存在的——苏殊死了，他半个月前就死了。做出的抉择无法收回，被出卖的灵魂已经万劫不复！

蒋南枝生命的意义已不存在，于是她选择了死亡。

讽刺的是，社会却剥夺了她选择的权利。

她只能以自闭抗争。

对方还在说话："我不知道该怎么解释，南枝是一个很极端的人，她无法容忍曾经出卖灵魂的自己。有时候，我总会想，她第一次自杀如果成功了，只怕还比现在这样强些……事情已经过去那么多年了，我原本不想提起，但是听到你说她还在那里流泪……我心里这个难过呀……"

"明白，我明白。"我听到自己的声音忽忽悠悠的，没有真实感。

"以后，请您多关照她。"对面的声音哽咽了。

"好的，好的。"我轻轻地应着。

终于等到了这一天，第七任中心主任，我大学的一位师兄把象征中心最高管理权的水晶钥匙递交给我。观众席上的员工们掌声雷动，全场起立，向新一任"人脑自由意志开发研究中心"主任致敬。

傍晚时分，在宽敞明亮的主任办公室，我和刚卸任的师兄交换了几句知心话。也许是新的头衔令我无所顾忌，我忽然问师兄："你知道大厅里那个活标本的来历吗？"

师兄略微有些警惕地扬了扬眉，但马上意识到业已发生的身份转换，他的表情又舒展了："是的，我知道。我也曾经好奇过。不过，她的故事并不美好。"

"你是否问过教授，为什么要让她天长日久地躺在大厅里呢？或者，让她按自己的意愿，痛快地一死了之……"

师兄猛然打断了我的话："你看到过她的眼泪吗？"

"是的。"

"说句真心话，难道你不觉得，我们整天研究这、研究那，但有时候并不知道自己为什么要做这些。我们兄弟间不讲那些大话，难道你就没有觉得空虚的时候？"

我不大明白他的意思，因此没有搭腔。

"那种时候，看到那个女人，就会觉得很安稳，很充实。"师兄说话的神态非常宁静平和，"你会感到有一种力量，我们研究范围以外的力量——或者叫心的力量，它是存在的，就在那个女人的身上。"

夜了。

我一个人坐在自己的新办公室里，敲击键盘进入了资料中心。现在我已拥有全部密码，有权查看中心所有的机密档案。

"蒋南枝"，我输入这个在心底藏了17年的名字。

于是，所有的资料：从报名记录到非常丰富的训练录像——二维或者三维的，近30年的身体检测报告，等等，等等，都集中在我桌上的小小仪器里。

我找了一份录像资料，于是我又看到了她：倔强的眉毛，水一般纯净的目光，微微翘起的生动的嘴唇，明朗的表情。

"蒋南枝，你好吗？南枝？"我触摸她微笑的唇角，这里有绽放的青春，这里有璀璨的生命，但它们都属于过去。

整个大厅黑漆漆、空荡荡的，只有正中央的无菌室亮着灯光，它像一只硕大的水晶棺材，封闭着一颗饱受痛苦煎熬的心。

我站在阴影中遥望着光明，忽然觉得，这个大厅就是整个广漠的世界。整个世界对于她来说，就是这样一片寂静的黑暗，是静止的无边无际的孤独，而在她日渐衰竭的躯壳中心，有那么一个地方，小小的心灯寂寞地燃烧着，在悔恨与痛苦中燃烧。生命一日不息，泪泉一日不竭。

这一瞬间我明白了师兄说的那种感觉，但是我和他的看法并不一致。我想假若读懂了这颗痛苦的心灵，假若要证明自己也是一个有血有肉、有灵魂的人，我们对她最大的理解，就是结束她绝望的现状。

有一个秘密的愿望我想了17年，而今终于到了实现的一天。

我缓缓向那光明处走去。

我完全明白自己想做什么，以及这件事的严重后果，可是，我的脚步坚定，我毫不犹豫。

这是一个带着轻寒的初春夜晚，深宝蓝色的夜空中撒满闪烁的星辰，就像她曾经的笑脸。夜风中，隐约有沙沙的枝叶声响，仿佛是一阵笑声。

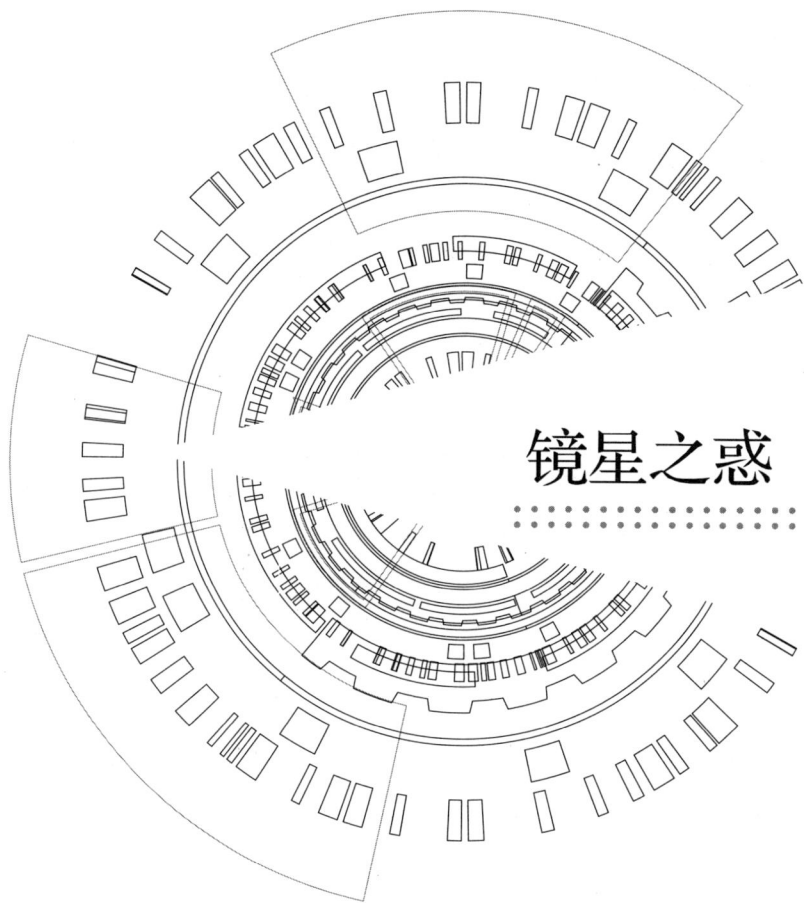

镜星之惑

镜301A是她的名字，她的号码，她在这个世界的身份标识。

有时，她偶尔会在照镜子的时候，恍惚地想起，这窗户一样映照出整个世界的物体同她的关系。

记得在很多年以前，她对一个朋友写道：我一直相信，在宇宙的某个地方，还有另一个地球，那个地球上也生活着另一个一模一样的"镜"。

后来她才知道那叫平行宇宙，而在知识的世界里摸爬滚打若干年后，她对于此类科幻概念嗤之以鼻。但不知为什么，在与镜中的自己目光相触的瞬间，她仿佛看到了另一个世界的另一个自己。

镜子里晃进一片阴影。镜301A回过头，对着阴沉着脸的丈夫缺213B。

"磨蹭什么。"缺说，他的胡子茬一夜间顶破了下颌和唇上的皮肤，青青的一片，"一照镜子就没个完。"

镜301A一转身，忽悠了一下，绕过挡在通道中的缺，然后顺势转了半圈，在门口站定，对着缺宣布："上午我要去接受太空署惑星考察二队的体质考核，听说如果合格，就直接留下培训半年，然后送我们去惑星考察。"

缺眨巴眨巴眼睛，毫无表情地点点头。

"你没有话说？"

缺惊疑地张开嘴，好像对于"他应该有话说"的潜台词大感困惑。

"你不是去工作吗？"

镜深感扫兴地一甩头："再见。"她走出公寓，招了一辆空轨出租，向出租车的钥匙孔里"喂"了两块钱，这辆红色的合金小飞马一跃跳上了城市上空闪亮的空轨线，向太空署的所在地"梵都"飞奔而去。

人类成功登陆惑星是22世纪50年代最令人兴奋的话题。太空扩张的拥护者们力图让大众接受，惑星是我们在这广漠的宇宙中唯一的孪生姐妹。仿佛大海中两颗一模一样的珍珠，又像是恒河里两粒一模一样的沙子。纵使星汉迢迢，依然灵犀相通。于是这颗与地球年龄相当、身材相若、质素相似的姐妹星在那些太空贩子的口中成了整个人类的未来福地。对月球、火星的恶劣生活条件大为不满的殖民者们，也跃跃欲试地打算开始飞向惑星的新征程。

通往梵都的空轨途中打出一幅30层高的气体图形广告宣传画。画面上是一片幽蓝的天空，充满生机的绿色山峦怀抱着少女眼泪般清澈的湖泊；流动的霓虹色气体从湖心蒸腾而上，慢慢凝成两行竖排的大字："惑星，无污染的新地球，人类的第二个家乡。"

空轨出租车从那道霓虹中穿过的瞬间，镜301A忽然觉得自己的胸口跳了一下，仿佛那里和另一处地方由一根极细微的、看不见的线紧紧相连，而那一跳，就是缘于线索另一端的一次悸动。

"我……我想去。"她喃喃。然而能否成行却要看体检结果。本次在梵都接受体检的科学家有40名，而考察二队的名额仅5人，竞争相当激烈。

"镜301A。"

"我是。"

"地球古生物学博士，专长是研究生物进化史中的异常突变。"工作人员的口音甜腻得可疑，"您在初试中的成绩非常优秀，希望您能顺利通过体质考核。"

"谢谢。"

"请跟我来。"这位穿一身防护服、让人想起二战毒气室的工作人员，带着镜301A走过重重的透视仪器和精心设计的测试房间。大约三分钟后，他们进入一座白色穹顶的大厅，厅里整齐地摆放着20个卵形太空舱，镜被指派到15号。工作人员打开舱门，让镜平躺在白色云母石床上，无数或粗或细的电极自动接插在她身体的各个部位。

舱门合上的时候，一个柔和的录音女声说：“我很高兴地通知您，您的多项身体指标已经合格。现在我们进行最后一项测试。请闭上双眼，放松身体，等待唤醒铃声。”

镜301A呼了口气，合上了眼帘，放松身体。舱内的空气中似乎添加了安神抚气的熏香。她的意识逐渐模糊，直至听到当当的铃响，铃声一阵紧过一阵。

舱门自动弹开，一位穿着太空署制服的年轻军官走到她身边，笑容可掬：“恭喜你，镜301A，你已经合格了，请跟我来。”

“合格。”镜一时没有反应过来，懵懂地爬起来，一脚深一脚浅地跟随军官走入另一层密室。太空总署惑星开发司的司长正在那里等待着，嘴角挑着意味深长的笑。

镜301A在司长桌前站定，这才发觉另外还有四人早已站在一边。他们多半就是这次考察的同伴了。

“恭喜诸位，你们是胜利者。这次太空署在相关科学领域发起的志愿报名活动中，共有700多名符合初选条件的科学家报名，通过初试删至40名，而身体完全符合要求的就是你们5位。我希望你们做好心理准备，明天，你们就将踏上征程，为人类的下一个家园完成拓荒者的使命。”司长说话时，食指间捏着一片鱼鳞般的亮片不住把玩。

“明天？不是还有半年的培训吗？”镜忍不住问。

“那是考察一队的程序。现在我们已经有了一队的经验，只需把这块小小晶片中的资料输入你们的大脑，然后进行3小时的适应操作，一切准备就完成了。"

"我……"

"还有什么问题吗？"司长问。

"不，没有了……"镜垂下头，隐约觉得，这次出发快得让人喘不过气来。

惑星探测计划已进入第二阶段，即实地考察，寻找合适位置建立一定规模的科研营地的阶段。每一位队员手中都有近年来通过探测卫星拍下的惑星大气与地表的详细资料，因此考察的进展神速。

与地球一样，惑星也绕着一颗类似太阳的恒星进行公转，同时周期、角度都与地日运行关系相近。惑星也有一个月亮，日隐夜现，唤起星球上奔涌不息的潮汐。惑星大气的氧气含量比地球要高，但其他如氮气、氢气的浓度也比较高。因此考察队下飞船前都穿上了特制的太空服，舒适合体的生化材料同时可以抵御各种宇宙射线，耐热、抗寒且韧性绝佳。太空服头部有一个轻盈的太空帽，靠吸管通向太空服拉锁处的一个过滤反应装置。通过这个拇指大的仪器，惑星的空气经净化过滤和一系列化学反应，被转化成同地球空气成分完全一致的安全气体。

每位队员都有一盏气凝灯——这种多用探测工具是"梵都"科学家的最新发明，同时可以充当卫星定位仪、相机、摄像机、照明灯和武器。由于它发出的致命死光足以杀死一头霸王龙，考察队员们胆气大壮，登陆第五天后就开始单独行动。

镜觉得自己是在梦境之中，仿佛只有梦中才会有这样美得令人心痛的蓝色雾气。她正独自穿越距着陆点50公里附近的丘陵地带。这里的地理状况复杂，但她并无陌生感，倒好像她是在自己的母星上，正在进行一次《国家地理杂志》记录的探险考察。

蓝色的雾气越来越薄，中心部分逐渐透出水晶般清澈的光。镜屏住呼吸，探手从那透明的一点穿过，慢慢踏步上前。忽然间，她就像是撞破了一层薄纱，进入了一片清新的谷地。而此情此境，竟眼熟得那样亲切。

——这是一片群山怀抱中的谷地，充满生机的绿色山峦背后是临近破晓的幽蓝色天空。天空与谷地中心的那一汪潭水相映，潭中于是又有了一重天地。

天空航路上的广告画！居然无意中让她寻到这里！镜301A心满意足地叹了口气，又深吸了一口气。山谷中的气流透过再生装置吸入她的肺部。一定是愚蠢的心理作用，她觉得这空气也格外新鲜。

这时水晶般的池塘泛起涟漪。没有风，但振波从一个中心点开始向周围放射。

镜立刻警觉：水下有古怪！

她提起气凝枪，对准潭水波动的中心，屏息望着湖中慢慢浮出的那个生物——头部覆盖着湿漉漉的深棕色毛发，向下盖住了头部。再往下是雪白的肩膀，再是丰美的女性胸脯，曲折有致的腰肢……

镜惊得倒退一步，这是人类！不，应该说，是惑星的人类！虽然人们设想过惑星上可能有智慧生命，可是从未奢望过那是一模一样的人。从生物进化角度来说，在进化初期，外部环境的任何微弱差别都可能导致生命走上完全不同的发展道路。不管地球与惑星有多么相似，但是要在这里产生出一模一样的地球人类，其概率小于亿分之一！

湖中的生物爬上了一块潭心的礁石，它，不，让我们说"她"，慢慢站直身体，轻轻抖散湿漉漉地搭在脸上的头发。她光洁的皮肤那样晶莹，看上去仿佛身体周围有一个光圈。

她的脸转向镜。

镜301A，来自地球的古生物学者，发出一声撕心裂肺的尖叫。

——那是她自己的脸！

那是她自己的脸，同样棱角的眉眼，同样形状的嘴唇，同样弧线的鼻子，唯一不同的，是表情。

那个湖妖般的女人，在笑。

"你，你……"镜慌乱地举起气凝灯，"你不要动！"

（我不是你的敌人。）

"你说什么？为什么我听得懂你的话？"

（我是你的朋友，镜，我甚至就是你自己。）

"怎么回事？你根本就没有说话。可是我听见了……"

（我是直接和你的心灵对话，镜，语言完全不是障碍。）

"我无法相信……我……"

（曾几何时，你相信我是存在的。）

"我……"镜301A望着湖妖似有催眠能力的深邃眼睛，声音轻柔下来，"怎么可能……"

（这就是宇宙，一切最不可能的事都可能发生。）

"可是，你怎么能……"

（镜301A，地球女性，30岁，是机器子宫育子以来的第二代，你自小和母亲感情不睦，认为她让你从机器中出生是不负责任。）

"我不会这么不讲道理，她那一代人大多如此。"

（不，你是在乎的，你知道自己没有批评的立场，因此你自小性格压抑，对人际关系没有信心。）

"喂，我不需要做心理分析，你说说你自己……"

（你也是接受电脑选择配偶的第三代，你对自己的丈夫缺没有感情，但也不愿提请离婚，嫌程序烦琐且再婚也必须接受电脑分配。但是你内心痛苦，只能寄望事业。）

"我讨厌你了，闭嘴吧。"

（但是你终于来到了这里，你自由了，镜，在这里你可以真正做你自己，你不用再回到那个压抑沉闷的机器世界去了。惑星是地球的镜星，而我是你的镜像。你看，像我这样生活不是很好吗？）

"生活？我看不到你有什么样的生活。"

（这里的一切都出于天然。没有电脑来安排你的生活，没有机器来主宰生命。我知道你一直想要一个孩子，一个真正的孩子。在这里你就可以做到，镜。如果你不能做你母亲的孩子，至少你可以做你孩子的母亲。）

"你说得好像这里是……"

（伊甸园。是的。惑星就是你们的伊甸园。）

"我们？"

（惑星考察一队早在三年前就登上了这个星球。他们中间，有人选择了留下。留下和他们的镜像一起生活。）

"不！"

（你们并不知道这件事，当然，这是个秘密。）

"不！我们培训时接收了他们的资料。"

（那些是通过飞船的信息发送仪器传送回去的资料。事实上一队的考察人员没有一人返回地球。）

"他们都相信你们的话？"镜摇头表示不信。

（只能说，有人相信了。）

"那其他的人呢？"

（因为无法面对真实的自己，他们好像发狂了。）

"发狂？"

忽然，镜的脑海中涌起意念的浪潮，那是来自远方的强烈波动引发的共振。

那是悲伤、痛苦、绝望与震惊。

那应该是一个通晓传心术的"镜像"发出的思维信号。

（又完了一个。）

湖妖的脸被悲伤揉得皱成一团。

（人类，你们为什么这么愚蠢。）

"那是怎么回事？"

（那就是另一种选择。）

"我不明白。"

（他们发射了气凝灯里可怕的光线，对着他们的镜像。）

"天啊！"

（这些人也没有返回地球。他们从此发狂，终日提着那盏灯寻找其他的镜像人。他们成了杀人狂。）

"不可能。"

（这是真的。过不了多久你就会看到你的伙伴，刚刚发射了死光的那个人，你会看到他已经疯了。）

"不!"

（没有别的出路，镜，回到我这里来。我就是作为你的镜像而生，在这里等待着你的另一个你自己。我会给你恢复自然的纯净生活，我能带给你有同样理念的伴侣，你们在这里生儿育女，同人类最早的祖先一样繁衍下去……）

"地球上有100亿人，难道每个人在这里都有一个镜像？"

（不，镜，不是每个人，是那些相信我们存在的人。你不是从小就相信我存在吗？）

"难道连向镜像发射死光的人也属于相信的那一类吗？"

（难道不是吗？杀戮的前提就是——他们承认了镜像是自己无法接受的另一面，而他们无法面对真正的自己。否则按你们的考查规定，在生命没有受到威胁的情况下，不能伤害这个星球上的任何生物。）

"我还是无法相信——宇宙中的镜像，另一个一模一样的我，过着完全不同的生活。"

（也许这就是宿命。有谁知道那场创造一切的大爆炸为何发生？这个宇宙中充满了不可解释的谜，你也可以称之为命运。）

"命运？"

（是的，我的存在是命运，我们的相遇也是。）

"我才不相信这种鬼话，"镜的声音陡然拉高，"这个世界只有科学，一切都应当是可以解释的。"

（包括你的出生，你的婚姻？）

"别说了！"镜猛一提气凝灯，"你知道什么！"

（镜，不要逃避自己！你是个彻底失败的人。你没有精神的父母，你没有爱人……）

"我讨厌你！"镜的脸涨得通红，"你是个怪物！"

（镜，我只是你不愿承认的真实。）

"你不是！你是骗子！你是一个陷阱！"镜歇斯底里地喊，在激动中，她的手指触到了离把手最近的发射钮——她是无心的，她真的是无心的。

一道深蓝的光线从气凝灯前端的小圆孔抛了出去，空气似乎都被这条光线切分开来，发出响尾蛇般的咝咝声。

湖妖丰盈白皙的胸膛上出现一个扩大的黑洞。黑洞迅速扩大，吞没了她的整个身体。

镜又感受到那阵强烈的冲击波：悲伤、痛苦、绝望与震惊。

（你怎么可以！）

湖妖惨痛得挤成一团的面孔印在镜的眼中。镜情不自禁地去摸自己的脸，发现自己正一模一样地拷贝这个表情。

忘不了。这个表情她永远也忘不了了。

（你怎么可以！）

（你怎么可以！）

幽蓝的天边泛起一浪红色的云霓——那是惑星的第一抹朝霞。血样的霞光印在镜苍白的额上。

当当当当当。

一阵急似一阵的铃声。

镜301A醒了。她睁开双眼，看见半透明的舱盖。她打了个激灵。

舱门自动弹开，一位穿着太空署制服的年轻军官走到她身边，笑容可掬："恭喜你，镜301A，你已经合格了，请跟我来。"

"合……格？"镜懵懂地爬起来，一脚深一脚浅地跟随军官走入另一层密室。太空总署惑星开发司的司长正在那里等待着，嘴角挑着意味深长的笑。

当然屋里还有4个人——与前次不同的4个人。

"恭喜诸位，你们通过了最后一项——心理测验。"

"为什么……"队员们都有同样的疑问。

"诸位，容我解释。你们之前的惑星探险只是一个发生在你们大脑皮层上的虚幻经历，那是一项测验。"

"什么测验？"

"这是什么意思？"

"别着急，"司长摆手止住大家的问话，"你们能够在这里，是因为你们在刚才的测验里做出了同一种选择。"

"你是说……杀了'镜像'？"镜在梦中按过那个钮的手指颤抖起来。

"是杀了那个怪物。"司长解释，"你们测试中经历的正是一期队员曾经遭遇的真实考验。"

"那么？"

"正如你们从'镜像'那里听到的，惑星上生活着一种高级智慧生物。但他们并非什么命运造就的镜像，而是一种具有高度拟态功能和心灵感应能力的怪物。

"这种怪物遇到独处的队员，就以队员本身的形态出现，通过心灵感应解读对方的心理。因为每个人的心中都有'本我'和'他我'的潜意识，惑星怪物就利用这一点，假装是队员心理层面上的另一个自我，诱骗队员加入他们的生活，脱离人类世界的控制。"

"但是为什么？"镜听到自己的声音在问，但那语调陌生，仿佛出自另一个人之口。

"因为现在掌握的资料不够完备，我们只能推测。惑星怪物虽然具有独特的拟态功能和心理感应能力，但面对地球人强大的技术力量，他们没有任何赖以自保的武器。他们能触及的只有最柔软却又最多变的人心。所以，虽然他们劝服了部分一期队员脱离考察队加入了他们的生活，但另一部分意志坚定的队员却向他们发射了死光。"

"那是真的……"有人低声喃喃。

"什么真的假的？"司长声调顿高，"从表面上看，对未曾危及自身的惑星生物发射死光是违反规定的。但那些队员其实已经发现，对方已经用心理战术造成了威胁。发射死光是为了战胜自己内心的迷惑。"

"也许……只是也许……惑星生物说的是真的——他们……他们……"镜小心翼翼地试探。

"绝对不能动摇！"司长声色俱厉地拍案，"没有一种生物不是自私自利的。二期队员登上惑星后，同样会面临那些怪物的诱惑。它们会诱骗你们加入它们的阵营，然后利用你们来对付神志清醒的队员。这样的事情已经发生了，所以我们在招考二期队员时将这个心理测试作为最终也是最重要的一道门槛。我们用高能电脑分析你们的脑波，让高级心理师将所有资料汇总，设计出相应的虚拟惑星兽，只有在测试中消灭了对方的候选人，才能获选成为正式队员。"

他用严厉的目光一一审视5位中选队员："希望你们牢记自己做出的选择，顺利完成你们的考察任务。"

"请问，我们的考察任务到底是什么？屠杀那个星球上最高级的智慧生物？"一位面色青白的男士问。

"不，是为未来人类移居惑星扫除一切可能的威胁。看来，您还没有弄清宇宙间的生存法则。"司长一字一顿地说，"对不起，您被除名了。"

幽蓝色的迷雾，弥漫着充满了整个梦境。然后，有水声——湖水波动的轻响。一只纤长白皙的手从那声音来处、从那迷雾的中心，像一只白色的蝴蝶翩然飞至。

（镜，曾几何时，你相信我是存在的。）

轻轻的笑声，像湖水上泛起的涟漪。

（你终于来到了这里，你自由了，镜，你自由了。）

迟疑着，迟疑着，镜301A碰了碰那只手，它立刻柔滑地缠上了她的五指。

响尾蛇的呲呲声。

雾气轰然消散。镜301A和另一张面孔对个正着：悲伤、痛苦、绝望与震惊！那惨痛得揉成一团的脸正是她自己的面孔！

"不！不！"镜厉声尖叫。

汗水狂涌而出，湿透了衣裳。镜张开眼睛，她醒了。

她颤抖着摸索自己的面孔，这张面孔上依然残留着刚才看到的那个表情，那张揉成一团的脸。

眼泪从痛苦的褶皱间曲折而下。

"这是梦。"她对自己说。飞船还有半个月才能到达惑星。那个结束噩梦的时刻何时才能到来？

又或者，那才是噩梦真正的开始?

我还有选择——她对自己说。她的身体像筛糠般抖个不停。她只是反复地对自己说："我还有选择。"

——她还有选择。

创作絮语

　　这是一篇命题作文。《科幻世界》的"封面故事"曾经是许多作家的试验场，阿来、柳文扬都在这里挥洒过自己的想象。

　　确实，一幅画提供的意向足以启动一个故事。2003年10月的杂志封面是一个身着太空服的女子，她手中提着照明工具，射出一道光束，照进她眼前深重的迷雾。

　　她所在之处，依稀是非人间的异域。她在雾中看到了什么，才会露出那样惊恐的表情？

　　面对这个画面，我交出了上面的答卷。

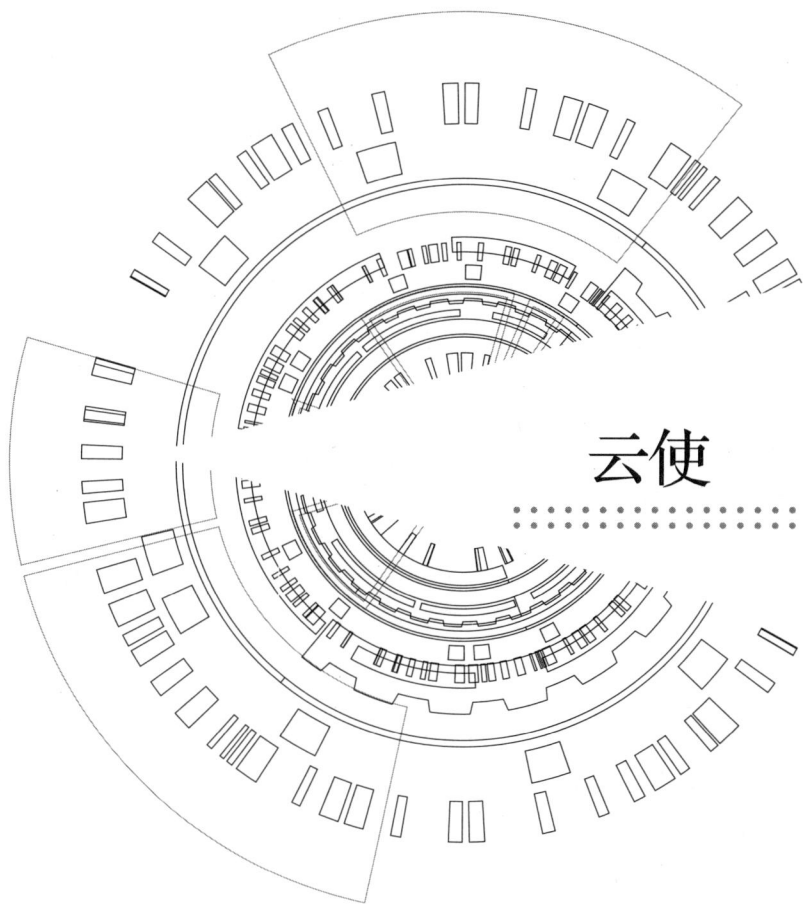

云使

2057年5月30日　中国　黄山

峡谷中的雾气渐渐深沉，转为暮霭。高远的青空深处传来隐隐雷声。

他们这会儿已经见面了吧？——蝉衣忽然想。

——他见到朱紫时会不会猜到些什么？他们长得那么像，尤其是鼻子。

她一个激灵，回神时才发现，画笔已经在山峰的纹路中，勾出了一道酷似他鼻梁轮廓的笔锋。不能再画了，再画下去这整张画就都毁了。即使是现在，这张水彩画中黄山的峰谷那一道奇异的笔锋也已经破坏了原本天成的意韵。

那就自己收藏吧，虽然是次品，于她看来却尤其可亲。她叹口气，苦笑着摇摇头，开始收拾画具。

这是在中国安徽的黄山深处，步仙桥畔的万丈深谷边。千峰万壑在雾气中透着空灵的仙气，黄山松在悬崖上舒枝展叶，精致得不似真实。在这里绘画的时候，她经常希望，自己能变成崖上的一棵松树，千秋万代与这空灵的景致相看无言。

忽然她觉得自己的画没有出错，上上下下的松树上，她都看到了朱紫的鼻梁的轮廓，刚毅而有力，挺拔而俊秀。于是她忽然晕眩了，那是他他他他，到处都是。

远处天神的雷车滚滚而近，暗云一层层压下来。要下雨了。

她的思绪已飞到千里之外的香巴拉，那个天空中翱翔着云使的国度，飞到27年前的天空之城。

2057年5月30日　天空城·香巴拉

朱紫此刻正站在鹊桥上。这是连接天轮一和天轮二两座巨型建筑的中央桥梁，桥体由可适应高空低压的新材料制成，外观却像汉白玉。光滑的扶栏和桥面在阳光照射下呈现出半透明的质感，一层层暗花，似乎是千万只喜鹊，密密匝匝地挤作一团，让人想到中国人耳熟能详的那个神话。

从鹊桥俯瞰下方滚滚的云涛，朱紫的内心有豁然腾空之感。他双手紧紧抓住桥栏，身体不自觉地前倾，仿佛在追逐空中一缕奇特的芬芳。雾气扑在他软胶头盔的面板上，透明柔软的面板上泛起微波，这种天空城的氧气头盔有内置的交换装置，可以感应外界的气流和湿度，在头盔中，他一直微微簇拢的眉头也顿时舒展开来。

——朱紫，你说这天地像什么？

——像一个活生生的人。

"老师，"他在心里默念，"我希望有你的智慧来面对这一天。"他抓住桥栏的手握得更紧，浅白色的半透明防护服内，可以看到左右腕处手镯形状的血压控制仪闪着红光。

为朱紫引路的城守早已穿过大桥，回头微笑着，远远望着朱紫，也不催促。他理解被天空城的宏伟震慑的心情，这还只是开始。双天轮是天空城的入口标志，再往前，还有太阳车、雷神堂、风田和雨雪殿。最后，在白云馆，天空城的主管，整个香巴拉计划最重要的执行者之一——尤定熙，正等待接见这位稀罕的访客。

"虢老过世前有什么话吗？"尤定熙好奇地打量着水晶隔离屏对面的

年轻人，虢正的关门弟子。

虢老是尤定熙敬畏的恩师，却也是他的学术宿敌。自从尤定熙加入香巴拉计划的研究和推广，虢老多次在公开场合严厉地责备昔日的学生，让他下不了台，因此，师徒间已多年没有直接联系。直到今年年初，虢老忽然放下架子主动联系，提出希望参观天空城。

如今天空城实行高度严密的保安制度，即使国家元首参观都要经过严密审批。但当尤定熙了解到虢老已身患绝症、时日无多，马上借用个人的力量在短时间内为他获得了参观许可。他多么希望，当顽固不化的师傅面对宏伟的天空城，见识到人类科技现有的强大力量，最终可以改变陈旧的观念，理解自己一直以来为之献身的事业。但虢老却没有挺到那一天。

按辈分推算，面前的青年是自己的师弟，是否因为这个缘故，尤定熙一见到他，就感到丝丝亲近，仿佛分离多年的故人。又或者，是因为蝉衣。20多年不通音信，突然联系，却是为了这个年轻人。

香巴拉不接受外来参观者是有缘故的。这个主管地球大气的天空站与对等海洋站、地上站、地下站一起调节着整个地球大气边界层发生的天气活动。如果地球是一个人，近地的大气边界层相当于血液，气候站工程的启动就是希望有朝一日，由人类自己来做地球的心脏，掌握和控制血液的循环，主管边界层的主要活动。在混沌学的推动下，这个完整的大气模型已于50多年前建成并进入实验室；35年前进入初步的框架性试验阶段，进行了一系列小规模大气调节试验；27年前进入推广期，争取世界各国的合作和认同，并在喜马拉雅山脉上空建立了现在的香巴拉的雏形；10年前开始建造大规模的地、海、空对等站。

整个大规模体系完成以来，对大气活动的调整还只在初期阶段，但是已经出色完成了许多气象行为，改变了23个国家的地理状况，赢得了世界的喝彩。

仅中国一国，由于香巴拉可以调节雨云的位置和雨量，中国西北高原干涸的黄土地得到了充沛的甘霖滋润，年降水量提高了一倍多。不断沙化、吞噬沃土的北方荒漠则在同样的雨水中开始了草原向荒漠的反噬。作为合作国之一，中国把耗资巨大的南水北调工程的资金投入到香巴拉计划，事实证明这是个事半功倍的选择。

然而，从创建之初，香巴拉计划就一直受到多方强烈的质疑。科学界怀疑，以人类现有的技术力量无力支撑这样浩大的工程，也无法将计划进行到底，由此反而会造成巨大的破坏。原教旨主义者认为这是亵渎上帝的行为，恐怖分子曾发射导弹试图炸掉几个对等站。但在整个大气调节机制初步建立的两三年后，支持的声音淹没了一切反对的声浪，而香巴拉也成了人类真正的神圣净土。

"你真愿意听老师的话吗？"朱紫淡淡地说，"当然老师最大的遗憾，就是不能阻止香巴拉计划。"

尤定熙叹了口气，虽然是预料之中，但是听到蝉衣的儿子这样来者不善的开场，他觉得特别失望。他在办公桌后的双手习惯性地对敲了一下——这是他从小就有的习惯动作，觉得郁闷时就会两手握拳，将四对指节对敲几下。"我希望我们有一个友好的开场，"他斟字酌句地说，"本来虢老过世，参观的资格是不能继承的。是你母亲……"

"我知道。"朱紫的脸有点红，紧张握拳的双手，忽然对敲了一下。成人后他再也没有求母亲办过事，但这一次，却大言不惭地要求她调动一切关系网上的人脉，帮助他争取进入天空城的资格。母亲表现出前所未有的为难，但却完成得出人意料的迅速。

心里隐藏的秘密让他为母亲难受，想起来心脏都会抽搐。

——如果母亲知道……等到母亲知道……

他下意识地摇摇头，没有留意到自己又习惯地将指节敲得喀喀响，而且这个动作招引了水晶隔离屏对面的男人如此怪异的目光。

"你……是我母亲的朋友？"朱紫被插进来的念头弄得心烦意乱，完全忘记了原先计划好的对话方式。

"是的，她没提过？"尤定熙问得有些吃力。

"没有。"朱紫定了定神，准备进入正轨，但是忽然一个偶然的想法掠过他的脑海，对于这个时候的他来说，这个想法，或者说这个愿望，忽然变得非常重要。于是他问："你认识我父亲吗？"

"不"字已到嘴边，又被尤定熙生生地咬住了，他对于蝉衣这些年来的生活未尝没有好奇。是，他一直关心她，知道她事业上一帆风顺，转行国画后奇迹般获得成功。但是他并不了解她的私人生活，只知道她结了婚，有一个儿子，却没想到她儿子竟是自己的师弟，站在自己的对立方。

"没有一个人认识他。"朱紫还没等到回答就先泄了气，喃喃自语。他并不知道水晶屏里埋着声音放大的仪器，把这边的任何响动在屏幕另一端放大。

尤定熙一怔，右手食指静悄悄地在笔记本感应屏上圈圈点点，调出了朱紫进站时刷的身份卡资料。出生日期：2031年12月19日。这个时间在他记忆中打了个滚，他的表情僵住了。他一个字、一个字很吃力地问："我记得你父亲是个美籍华人，作曲家？"蝉衣对外界如此介绍她未曾露面就沦落成前夫的男人。

"你见过他？"朱紫有点兴奋地问。

"不。"尤定熙神情恍惚地摇摇头，更加仔细地打量朱紫。他几乎是不假思索地撤了两人之间的水晶隔离屏，和同自己长着一样高俊鼻梁的青年面面相对，还不到两米的距离。

"不……啊，我想，也许我知道一点他的事。"尤定熙边说话边咝咝地吸着气，仿佛白云馆中没有模拟正常状态的大气压和氧气供应似的，"不过，这并不是我们今天的主题。"他闪烁的目光移到朱紫的手上。脱下了在室外穿着的防护服，朱紫手腕上那对血压控制仪就显得尤为醒目，"怎么……这是？"他这会儿的思路慢半拍。

"啊，我平时有点低血压，医生关照我到这里来最好用着它比较好。看着吓人吧？"朱紫故作轻松地耸肩一笑，心脏陡然狂跳几记，他真害怕尤定熙会听见自己的心跳声。

"你身体不好？"对面那个神色严肃的男人不知为何反应一直有点失常。他有着一双深邃的眼睛，像黑色的深渊般吞噬一切疑问和挑战的眼睛。霜白的双鬓和眉心的川字纹透露出岁月的秘密，而高挺的鼻梁起到了平衡作用，眉眼的气势在这里凝聚，又顺着鼻梁分流而下，被嘴角颤抖的笑纹综合成一个迈向老年的男人复杂的表情。

朱紫的喉咙哽了一下，下意识摸了一下自己的鼻子："不，只是低血压。"他在对方的目光下再一次慌乱，因为两人外貌中这种毫无理由的相似性。

2057年4月27日　　中国　C城　中心医院

朱紫赶到医院的时候，昏暗的病房里有一种细碎的声音。他将虚掩的门推开一条缝，却久久没有勇气走进去。屋里拉着窗帘，虢老靠坐在病床上，是逆光里一个黑沉沉的影子，怀里仿佛抱着一样东西。他的身体在微微颤抖，从左手背连出的输液管将这种颤动传到了吊瓶和支架上，产生了微弱的共振。

"老师。"朱紫听见自己虚弱的声音。

"是朱紫啊！"虢正身子一振，方才的颤抖与细碎的像是抽泣的声音似乎只是朱紫的错觉。

"光线不好，我把窗帘拉开好吗？"

"不用了。"老人拍一拍床边的位置，他干枯的手掌像枯叶般没有引起任何的响动，"坐。"

朱紫望着老人布满黑色斑点的面容，入院的三个月来，这些老年斑的数量翻了一倍还多，像一种恶兆。老人打着褶子的眼睛泛红，带着潮湿的痕迹。那么他没有猜错，一向刚强的老师刚才确实在偷偷流泪。发现这个秘密却让他觉得格外不好意思，只能低头呐呐地说："护士怎么跑开了？把您一个人扔在这……"

"是我说想一个人待会儿，没想到你就来了。"虢老低下头，移开靠身体内侧的病床上放着的一只饭盒大小的金属盒子，长长叹了一口气。

"老师，您别太担心了，只要治疗跟上，癌症只是一种可控的慢性病……"朱紫说话时不敢看虢正的眼睛，他知道老师的病已经拖不下去了。

"你以为我是怕死？"虩正说出这一句话，脸色忽然变了。他的身体已经很糟，说话又慢又费力，但"怕死"两字一出，他的脸腾地红了，几乎埋进褶皱里的双眼顿时瞪大，显出眼底密网般的红血丝，甚是吓人。

"老师，我没有……"虩正不寻常的怒火让朱紫不知所措。

"你听见我哭了。"虩正忽然平静下来，潮水来得快退得更快。

"我……"朱紫的头垂得更低，几乎不敢看他。

虩正用没有扎针的右手抓过那只盒子，放在两人之间。干枯的手一使力，手背的青筋像要突破脆纸般的皮肤。

金属盒上的盖被按开、弹起，露出里面的一支针剂、一支注射器和一对腕式血压控制仪。

朱紫诧异地瞄了一眼师傅。这就是他抱着哭泣的盒子？他原本以为里面会有多么特别的东西。

"我为去天空城准备的。"虩正苦笑起来，一边的嘴角抽搐起来，透出他内心的惊涛骇浪，"结果却用不上了。"

"这是？"朱紫完全不明白。

虩正抚摩着盒子里的东西，轻悄悄地说："这是我大半生的积蓄。"

"什么？就这些？有什么用？"

虩正抿住嘴，呆呆地望着盒子里那些再普通不过的东西，表情有些迟疑，然后他开始解释，一点点地说，用几个字的短句子，拼拼凑凑，歇歇停停，说了好一会儿，中间有两次差点背过气去。

朱紫听着听着，身体越来越僵硬，他甚至没有想到要阻止垂危的虩正说这么多话。自己的老师竟然会有这样疯狂的想法，而且差一点就要付诸実施——他一念及此就不寒而栗。这样想来，因为身体状况恶化去不成天空城，对于虢正反倒是一件幸运的事。

"没几天可活了，"虢正低语，"本想再派上点用场。"

"老师，"朱紫无法掩饰自己语气中的震惊，"我没想到你会有这样的打算。太可怕了！你这是拿自己的性命……你不会死的老师，我们还等着你回来上课呢，你千万不能有那种念头。再说了，我们不是原教旨主义者，怎么能走这样的偏门呢？"

"如果你也这么说，我无言以对。"虢正抬起昏沉的目光冷淡地瞥了一眼自己最心爱的学生，右手将那只昂贵的盒子拉进了被褥里。

2057年5月30日　天空城　香巴拉

"这就是传说中的'风云世界'？"朱紫望着这个几乎塞满了一大厅的天轮全息模型，惊羡得合不拢嘴。

"不错。这就是老师耗尽半生想完成的地球大气模拟仪。"尤定熙说到此处想到了兢兢业业的虢老，话音低沉下来，"这个模型的技术正是从老师的研究成果发展而来，当然，老师没有做出来，主要是由于经济上的原因。"

"像做梦一样，如果老师能亲眼看到……"朱紫喃喃。研究他这个专业的看到"风云世界"就像收藏家见到了《蒙娜丽莎》真品。

直径超过20米的蔚蓝色地球悬在大厅正中，外层包裹着大气边界层，白色的云层在流动变化，间或看到闪光和雨水，这些都是由大厅四周的模拟仪器发送的三维全息图像。而大厅地层中庞大的计算仪器，则是根据混沌学原理模拟气候变化产生的连带影响的母机。

大厅中的模拟地球在不停地旋转，蓝色的海洋，褐色的山丘，绿色的陆地。朱紫注意到香巴拉所在的位置被刻意染成了一片淡红色的气体区域，那片云层中有密集的光点闪烁，细密的针尖大小的光点。

"那个是？"他伸手指向模型上的位置。

"那是'云使'在工作。"尤定熙说出这个名字，就如父亲说出女儿的名字，带着无间的亲密感，目光也顿时变得温和起来。

"气候调节机。"朱紫说得有几分迟疑，"就是它？"

"就是它。"尤定熙的口吻如同一声满意的叹息。

香巴拉计划的设计者认为，人类可以通过设计大气模型，综合各种气象信息尤其是卫星情报，总结出地球整体的气候走向；同时，也能够根据这个模型，找到改变局部气候的大气敏感点。由于地球的大气和洋流是一个循环的整体系统，对任何一个点的作用，最终会影响到全球的气候。如果对地球上气候最为特殊、敏感的区域进行刺激，可以对全球气候产生有效的调节和改变。"云使"就是这种改变的执行者之一。它是一台专门适合在整个边界层活动的新型飞机，和海洋工作站的"水母"、地上气候站的"骐骥"、地下工作站的"蠓虫"一样，都是调节大气敏感点的特殊仪器。由于造价昂贵，每种调节机至今只有一台，筹建"云使二"的计划虽然早已上报，仍在等待最后一个阶段的审核。

"30年来虩老一直激烈反对我们的计划，前次他提出想来参观，我以为终于有机会让他改变看法，可是……"尤定熙感叹的目光穿过了半透明的三维球体，依稀看到40年前，正当壮年的虩正在讲台上眉飞色舞地讲："终有一天，人类可以通过相对简单的手段，改善我们生存的气候，到那个时候……"

——老师，到了这个时候，为什么你反而要阻挡历史车轮前行？

"了不起的设计。"朱紫望着大厅四面的投射仪器下方整齐排列的数十块荧光屏。屏幕上呈现出球体模型各个细部的放大图像，边角显示的数据则不断更新，冷暖气流、台风、冰雹、闪电、降雨、云层的流动……一切变化都在监视之下，一切变化都是可以被控制的，"但却让人害怕。"

"为什么？"尤定熙转向他问，神情凝重。

"'风云世界'确实是让人类震撼的创举，但面对这样一个模型，我们会产生错觉。"朱紫朗声说，"仿佛人类也可以成为操纵气候的神祇。"

"难道不可以？"尤定熙的目光犀利。

"也许未来可以，但不是现在。老师从来没有反对过大气调控论，老师反对的是，过早进入对大气的整体控制。"

"50年还早吗？现在还只是试探性的局部调整阶段，香巴拉计划以十年为一期，50年后才会进入对气候的全面控制。"尤定熙望着朱紫轮廓鲜明的侧脸，急促的语速逐渐缓和，甚至变得有些亲切，"50年，是我下一辈，甚至第三代挑大梁的时候了。"

"尤先生，或者我应该叫你师兄，我们就不用打幌子了。'风云世界'说到底，是个统计数据的计算机。我们并未真正掌握大气运行的规律。混沌学相对于其他科学门类，是非常年轻的学科，它确实为我们了解世界提供了一种全新的研究方法，但是它却无法导向一条清晰明确的建设之路。"朱紫说话的表情是镇静的，他有条不紊的叙述让尤定熙惊讶而敬佩。

"这是虢老的意思?"

"这也是我的意思。"朱紫毫无畏惧地直视他的目光。

"好小子。"尤定熙会心地笑起来,"结果倒是你在劝说我了。"这孩子铿锵的调子让他想起多年前意气风发的自己,他拍拍朱紫的肩膀,"走,我们先去吃饭。"

午饭后,尤定熙请朱紫到他的书房喝茶。

"参观证上写明还能看'云使'。"朱紫提出。

"下午吧,下午我带你去坐一圈。"尤定熙微微笑着,那个口气倒像父亲答应带孩子去游乐园。

朱紫望着玻璃杯里飘舞着渐渐沉下的龙井绿茶芽尖,心里又局促起来。他不喜欢这种气氛,太亲近、过于温暖的气氛。他宁可他们针锋相对,吵得不可开交,也不希望像现在这样。"这是什么规格的接待?"他闷闷地问。

"朋友的规格。"尤定熙斟酌了一下说,"按虢老的关系,你是我师弟;按蝉衣的关系,你是我的……子侄辈。"

朱紫支吾了一声,起身走向沙发一侧那排顶天立地的大书柜,柜子里全是让人怀旧的纸质书。他在书柜正中的玻璃格前站定,望了片刻,扭头问:"可以看吗?"

"你随意。"

放在最显眼位置的那一排书,当头一本就是厚实朴素的《混沌学原理与气候调节机制的未来前景》,虢正的学术代表作,2010年出版,这本书里探讨的500年后可以使用的整体气候调节技术事实上已经被香巴拉计划提前预演。紧贴着它的是一本烫金版的"大砖头"——香巴拉计划发起人罗兰·阿瑟最重要的学术论著《香巴拉并不遥远》。事实证明罗兰·阿瑟是个非常有市场头脑的人，从他给学术书起名字的趣味就可见一斑。

并列的是21世纪初一位科幻小说家的作品集。朱紫"咦"了一声，但并没有打算抽出来。尤定熙听见他的惊讶，在一边解释说："这本书里最早提到了用混沌学原理寻找大气敏感点。"

"我知道，"朱紫头也不回地说，"我读过那个故事，一个科学家刺激敏感地带的气流，让祖国上空布满阴云，于是北约的炸弹失去了准头。很有趣，但就如作者所说，小说中所描写的事情是不可能发生的，不是人类能力的局限，而是从物理和数学的本质上来说不可能。"

"《混沌蝴蝶》的故事不可能发生，是因为主人公刺激个别大气敏感点来改变局部气候，却没有能力考虑这种改变的连带反应。而香巴拉计划从一开始就投入巨资营建'风云世界'……"

"早50年，混沌是指发生在确定性系统中的貌似随机的不规则运动，其行为表现为不确定性、不可重复、不可预测。而仅仅50年，混沌学就给了你们绝对的把握掌控地球的气候了？罗兰·阿瑟好大喜功在行内是出了名的，他就是用这一套来欺骗世人。你是虢老师的学生，为什么会站在他那一边？"

"但是我们已经成功了！"尤定熙的不悦之情溢于言表，"你来这里就是为了和我吵架的吗？"

"暂时性的初步的成功，却会导向毁灭性的未来！如同一个代谢不畅的患者用轻度泻药调节肠胃，但同时会养成依赖性和耐药性，最后失去主动代谢的功能，却又无法用药物有效帮助。得肠癌只是早晚的事。"朱紫被争执的热力鼓舞起来，"本来各国致力于保护环境，虽然无法改变全球气候，但至少起到良性的调节作用。香巴拉计划开展以来，各国都产生一种错觉，他们以为将环保经费投入香巴拉计划，从此就可以高枕无忧了。但是以香巴拉的技术水平，能保证成为地球气候长期稳定的良药吗？"

尤定熙左眼袋的肌肉在抽搐，按他的火暴脾气，在平时早就炸了，但是对着这个面善的青年，心里的某处隐隐作痛，让他发不出火来。

朱紫并没有胜利感，这个老男人的隐忍让他不快。他转回书柜方向继续搜寻，一本朴素的湖蓝色纸面书引起了他的注意。这样的装帧在当代出版物中非常罕见，书名《云使》。他听闻过这部古印度最伟大的抒情长诗，但却没料到会在尤定熙的书柜里，看到这样一本书。他抽出这本薄薄的小书，翻开复古的封皮，白色扉页上钢笔书写的清瘦、秀丽的黑色小楷扑面而来，让他一个激灵。

他不自觉地斜瞄了一眼尤定熙，却正好与他的目光对接，被烫了一下。

与一般扉页题字不同，这里抄录了一篇完整的散文诗。

大诗人迦梨陀娑创作《云使》的那天，闪电耀亮青山，乌云掠过一条条地平线，疯狂的东风摇撼苍翠的山林。药叉的爱妻惊呼："天哪，飓风卷走了大山！"

云使飞走，离愁不曾压碎贞妇的心，离别的自由战胜了悲痛。飞泻的瀑布，湍急的江流，呼啸的林涛，那天惊醒了世界。离人的心声旋律雄浑地升腾。

……

朱紫飞快地在篇尾找到落款的文字："录泰戈尔《再次集·分离》为云使颂，愿年年岁岁人长久。"

再看下一行。

"蝉衣"。

他倒吸一口气，带着恐惧继续向下找："2031年4月17日。"

原先只是有一点隐约的预感，现在却变成了极大的可能。但是，他到这里来，肩负着重大的使命，在生死关口遭遇这样的发现他完全没有准备。

他僵住了，身体忽然完全不能动弹，心中徘徊的阴霾像铅块一般沉重地压了下来。

——母亲，你让我到这里来的时候，到底是怎么想的？

难道命运让我来到这里，就是为了见到这个男人吗？

母亲！

2057年4月27日　中国　C城　中心医院

朱紫在医院走廊上正碰见护士将虢正推回病房。"这是？"他问。

"差点过去。"护士摇摇头，"这次是救回来了，但也许没有下一次了。"

虢正仍在昏迷中沉睡，枯槁的面容带着不祥的青灰色。谁都能看出他时日无多。

"都到这个份上了，连一个家属都联系不上？"护士显然对于老人没人照顾的事实非常不满。学校请的护工打开病房门，见到朱紫也无心招呼。

"他没有家属。"朱紫帮护士腾床，将老师轻轻地抱回病床上，老师的身体僵硬，骨瘦如柴但感觉很沉，他想起一句不祥的话：要死的人都很重。

他坐在床边，凝神望着老师的病容，用几乎听不见的声音喃喃："老师，我想了一整夜，也许你是对的，那个计划非常了不起。我昨天那样说你，请你原谅我。"

"老先生清醒的时候让我把这个交给你。"护工从床头柜里拿出朱紫见过的那只盒子，"他说让你关照着，火化的时候把它一起放进去。"

朱紫从床边跳了起来，眼睛通红："瞎说什么！人还在呢！"

"这是老先生说的话，你不用跟我生气。"护工并不委屈，她见多了这样的反应，很体谅他的心情，"看情形老先生也许醒不过来了，你收着吧。老人最后的心愿总要帮他完成啊！"

朱紫双手接下那只盒子，心里咯噔一下。他明白虢正怕盒子成为无人招领的遗物后，医院的人会检查盒子里的针剂。那20毫升的神秘液体让人类已知的任何毒药都望尘莫及，虢正本想靠它完成悲壮的任务，而现在却只能和它一起，在火葬场的高温炉里灰飞烟灭。

"老师。"朱紫捧着盒子的手筛糠般抖动。

——老师，你为什么要交给我。

这小小的盒子在他心里种下了一颗黑色的种子。他知道自己无法阻止这颗种子发芽抽枝，他知道自己无法抵挡这样的诱惑：用支小小的针剂，完成自己一生著述都无法完成的任务，拯救正在步向危难的星球。

2057年5月30日　天空城　香巴拉

"这本书是我母亲送你的？"朱紫看上去依然平静。

"是。也许你没有想到，大气调节机'云使'是你母亲间接命名的。"尤定熙走近了一点，小心翼翼地吐露当年的故事，怕会吓住这个青年。

"母亲从没提过。"

"那首歌呢？香巴拉的推广歌曲，全世界人都会唱的那首歌，是你母亲做的，你难道不知道？"

朱紫茫然摇头。那首从他幼年时代就在各种场合被强制洗脑的歌，作曲者是"Cheli Zhu"，他怎么会想到和母亲有什么关系。

"你应该知道那首歌的名字，也叫《云使》。"

时隔27年，尤定熙闭上眼时，还能清晰地想起蝉衣的模样。站在云海中的她脸色苍白，干裂的嘴唇是病态的霜白色，一对因为辛劳充满血丝的黑眼睛却兴奋得熠熠发光。

21世纪是个奇怪的世纪，甚至连一个事关人类未来的重要科学计划，都需要用商业方式来争取大众的支持。当时如果将第一个气候调节站点建立在海底，可以取得最佳效果，建在地面可以节省巨额开支，而最终罗兰·阿瑟决定先在中、印、尼三国交界区域的喜马拉雅山脉上空，修建香巴拉的天空站雏形，这完全是出于商业化的考虑。

蝉衣当年刚满30岁，她为梦工厂的动画片《长征》创作的主题曲《忧伤的土地》获得了当年度的奥斯卡最佳歌曲奖。这也是她被确定为推广计划一部分的原因。为了给香巴拉计划的全球推广行动写一首广告歌，2030年7月13日，蝉衣来到当时的天空站考察。34岁的尤定熙那时就是罗兰·阿瑟手下最得力的助手，负责天空实验站的部分实验，和他接触、了解天空城的运作原理，是蝉衣为新任务体验生活的必要步骤。

为了真实感受香巴拉的气候环境，她从喜马拉雅山下的基站开始，每上升一千米的海拔就停留适应一段时间，到达海拔万米的天空城后，她也一直待在气压、含氧量更接近外部空间的过渡间，然后直接走上天台。这个作风奇特的女子，还请印度最优秀的梵文大师朗诵迦梨陀娑的《云使》，制成录音，她在万米高空的天台上播放录音，随着诗歌的韵律和节拍跳起慢步舞，感受人类千年梦想中对天空的美好向往。

"《云使》采用的六八拍对仗音步，模拟了夏季雨云在天空中缓缓流动的声音，在音律上就有无法超越的美感。"她说，"美，是宣传曲的第一要素，旋律要优美、感人、大气。"为寻找天空城的美，她付出了6个月的时间，其间几次体力不支倒在天台上，健康严重透支。这样豁出命来创作，难怪2031年初，《云使》宣传曲一经问世，便成为传唱不衰的名曲。

任务完成后，蝉衣在天空城多留了四个月，之后突然离开。黄鹤一去，杳无音讯。她从音乐圈彻底消失，10多年后，才以半路出家的画家身份重新回到人们的视线，但依旧深居简出，少与人来往。以至于很少有人知道，当年以笔名"Cheli Zhu"扬名国际乐坛的，就是现在的蝉衣。

朱紫听尤定熙淡淡地说着陈年旧事，心里却止不住翻江倒海。母亲离开天空城的时间，大致应该是2031年的5月中，距自己的出生只有7个月，按常理那时她已经怀孕。当然不能排除她和别人交往的可能，但是从她送给尤定熙的书扉页上抄录诗歌的语气，已不能做第二人想。

这次来香巴拉，他已将生死置之度外，唯一想确定的是，自己做出的是正确的选择。这绝不是滴血认亲的好时机，也不适合上演千里寻父的大戏。

他用颤抖的手翻阅着诗本，难受得几乎窒息。

书中小神仙药叉被贬罗摩山，在苦修之地思念远方的妻子，托付路过的云使替他送信，之后他的思绪追随着那朵云彩飞越千山万水，飞到了爱人的身边。千年前的经典现在看来朴实得过分，然而也许是因为那无法传译的六八拍音步的雨云行进之声。

不知不觉中他又翻回了扉页。

> ……分离的时期，无羁的愁思飞渡江河，飞渡山岗，飞渡森林。屋隅的哭泣淹没在路途的熙攘之中。最后抵达盖拉莎山，显出缱绻的真相。

他持书的手在颤抖，想到20多年来母亲将他养大的辛劳。有多少苦楚，正好被这些诗句映照，而写下它们的时候，也许却是她和父亲两情缱绻之时。

忽然见到"真相"两字的墨迹晕开，原来不知不觉间，已有液体滴上纸面。

尤定熙一直沉默地观察他的反应，此时忽然说："给你母亲打个电话吧。你到了之后好像还没有给她报过平安。"

朱紫回过神来，恢复了原先的神态，仰头面对这个可能是自己父亲的男人。两个人的脸上都掩盖着虚假的平静。"好吧。"他说。他有太多的疑问想从母亲那里寻找答案。但是，现在真的是合适的时候吗？

尤定熙用桌上的联络器拨通了蝉衣的电话，按下了免提。几声长音后对方话机轻响一声，转到蝉衣的录音："我是祝蝉衣，我这会儿不在，如果有事请留言，我会和您联系。"

沉静温柔的声音超越了20多年的时间，没有丝毫的改变。

那声音响起的刹那，尤定熙的肩膀收缩了一下，他停顿了两秒钟才转向朱紫，轻轻说："说吧。"朱紫避开他的目光，低头对着话筒，心烦意乱。他后悔了，他不想和母亲说话，他怕再这样下去，自己会失去完成那个计划的勇气。但那个沉甸甸的目光压着他，使他不得不开口，语无伦次地说："到了，妈，我在香巴拉。"

"蝉衣，我见到朱紫了。他是个好孩子。"尤定熙强压着心里翻腾的巨浪，吐出这句意味深长的话。也许她不在反而好，否则他不知会说出什么，也不知该怎么说，"谢谢……"

"啪！"他突然被打断了。是朱紫按断了通话器。他的手还紧紧扣在机簧上，咬着牙，脸憋成了赤红色。

"……"尤定熙愣住了。

正当此时，通话器的联络灯自动亮起，免提的放音口传出天轮一工作房管理员的声音："尤博士，356号区出现问题，产生计划外龙卷风，请赶快……"这次是尤定熙飞快地按掉免提键，一把抓起话筒："我马上就到，见面再说。"

朱紫一动不动，不知是否听清了刚才的紧急汇报。

"对不起，今天恐怕不能让你看'云使'了。出了一点小问题，我去处理一下。"尤定熙转身冲向门口，半途又回头说，"如果你愿意，今晚可以住下，明天我再想办法帮你安排。"

朱紫依然垂着头，呆呆地望着手腕的血压仪上跳动的红点，一言不发。

2057年5月7日　中国　C城　龙洋路3号203室

书，三面墙都是书。

朱紫在虢正的书房里整理老师的遗物。虢正没有健在的家属，他在遗嘱中把全部家当都留给了亲如儿孙的爱徒朱紫。

这是一套普通的三居室，虢正生前异常节俭，几乎成癖。屋里没有任何豪华的装饰，地上铺的是少有人用的瓷砖，墙壁只经一般粉刷，电器只有生活必需的几种，且没有几乎家家必备的影视墙——对于虢正来说，看电视是对时间的浪费。

外人猜测以虢正的级别和节俭程度，应该留有不少存款。只有朱紫知道，老师最大的遗产，是放在自己脚边的这只盒子。

架上整整两排都是虢正写的书。所谓著作等身也就是这么个意思吧。这两排著作曾为这位世界著名的气候环境学专家奠定了几乎高不可攀的学术地位，但在近几十年，他却因为坚决反对香巴拉计划而被罗兰·阿瑟一派渲染成食古不化、害怕接受新事物的老朽。

朱紫靠着架子坐下，一本本翻阅老师写的书。这些书勾画出人类未来的宏图，但是时刻不忘在人们耳边敲响警钟：在我们的时代，世界是可探知的，却不是可控制的；气候是可调节的，却不是可主宰的。我们寄托希望给未来人，为他们打下扎实的基础，但是任何急于求成、妄图主宰天地的打算，都可能造成恶劣的后果。香巴拉计划是危险的冒进——虢正在最后一本书中指出，而计划的执行者也将承担极大的风险。因为人类自主控制天气后，社会舆论将无法接受天气灾害的发生，没有任何个人可以承担大自然的责任。

"老师，你是个了不起的人。"朱紫紧紧握着那只宝贵的盒子，喃喃说，"虽然身患绝症，但要选择这样激烈的死法依然需要巨大的勇气。"他现在的样子与其说是自言自语，倒更像是对着一个幻影倾吐。

"你说注射了这种针剂，上亿个装着特殊药物的纳米胶囊在血管里巡回，戴上血压控制仪，在需要的时候调高血压，纳米胶囊才会融化，胶囊里的药物和血液化合，成为高强度的液体炸药。只有这种方式，才有把握瞒过安检，而只要炸毁一台气候调节机，就能引起社会的关注，暂时阻断香巴拉计划的进行，而一旦计划的安全性受到质疑，就将影响舆论，让计划失去大众的支持。加入的国家一旦退出，计划得不到后续的资金，就会被迫终止。虽然失去一台气候调节机短期内可能产生气候问题，但与日后可能引发的无法挽救的大灾难比，只是小小的预告而已。

"老师，你宁可自己粉身碎骨，也希望能给人们一个警告，让他们看到自己走在一条多么危险的道路上。我怎么能眼睁睁把你的希望一起焚毁了呢！"

"可是老师，我没有你的勇气。"他打开盒子，里面的针剂和血压仪在他的眼里模糊起来，它们的影子渐渐膨胀，漫出了盒子的边沿，"我恨自己不敢像你那样。"

三面书墙仿佛化成阴影，向他压了下来。

"老师，你把它托给了我，我没有按你的遗嘱把它和你一起火化。已经来不及了，来不及了。我没有选择，只有用它完成你的心愿，不然，你不会原谅我，我也不会原谅自己。可是老师，我真的没有勇气，我怕我到了最后，还是会退缩。求你帮帮我，帮帮我吧！"

2057年5月30日　夜　天空城　香巴拉

尤定熙推开房门时忽然止步，打开的房间里似乎涌出特殊的气息，将他淹没，让他刚毅的脸上所有的线条变得那么柔和。

"好多年没来了。"他用低得几乎听不见的声音呢喃，然后转头对朱紫说，"你就在这里休息吧。"

"这招待间好像有些年头了。"朱紫抬头四顾，白色的墙壁已经泛黄，左墙挂着一张摄影图片，右手的小吧台上居然有一台古董投币音乐机。

"过来。"尤定熙冲朱紫招招手，走到吧台边，从音乐机边放的一碟硬币中捡出一枚，塞进投币口里。老旧的机器咯吱了几声，沙沙地运转起来："云使，驰骋风的海洋……"

朱紫停住了脚步，感觉荡气回肠。这原来是母亲写的歌。

"为什么会有这个？"他嘀咕。这种机器即使在地面世界都是稀罕的。

"蝉衣喜欢这个。"尤定熙微微笑着，手指轻轻在吧台上打着拍子，"她喜欢一些莫名其妙的小玩意儿。"尾音变得异常温和，甚至是……温柔。

朱紫四处搜索的目光定在了那张摄影照片上，非常专业的黑白人像照，画中人正朝镜头转过脸来。消瘦的面容，沉静的表情，苍白干裂的嘴唇，细长的双眼里晶光四射，这张面孔说不上美丽，但却让人难以忘记。

照片边角写着："Cheli Zhu 2031年2月，完成《云使》的这一天。"

他吃惊地退后一步，没料到会在这里见到年轻时的母亲。

印象中，很少见母亲拍照，家里也没有记录她过去的相册，只有少得可怜的几张单人生活照片，证明她也曾经年轻过。母亲对此的解释是，她讨厌拍照。现在想来，也许是想要忘记，想把以前的自己完全抹杀。

他望着照片出了神，27年前，这里发生了什么？母亲为什么会离开？为什么从此告别了熟悉的生活和辉煌的事业？这一切的答案只有身边这个两鬓斑白的男人知道。那三个字脱口而出："为什么？"

尤定熙避开朱紫疑问的目光："我先走了，有事可以打内线3382找我。"他头也不回地出去，在门口补了一句，"屋里的电脑是连线的，觉得无聊可以上网。"

夜晚，朱紫对着窗外的星空发傻。天空蓝得通透，像湛蓝的海。银河是这海上漂浮的乳白色光带。千亿颗星在光带上荧荧闪烁。在光带之外，镶嵌着许多他从未亲眼看过的星座，钻石般明亮，几乎刺痛了他的眼睛。

——我该怎么办？

他不停地问自己。

2057年5月10日　中国　C城　龙洋路3号203室

老师过世的三天后，两个陌生人找到了朱紫，向他问起那只盒子。他们提起虢正曾经和他们合作的一个计划。确实，如果没有外人帮助，很难想象老师会得到那个奇特的盒子。

陌生人请求朱紫以完成虢正遗愿为名，申请进入天空城，接替老师，执行一桩拯救人类未来的任务。他们说虢正本人是计划的策划人之一，甚至为此投入了自己半生的积蓄，而他们，一个绿色环保组织，也为他提供了各种技术支持。

他有点怕他们。他们和他不是一路人。他没有告诉他们盒子还在。

但他们似乎猜到他没有销毁它。他们说盒子里的东西并不那么危险，注射后的纳米胶囊在血液中停留的时间有限，只要不使用，一段时间后自然会排出体外。

他们说你再看看，你再想想。

朱紫在犹豫中用老师留给他的密码，打开了那个模拟程序。

在老师用生命的最后10年呕心沥血完成的这个模拟程序中，他看到香巴拉计划的后期效果：10年后，表面的气候改善下埋藏着越来越大的危机。30年后，大气的自主调节能力和人工调节开始协同作用，但同时大气自主调节能力发生紊乱。50年后，香巴拉计划中人类控制气候的时代来临，但在大气调节功能紊乱的情况下，原先的各种有效调节模式全部被颠覆，地球边界层的气候现象和洋流失去控制，整个地球生态陷入前所未有的混沌状态。动物和植物大规模死亡，只有极少数被运输飞船送到火星基地的人类可以逃脱这场浩劫，其余留在地球上的幸存者藏在地下深洞里，过着不见天日、朝不保夕的生活。

从那一刻起，朱紫的思想逐渐改变。他申请进入天空城，求母亲帮助。然后，似乎是为了给自己足够的勇气，每天他都会进入模拟程序，观看这段黑色的地球预言。

而在出行前的那一天，他终于下定决心，承担这个悲壮的使命。

可是，刚才看到蝉衣题字的那一刻，他确实动摇了，那时他当真怀疑——命运之神将他领到这里，是为了让他遇见这个赐予他生命的男人。

听见通话器里那声简短的警示时，他一个激灵，意识到这个系统一如虢正所料，存在许多问题，因为现阶段香巴拉的调节系统尚未进入对气候的全面调控，计划执行者尚可以将调节的失误当作自然灾害蒙蔽视听。可是现阶段就无法杜绝的问题，悍然进入全面调控后会是何种情况，想来让人惊心。

——老师，你最大的愿望，就是能终止这个错误的工程吧。

他喃喃问。自己研究反对又有什么用呢？最多发表一些论文，出几本专著，在大学混一口饭吃，一辈子就这么庸庸碌碌地过去。罗兰·阿瑟已是这一领域教宗式的人物，自己穷一生之力，也难以撼动其地位，更无法阻挡香巴拉计划的滚滚车轮。然后，就是那模拟程序中的黑色未来……

——老师，你一定是看到这些才会想出这样的办法。

——老师，可他也许是我的父亲，我的父亲。

据称"云使"上有应急安全系统，驾驶者在特殊情况下可以弹出机舱，借用降落伞和简易飞行器回到安全地带。但是没有亲眼见证我怎么能放心呢。

虽然还不确定，但我感觉他当年并没有遗弃我，这么多年他甚至不知道我的存在。今天他才刚遇见自己的儿子，明天儿子就在他的面前，炸掉他视如性命的"云使"，让他一生的努力化成灰烬，毁掉他终生的事业与希望。更可怕的是，他还会眼见失而复得的孩子炸得粉身碎骨。

这对他不公平。

他不是坏人，只是……科学乐观主义者。

还有，他已经老了。

他的鬓角霜一样白，他和我说话时声音发颤，他说到母亲的时候目光那么温柔。刚才出门之前，他对我伸出手，像是想要抚摩我的头。我躲开了，我不敢让他碰我。我怕我会哭出来。

我害怕明天，老师。我怕见到他，我更怕想起母亲。

母亲太可怜了。她是怀着什么样的想法帮我到这里来的呀？

在这种情况下实行自己的计划，想想我都觉得自己太卑鄙。我怎么可以这样对待她！她是我的生身母亲，含辛茹苦养育我26年的母亲。直到今天，我才知道她对我有多大的恩情。这些年她太不容易了，她心里受着多大的苦。我怎么可以再那样伤害她。

可是……

可是……

我该怎么办，我该怎么办啊？

朱紫缓缓离开窗前，在电脑台前坐下。他在浑浑噩噩的状态下开了机，全息屏幕从电脑台上涌射出来。他机械地点了点常用的网站，进入自己的信箱，下意识地浏览未读信件的题目，大多是广告。但有一封来自熟识的地址，发信人是祝蝉衣。他打了个哆嗦，连忙点进。

母亲纤秀的字体从屏幕上浮现出来——在文字录入个人化开展以来，母亲一向是最坚决的倡导者。

朱紫：

回到家听到了你的留言，还有他那句没有说完的话，心中百感交集，不知从何说起。

你恐怕已经猜到，那个人就是你真正的父亲。所谓的作曲家前夫只是我的幌子，他从未存在过。

你一定有很多的问题，我害怕面对面和你交代前因。走到今天这一步，让你26年都没有父亲，其实是我的过错。

你不要责怪你的父亲，他并不知道我离开的时候带着另外一条生命。我们的分手有着艰难的背景，做出这样的抉择，他也情非得已。

27年前我是作曲家，签下合同为香巴拉计划写推广歌曲。为此我去了天空城的一期站点，也就是现在的香巴拉的雏形。在那里我认识你的父亲，崇拜他的事业，完成了我前半生最满意的作品。任务完成后我依然留在那里，度过了我一生最幸福的四个月，也就是在那时有了你。

我依然牢牢记着那个日子，4月23日。那段时间我刚刚得知，最早起用我的恩人、钢琴家小川津子在丝绸之路采风途中遭遇飓风失事。我的情绪异常低落，但看到你父亲似乎也在工作上遭遇了很大的挫折，我强打精神安慰他，听他说起一件事情。他说一次气候调节活动的后续影响，导致塔克拉玛干沙漠上的飓风移动了位置，但一支驼队恰恰在该位置上遭遇了飓风。被飓风卷走的三人全部殒难，其中一人带着卫星定位系统，出事前发出过求救信号，所以天空站的人辗转得知了这桩悲剧。

把小川老师的意外和他的话对照后，我无法接受这个可怕的事实，正是香巴拉计划，夺走了小川老师的生命。她才42岁，已经成为世界一流钢琴家，正值事业的巅峰时期，却因为天空站一次简单的气候操作，丧失了生命。这个意外揭示出一个更可怕的事实：香巴拉计划，也许并不像描绘的那样安全，那么曾经推动这个计划的我也会成为千古罪人。

经过几天的痛苦思考，我向你父亲提出，希望他以自己的身份向外界揭露这次意外的真相。我不是技术人员，不能像他的证言那样可信，更何况我不能把爱人推心置腹的私房话不经许可拿出来作证。我逼迫他选择。我说如果他不答应，就会失去我。我知道这样的要求非常残酷，因为这次事故夺走了三个人的生命，一旦揭穿，直接技术责任人，他忠心的下属，恐怕有牢狱之灾。

你父亲拒绝了。他说正是计划争取支持的关键时刻，如果公布这样的事情，由于小川津子的特殊身份，会带来极其恶劣的国际影响，也许后期计划的投资就此泡汤。他向我保证，这次事件只是偶然，但是公布事实会让没有判断力的公众因噎废食，放弃人类美好的未来。

我无法忘记小川老师的死，但也不能强迫你父亲背叛香巴拉计划。这样的选择他也非常痛苦，但他依然没有让步。

五月，我离开天空城，离开了他，离开了我奋斗过的事业。那时全世界到处回荡着《云使》的歌声，逃到哪里似乎都逃不出我的过去和对他的感情。还有，对小川老师的愧疚始终压在我的心头，从此我放弃了挚爱的音乐。

真不敢想象这些年是怎么过的，但终于还是过来了。这些年你一直是我精神上最大的慰藉。孩子，你是我的骄傲。也许是出于自私，也许是至今难以面对这段过去，我没有告诉你身世的真相。但当你向我提出想去天空城，让我想办法帮助你的时候，我想也许这就是命运。你们父子俩注定要相遇。

原谅他吧，孩子，不用害怕我的感受，我真心希望你能接受他。

他是一个好人，一个值得你爱的人。

母字

读完这封信，朱紫静静坐在黑暗中，闭着眼睛，全息屏幕的荧光照在他脸上，让他的脸变成诡异的绿色。

母亲，你真是了不起，母亲。

有人轻轻敲门。

朱紫过去拉开门，尤定熙在门口踟蹰，一脸忐忑、心事重重的样子。"我来看看你休息了没有。"他吞吞吐吐地说。

"进来吧。"朱紫大致猜到了他的来意。明天就要实行那样的计划，今晚绝不能与他相认——虽然对自己这样说，但是他无法拒绝尤定熙，夜里他看上去憔悴多了，好像一下子苍老了10岁。

"在上网吗？"尤定熙显然是找话说。

朱紫关掉了母亲书信的页面，但也许那熟悉的字迹，已经落入了老人的眼中。朱紫忽然感到肩头一沉，那是尤定熙的手。

"朱紫。"

朱紫忽然鼻子一酸。他想握住这只手，他想抱住26年来只存在于幻想中的父亲，抱住他真实的身体，痛快地大哭一场。他又想狠狠甩掉这只手，慷慨激昂地指责他放弃了责任，抛弃了母亲，导致他多年失却父爱。

然而他什么也没有做，他垂下头，盯着自己的脚尖，心里默念："忍住！忍住！"

"朱紫，你母亲都告诉你了，对不对？这些年，你们是怎么过的？"那颤抖的声音里饱含着真切的痛苦。尤定熙的眉眼皱成一团，他用力推挤着眉心的结，像是这样就可以将它抹开，"可是她什么都还没对我说。这些年她从来没有告诉我！"泪水从那些痛苦的沟壑里涌流而出。

朱紫忍不住回身望着自己的生身父亲，犹豫地伸出手去，但他战栗的手终于没有触到那张被内疚和自责折磨的脸。

他听见自己用极其冷静的声音问："如果当初你知道……如果你知道有我，还会那样选择吗？"

对面的人忽然安静下来。只不过几秒钟，朱紫又听到了天空城主管那镇定、坚决的声音，那个声音说："是的。"

"是吗？"朱紫愣了一愣，忽然笑了起来，"时间不早，我要睡了。"

尤定熙的表情就像被人抽了一记耳光，但他咬紧牙关，点点头，什么也没有再说，步履沉重地离开了。他不知道朱紫望着他的背影，心里说："谢谢您。"

那一刻朱紫已经做出最艰难的决定。

2057年5月31日　天空城　香巴拉

上午10点，天气晴好，平静的云海绵延万里。尤定熙和朱紫登上了

"云使"。

尤定熙一边示范朱紫系上安全带一边介绍：驾驶座在紧急状况下可以强制弹出，座后藏着自动降落伞，座底安有微型火箭喷射口，座顶会弹出简易螺旋桨。总而言之，即使出现问题，人员的生命可以得到绝对的保障。

"那乘客的位置呢？"朱紫问话时心脏怦怦直跳。

"当然也有，"尤定熙笑笑，"你现在的位置许多国家元首都坐过，我们当然要保证他们的安全。"他指了指靠朱紫右半边的控制台，"这个红色大按钮可以在紧急状况下开启你身边的舱门，然后拉起这个扳手，机座就会脱离底盘，带着乘客一起弹射出去。"

朱紫的目光却在寻找控制台左半边对应的扳手和按钮："这两个是对应驾驶员的？"

"没错。"尤定熙依然微笑着，心里泛起一丝异样，但随即排除了这样的想法——不，是我想多了。

尤定熙努力将昨夜的不快抛在脑后，腰杆笔直地端坐在驾驶位上，做好起飞前的初期检查。朱紫一直专注地望着他的手指在各个按键上灵活敲打，这让他有一丝成就感。一如所有在儿子面前炫耀的父亲。

"你看，这样，推这个把手，按调节器，飞行速度、高度，设定好了，起飞。"他不经意间已经把朱紫当成天空城的新驾驶员，把他当成自己的徒弟来调教。他暗暗希望真的能有这样一天，他可以手把手将最心爱的"云使"交托给自己的儿子。26年来他没有机会对这个孩子尽一点责任，他想尽最大努力弥补自己的过失。

尤定熙望着朱紫认真学习的模样，胸口暖洋洋充满成就感——这是一个聪慧的孩子，是啊，只要他愿意，他一定可以追随我的脚步，继续我的事业。我已经有一个女儿，一个亲昵的小精灵，但是朱紫，在他身上我看到了自己的影子，看到了自己的理想。

"到我这边来。"他在心中呼唤，"我们有同一个老师，我们也可以为同一个理想而奋斗。"

"云使"在云海中驰骋。飞旋的白色的雾气扑上前窗，在特殊材料上撞开。

尤定熙坚定有力的左手牢牢控制着表盘上的操作杆，右手在复杂的操作台上蜻蜓点水般掠过，"云使"周围逐渐形成一个气流旋涡，强风、闪电、热流、寒流从椭圆形的机身喷射而出。在机身的持续震荡中，他的表情渐渐变了，变得更加锐利，更加投入，更加热忱。

——云使，翱翔风的海洋。

此刻蝉衣的歌忽然在他心中响起。

朱紫紧紧盯着尤定熙的脸，这张脸上一个父亲的温和已经消失，取而代之的是一种异乎寻常的狂热。

——这一刻他把自己当成了神，可以呼风唤雨，擎雷释电的神。

朱紫深吸了几口气，又用目光再次确定了驾驶员逃生的操作杆和按键。然后他低头悄悄调节手腕上的血压控制仪——这并不是普通的血压仪，它能刺激血压上升，抵达一个对人体非常危险的高点，没有任何一部正常的血压仪会设定这样的调节范围，但是它可以。调节钮很小，朱紫的手直犯哆嗦，好不容易才调准了范围，然后紧张地等待血压遽然增高的危险波动。

波动来袭的刹那，热血涌上脑部，他一下子蒙了，忘了自己要做什么，也无法控制自己的身体。胸闷得无法呼吸，全身抽紧，仿佛内脏都要从喉管中挤出来。

"朱紫，你怎么了？"

听到尤定熙的声音，朱紫立刻警醒，没有时间了，上亿个装着特殊药物的纳米胶囊在血管里巡回，在危险的高血压下，血液中的胶囊一定已经融化，在他全身循环的血液和胶囊中的特殊药物化合，世界上最奇特也最不可思议的液体炸药即将产生。爆炸发生只是十几秒钟的事了。

他凝聚所有残存的意志，拍下操作台上对应左舱门的紧急开关，强风立刻涌进舱房，猝不及防的尤定熙惊得脸色煞白，他去按紧急开关的右手被朱紫紧紧拽住，而朱紫刚握住驾驶座弹出扳手的左手也被他死死握紧。

"你干什么！"尤定熙惊怒地大吼。

"快逃……爸爸。"朱紫已经没有时间解释，他用最后的力气从滚烫的胸腔里挤出这四个字。他的目光，悲伤，痛苦，绝望，而坚忍。

他的目光，焦急，挣扎，热切，而深沉。

——快逃，爸爸！

这是第一声，也是最后一声儿子的呼唤。

尤定熙惊怒之间，在朱紫的脸上看穿了所有的答案。这时他已无法追究细节，也无须追究。他明白这个和自己血肉相连的孩子即将把自己一生的事业毁于一旦。

他已经没有时间挽回。

唯一的办法是将朱紫弹出舱外，但是他的右手被朱紫拽着，他的左手不能离开扳手。

他只能自己逃生。

松开左手，由朱紫拉起那个扳手，那是他最后的生存机会。

尤定熙有一秒钟的犹豫。

——快逃，爸爸！

朱紫的脸已经涨成紫红色，危险的血液在身体里奔腾，他几乎可以听到它们冒泡的声音。火热的液体烧灼全身，他仿佛被扔进了沸腾的油锅，体内所有的液体即将从万亿只毛孔中喷射出去。

意识消失的刹那他感到自己的左手被铁钳般的手紧紧握着，身边的男人用温暖的目光笼罩着他："这次，我不能再……"

然后，炽热的血液冲破血管，毫不留情地炸开肌肉组织，一往无前地爆裂皮肤，带着生命最后的疯狂力量膨胀释放，那一抹鲜红的颜色和沉闷的声响在万米高空的云层间荡漾开去，一波又一波不断回响，掩盖了尤定熙没有说完的话：

——这次，我不能再抛下你……

2057年5月31日　中国　黄山

今天，蝉衣起了一个大早。其实她一夜没睡着。

她在卫生间洗漱时呆望着镜子。

镜中人已经老了，长发中掺着大绺银白色。面容在黑暗中和27年前一样，但一旦开灯，就看到爬满嘴角眼边的细纹，眉间两道深深的沟壑和沉积了岁月的黑色眼袋。

她用纤瘦的手指抚摩镜子中的面容，一寸寸抚过五官，口中低声呢喃："额头……像你，眉毛……像你，眼睛……像我，鼻子……像你，嘴巴……像我也像你。"

　　窗外有清脆的鸟鸣声，她扑到窗口，看见一只蓝色的长尾喜鹊在窗外的山脚下欢快地跳跃。

　　"听说这是带来幸运的鸟。"她心事重重地笑笑，面对黄山晨曦的美景伸了一个懒腰。

　　"今天，一定是个好日子。"她微笑的同时，不知为何，流下泪来。

创作絮语

《云使》最失败的地方，是没有阐明一个更加中立的立场。

当然，我留下了一个小小的口子"没有足够的经济能力实现风云世界的老师，用概念和理论做出的模拟程序一定是可靠的吗？"

其实，2001年开始这个构思的时候，天空城是代表科学乐观昂扬的未来。从个人角度说，我很希望有朝一日，气候能为人类控制。那时执行计划的朱紫，更加固执，思路也更加简单。夏天笔会时和大刘（刘慈欣）讨论"如何让人类整体控制我们的气候"，他向我介绍了他的短篇小说《混沌蝴蝶》里提出的思路。因此，从技术上讲，《云使》是建立在《混沌蝴蝶》的基础上进行的延伸。在完成的小说里，我也专门点出了大刘的这个故事对香巴拉计划的设计者起到的启示作用。

后来有了"'9·11'恐怖袭击事件"，当时当日，我对任何在天上发生的爆炸事件都产生了生理恶感，这个构思就被搁置了。

我也和驴友Summer交流过关于人工控制气候的想法，她很坚持地说，自然本色才是好的，人工造就气候形态是一种对自然的变态。Summer是"自然之友"，经常参加北京郊外的种树活动。因为我这么信任的Summer这么说，我就对人工控制气候的光明未来的信心打了一点折扣。

其实父子俩的观念不过是我思想的两面，一面是对新技术的积极，一面是中国传统的思想，下意识认为天地阴阳自有平衡的法则，用人为方式破坏就会带来不可知的灾难。

反复在朱紫身上着墨，是为了让他有足够的理由实施如此惨烈的行动。倘使小说中可以让父子俩有更加充分的观念碰撞，不至于让每一个读者都认为作者大概是同情朱紫，那样才算是把我的主旨传达到位了。不过显然我在这个方面欠了火候。多年以后，我才以少儿科幻《云上的日子》弥补了对同一科幻点光明面的设想。

2002年，写《宝贝宝贝我爱你》的同时，写下了开头黄山的一段，以2000年的黄山之行最留恋的步仙桥开始，但是写完这一段（当时正热衷于从文字中挤掉抒情成分），就受不了那样的文字，觉得用这种风格贯彻全文会非常恐怖，又放弃了。2004年重新续写时，加入相对不那么黏腻的技术内容后，感觉稍微好了一点儿。蝉衣和朱紫的名字也是在黄山背景文字的气氛渲染下随便冒出来的，完全没经大脑，不过后来懒得考虑，就一直沿用了。朱紫也是我中学时喜爱的日本漫画《婆娑罗》中的男主角名。

其实，我从来都觉得雕琢文字很是吃力，看程婧波和大角（潘海天）的东西，我总会特别羡慕，他们的文字仿佛毫不费力就可以那样轻灵曼妙。我写得顺时也不过够个"自然"，不顺的时候就比较艰涩。

小说快写完的时候，俄罗斯的"黑寡妇"（车臣恐怖分子）又炸了飞机，让我又恶心了一回。

当然，《云使》是关于人对未来的信仰和选择的问题。朱紫的行动建立在不会伤害他人生命的基础上，尤定熙之死是出于父子之情的自愿，但是在整篇行文时，还是不得不考虑可能给读者的连带印象，慎而又慎。

回想起来，这些年写的那么多篇目，大多写的是一根筋的人。他们没有一个意义就活不成，为了意义什么都不顾。但是确实有一些人就是这样生活的，或者我自己就是这样的人。一根筋的人坚持的所谓道理和意义，有时是爱情，有时是其他，别人不太理解，往好里说是执着，往坏里说是钻牛角尖。《云使》里的三个人都是一根筋，但最后两个男人死得痛快，留下的依然是活着痛苦的女人。

然而，炸掉"云使"，并非消弭灾难，世界从此太平。事实上，相应的气候灾难即将开始，只不过"与日后可能引发的无法挽救的大灾难比，这些只是小小的预告而已"。

又或者，香巴拉计划的执行者有能力力挽狂澜——而那，便证明朱紫的担心是无谓的，不过为了这样一个概率，牺牲也依然有意义，抱歉也有意义。

有时候想着觉得有趣，俄狄浦斯的故事是杀父娶母的两大罪孽，我获得1999年银河奖特等奖的《伊俄卡斯达》里是后半段的娶母（非遗传学上的母亲），《云使》是前半段的杀父（其实是父亲自愿陪死），共同拼全了一个古典悲剧。

算是一个了结。

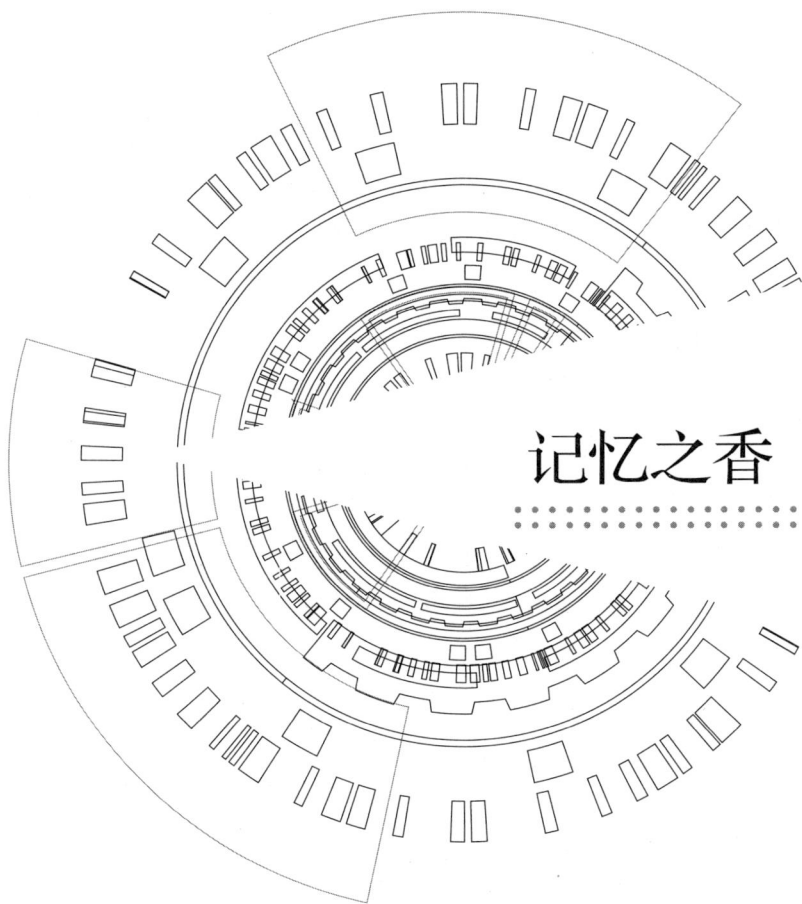

记忆之香

车颠了一下，世钧从睡梦中醒来。"灰狗"客车正在宽阔的北美道路上行驶，他忽然恍惚了，我到底是在做什么？

窗外是一望无尽的蓝天白云，白云下辽阔的落基山脉连绵起伏，而近旁，低矮而宽阔的寻常建筑在道路两边退去迎来，像是车轮噪音的另一种图像伴音。

"你到哪儿了？"左手腕上的表亮了，跳出佳媛的信息，"最迟两点，我们必须出发了！"

世钧重重地吐了一口气，仰头靠上座椅背，右手伸进随身的腰包，掏出一只透明的黄色玻璃瓶。水晶打磨的玲珑瓶体里荡漾着10毫升清澈的液体，他看着看着，感到腋下又开始隐隐作痛。

"值得吗？"他问自己。

曾经的激情与勇敢支撑着他熬过这三个月的日日夜夜，做下这件看似荒唐的事情。他——一个追爱的青年，飞到大洋彼岸来抢新娘了。

可是此时此刻，窗外平淡的风景忽然令他怀疑自己，从中国到加拿大，从北京到卡尔加里。真的是爱情让我如此投入，还是我被追爱的自己感动，沉溺其中，不可自拔？

望着"灰狗"里的乘客，一张张疲惫的面孔，奔向各自的目的地，他忽然明白，自己如此努力还是为了证明自己。"我在犯傻！"他脱口而出。

表又亮了："我只能帮你这么多了！你到底什么时候到？"佳媛的信息跟着一张怒气冲冲的脸。她是在替他着急。

世钧把水晶瓶凑近鼻翼，深深一吸。这是给曼桢的礼物，现在自己却更需要它。于是刹那间，大脑皮层存储气味的序列被激活，时间回溯了三年，回到那个充满雨夜潮湿气息的春天。

"我不怪你。"曼桢轻声说。步履匆匆的旅客从她身后穿过，举着或大或小的行李登上火车。

世钧想说点什么，但吐字忽然变得那么艰难。他想问如何才能留住她，但又知道说什么都没有用。

世界各地的火车站台都有一种特殊的气味，沿线旅人便溺的气息在轨道上淡淡散开，同铁轨经车轮高速摩擦后产生的金属气味混合在一起。此时此刻，潮湿的雨雾将所有的不快酿得更加浓重。曼桢轻轻将头靠在他肩上，用力抱了他一下。最后的拥抱让他感到自己面对命运时的无力，她脖子后微微敞开的领口透出一丝熟悉的甜美气息，和这难堪的背景气息混杂在一起，如此深刻地嵌入了他的记忆。

当火车远去，他被留在站台上，又成了这个广漠的城市中一颗无足轻重的沙粒。

这一段回忆的痛苦是如此的锋利，远超过他自己的预期。甚至比当时当刻的感觉要强烈五倍、十倍！

自己不存在了。证明自己也失去了意义。

当他头一眼看到"记忆香水"这个名字时，可没想过会走到今天这个地步！

"记忆香水"是一家小店的招牌。那天他偶然路过一条小街，发现这么个奇怪的小店，刚刚得知曼桢订婚的消息，他的步子有些踉跄，差点绊倒在马路沿上，一抬头，一个男人的背影撞入眼帘。那个身影真是落寞，关门上锁的声音带着金属的铿锵，世钧鬼使神差地上前一步，读出男子头顶的店名："记忆香水"。

男子回过身来，那是一位身材颀长的清秀男子，长眉细目，却意外地有一个棱角分明的下颌。他对着一脸好奇的世钧说："别看了，关

173

门了。"

"这是家什么店？"世钧还是忍不住追问，"你卖的是记忆还是香水？"

"是记忆也是香水。"男子回答。他瞥了世钧一眼，或许发现世钧的状态有异，迟疑了一下，说："看你心情也不太好，正好我的店关张，要不一起去隔壁喝一杯？"

隔壁的酒吧还没开门，两人就结伴去了街对角的咖啡店。

咖啡因似乎帮助他们释放了各自的坏情绪，世钧觉得从里到外暖和了起来。

有时对着陌生人反而更容易敞开胸臆，世钧将自己和曼桢的故事和盘托出。

"不是有这种说法吗？初恋都是用来陪练的。"世钧自嘲地一笑，心中郁结却怎么也化不开，堵在胸口说不出的难受。

"你们也不容易啊，中学、大学同学，毕业了一起留北京，之后异国恋，半辈子都给了一份感情。"男子感慨地问，"你真的就这么算了？"

"我还能怎么办？"世钧仰头干笑了两声，"其实我哪有你说的那么伟大。我们毕业那年，她留在北京继续考研，我如果能找个稳定的工作，她也许就不会那么没有安全感。"

世钧还记得那个夏天的傍晚，曼桢来接他下班，两人手拉着手一起去超市买了菜和鱼，又在白洋淀的专柜买了荷叶与荷花。北京夏天的夜晚凉爽清透，护城河边有人在放风筝，却是带着灯火的风筝，摇摇摆摆地升得很高很高，变成明亮的星星。

他们见过孔明灯，却没有见过这样能放飞的"星星"。两人依偎着看了很久，荷花略带粉气的香味混合夏季河流旁的水气，让人心里发软。

那一刻，曼桢对他说："世钧，你就在现在的公司好好干，别再跳槽了，我也争取今年考研成功，然后我们一起在这儿把根扎下来，天天过这样的日子，好吗？"

"好啊。"当他脱口而出时，没有意识到这是一个无法完成的承诺。他总是在寻找，越来越焦灼。随着经济压力的增加，他几乎一有更高的薪酬就跳槽，10个月里换了4家公司，直到曼桢提出要回杭州去。"别让我成为你的负担，没有我你可以住职工宿舍，至少能把房租省下来。"

他无言以对，这是事实，虽然坚硬到难以下咽。送她去火车站的时候他就预感到这次分别会很漫长，火车站略带便溺味的空气令他心气郁结，即使在拥抱的那个珍贵时刻，他也没能说出心里的话："请你留下来。"

"倘使要根据你对我讲的故事来制作记忆香水，难度会非常高。首先，要在十年跨度的感情经历中，找到一些有明确嗅觉信号的时间点，从中找出对你们两人都同样重要的情感记忆，还要让它们成为同一款香水的前味、中味和后味。这对前期设计、制作工艺和原材料都有相当高的挑战。做这样一瓶香水，至少需要三个月，成本也了不得，大约需要……"他想了想，报出了一个夸张的数字。

"怎么可能。"世钧吓了一跳。

"看吧，这就是本店关门大吉的原因。"男子深深点头，不失时机地优雅一笑。

"可到底什么是记忆香水？香水又怎么可能和记忆有关系？"世钧被他勾起了浓浓的好奇心。

"这个说来话长，"男子仰天吐了一口长气，"你有耐心听故事吗？"

30年前，左晓天三岁，活泼可爱。他的父母是一对工作繁忙的业务骨干，在各自的领域里都有建树。母亲在生晓天的前两年曾经离职，当了两年全职妈妈，晓天上托班时她又回到工作岗位，做回了她的拼命三娘。晓天三岁时刚从托班升上小班，开始变得很淘气，每天都有释放不完的力气。保姆阿姨每天接他放学后，他都闹着要去隔壁的公园看金鱼。

一个初冬的下午，阳光和暖，他在公园里被别人抱走，然后被拐卖到一千公里外的另一个城市。新的环境、新的家庭、新的父母都让他难以适应。但他是个孩子，有屈从于环境的需要，人类大脑在进化的旅程中为我们留下了足够的能力来应对这样的必须，于是新的认知覆盖了旧的记忆，海量叠加的信息使他生命前三年的一切被深深掩埋，成为他潜意识里不愿记起的秘密。

"为什么不愿想起来？"世钧忍不住打断他，"你难道不想找到自己的亲生父母吗？"

"身为小孩，我没有能力改变外部世界，只有接受。既然无法回到过去，任何与过去有关的蛛丝马迹只能徒然增加痛苦。也许再大一些，到了十几岁，我会产生寻找自我真相的冲动，但在三四岁的时候，我不可能这样。我会非常害怕，而且三岁拥有的记忆本来就十分稀薄，所以当七岁那年，我被解救回家的时候，已经完全认不出我的亲生父母。"

眼前这一对男女叫着一个陌生的名字把他搂在怀里："天天，天天。"左晓天别扭地掉转头，尽可能避开他们糊满泪水的脸。

"我是妈妈呀！"

"我是你爸爸！"

"我叫于贵贵，你们不是我爸妈！"他挣扎着抽出手来在他们脸上、身上拍打，"我要我妈！我要我亲妈！"

那个又哭又笑的女人忽然没有了表情，她用力扭转他的脸，和自己面面相对："你看看！好好看看！天天你再看看！"

"我不看！我不看！我讨厌你！你不是我妈！你还我妈妈！"他一脸倔强地昂起头，他不再是个三岁的孩子，他不再善于屈服，他只记得善待自己的养父养母。

女人扬起手，气愤得想抽他的耳光，然而举起的手颤抖许久，终于没有落下。她合上双眼，泪珠又一次滚落："这不能怪你，妈妈不怪你。"

晓天的生父站在她身边，铁青的脸上露出一丝隐忍之色。因为孩子被拐的家庭灾难，两人原已反目成仇，两年前就离婚了。

"然后呢？他们又复合了？"我一时都忘记了自己的不幸，关心起这对夫妇的命运来。

"算是吧。而且他们两人联手，发明了这个东西。"左晓天从领口里勾出一个迷你香水瓶形状的链坠来，过度氧化的银链已经发黑，但那个水晶做的小瓶依旧剔透晶莹。

世钧已经猜到了谜底："记忆香水？"

"没错，这就是世界上第一瓶记忆香水。我的母亲常年研究脑神经科学，我的父亲，说来难以相信，是一位世界著名香水公司的调香师。两个背景截然不同的人，当年不知道是怎么走到了一起。这次复合之后，我妈想起一份她读过的老材料，记录20世纪30年代，一个叫宾菲尔德的狂人医生，对他诊疗的神经外科病人进行试验——他用微小电极刺激病人暴露的脑部，使他们重新获得了早已忘怀的儿时记忆。据说，病人们获得的记忆非常清晰，而且有一个重要的信息：在所有这些视觉性记忆中，都伴随着深切的气味的体验。"

"哺乳动物大脑皮层中的嗅觉皮层与其他皮层有千丝万缕的联系，起到了大脑信息中心枢纽的作用。以往的科学表明，嗅觉皮层存放着过去的气味的序列，能帮助主体建立时间的序列感。换句话说，如果拥有时间感是成熟意识出现的先决物质条件，那么它的根是扎在气味里的。"

听到这里世钧走神了，他隐约记起了一些特殊的时刻，自己在某个街角突然驻足，不知从何而来的熟悉气味陡然将他推回一个遥远的时间点。可能是一股炒栗子的香味突然把他带回小学一年级的晚上，和妈妈一起路过西溪路某个转角的小炒货店的瞬间。

那么用气味唤醒记忆真的是可能的。

他想到自己与曼桢的过往，那些伴随着重要时刻的气息，如果能复原那些气味，也能召唤起曼桢对当时的回忆吧？

左晓天的父母仔细追想晓天生命前三年的经历，找出他可能最熟悉的味道，用母亲的体味、乳汁、他童床的天然松木味和小区楼下花坛里的栀子花作主要味源，经过无数次试验，做出了专属于三岁的左晓天的记忆香水。

"母亲吃尽了苦头，许多原料要从她身体的不同腺体中提取。为了重新获得乳汁她甚至再次怀孕，又为我添了一个小妹妹。我这样说或者对妹妹不公平，爸妈也很爱她，但他们总觉得更加亏欠我。"

世钧有些迟疑，这个故事里有些地方不够可信。他质疑说："我觉得你的故事说得太简单了，我相信气味的特殊作用，因为我有过亲身经历，但次数很少，这辈子只有过几回。那样精准，能让人感觉时光倒流的气味，不是找几个生活中常常出现的气味源就能做出来的。"

左晓天的眼神里透出一丝惊喜："看来我们还真有点缘分。你说得对，仅仅是似曾相识的气味无法打破记忆的壁垒。需要使用特殊的大脑扫描装置读取特殊区域的信息。因此扫描的方式只能逆向追溯。先取得嗅觉信号，再通过模拟这些信号唤起你的记忆，从中找出最重要的，而且嗅觉原料也有相容度的三组信号，来制作香水。"

"没有做出香水之前如何模拟信号？"

"直接刺激你大脑皮层的嗅觉皮层，不断用神经刺激来试错。另外，即使在脑试验阶段找准了香味，但如果配不齐香味的原始材料，只能用替代品，那么在制作香水的环节也要反复依靠大脑刺激来定准，那个过程会更加痛苦。我妈其实不用再怀一次孩子，但她选择了为难自己。"

"但你还是经历过第一个阶段的脑试验。"

"是，那个时候我特别恨她，但是随着记忆跟随着各种气味渐渐浮出水面，我们的关系恢复了。我终于认出了我妈，然后附带想起了我爸。左晓天回来了。"

世钧愣了好一会儿，他难以想象眼前的人都经历过什么样的艰难。但从左晓天的故事中抽离出来之后，他忽然意识到"记忆香水"的真正意义——原来面前坐的不是一个小资香水店的店主，而是一个狂人医生。

"你……这是无证行医。"

"随你怎么说，反正我也要关门了。"左晓天在桌上拍了一掌，站起身来，"我父母现在正用这个技术研究缓解阿兹海默症的治疗术。我就是借用一下他们的设备来做一件自己觉得有趣的事。"

"介意我问一句吗？"世钧不笑了，心事反而更重，"你卖出过多少瓶记忆香水？"

"怎么说呢，听完我讲解制作过程还愿意下单的，只有两个人，但中途都放弃了。"

"为什么？"

"被记忆香水的名字吸引来的人一般有两种，一种求的是幸福的纪念，一种想要分手后的回忆。前一种快乐的人完全不必用这样痛苦昂贵的

179

方式来纪念，而后一种嘛……"

他微微一笑："那两个中途放弃的客人又都说，原来我没有那么爱他（她）。"

"他还是她？"

"男女都有。"

"那你觉得我会中途放弃吗？三个月以后曼桢就要嫁人了，我能不能在那之前得到一瓶记忆香水？"

左晓天望着世钧，细长的眼睛眯成了一条缝。然后他笑了："我们努力试试。"

跟着电子地图的导引，世钧走到了曼桢宿舍的楼下。卡尔加里是一个因石油而兴起的新型能源城市，历史很短，文化气息并不浓郁，但全加拿大排名前十的优秀学府卡尔加里大学坐落于此。卡大校园里绿茵浓密，虽然没有欧美名校建筑的古朴气息，却也是个充满活力的地方，时常可以见到身穿冰球队服的壮硕少年从校园里走过。世钧一路横穿过校园，一拐弯就来到这栋普通的长方形建筑的楼下。这是离学校最近的一座公寓，许多申请不到学校宿舍的学生都住在这里。

——这两年来，时常在视频的另一端看到的地方，我来了。

世钧站在楼下，感受着地球另一端的真实生活。曼桢回杭州不久，申请到了卡尔加里大学的研究生奖学金。那时他刚进入现在的公司不久，正在没日没夜地做第一个起步项目，如果丢掉这份工作，即便能到浦东机场为她送行，也没有什么意义。她的现世安稳，他还是给不出。

于是他咬紧牙关没有去送行，他想用行动告诉她，这一次他会好好干下去，他会在北京扎下根，等她回来。

手表上的信息疯狂跳个不停，他知道佳媛等不及了，新人即将出发。

世钧做了个深呼吸，走进宿舍楼，不等电梯直接冲上三楼，站在曼桢的房门口按下门铃。开门的是佳媛，越过她如释重负的脸，他看到了正在戴白色纱冠的曼桢。她望着他，愣住了，眼神里似乎有一份惊喜。

世钧有了勇气，他几步冲到曼桢的面前，单膝跪下来，掏出黄色的水晶瓶在空中喷了三下，他说："曼桢，收下这份礼物，原谅我，和我一起回北京吧。"

曼桢觉得自己像在做梦，这一瞬间是如此的不真实。她眼睁睁看着万里之外的世钧出现在面前，如此夸张地奉上一份奇怪的礼物。时间忽然倒流，她猛然被推回上次分手时的站台。北京的夜春雨绵绵，她闻到了拥抱的味道，自己的体息与他的混在一起，还有让人发闷的火车站台气息。

她脚一软，倒在椅子上，裙撑里的鲸骨清脆地"咔哒"一声，把她惊回了现在——当下——此刻，即将出嫁的自己。

"世钧，我们回不去了。"她居然没有哭，她没有扮苦情的资格。

"曼桢，要不你再听他说说？大家说透了，免得以后后悔。"佳媛上来挽起她，这个隐藏在她身边的叛徒还在帮世钧做说客，"我觉得你们之间还是有误会。"

也难怪，佳媛是他们两人的中学同学，她希望这份十多年的恋情能走下去。

"去年圣诞前夜，你跟我视频的时候，是我的同事接的电话，我们确实在KTV唱歌，当时我走开了，手机留在桌上，她就帮我接了一下。你应该也听到了，那里还有别的人，那真的是公司组织的活动，我和她只是普通……"

"你别骗我！"曼桢猛然打断他，"你敢说她对你没意思？"

世钧叹了一口气，女人的直觉真是可怕。"是，她对我是有点想法，但我对她没意思。你要我和你说多少遍才相信呢。"他拉过曼桢的手，把那只玲珑的小瓶塞进她的手心。

曼桢迟疑地将瓶子凑到面前，刚刚喷洒过的瓶口气息浓郁，那是一种混合的味道。而左手背上曾被撒上香水的位置与皮肤结合后，渐渐散发出另一层"中味"，像是带粉气的荷花在夏夜的河边盛放，但若仔细闻，还有她曾经爱用的某种护肤品的香味，淡淡地掺在一起。曼桢难以置信，一对圆圆的大眼睛露出发呆的表情。

"曼桢，我们能回去，我们真的能回去。"世钧上前半步，一把将姑娘搂进怀里，"你上周不是已经毕业了吗？跟我回去吧，我陪你一起去杭州见爸妈，然后你和我一起去北京，我们……"

"我爸妈就在卡城。"曼桢迷糊的表情渐渐消散，眼神也聚焦了。"他们正在教堂里等着我呢。世钧，是我对不起你。"她轻轻推开世钧，语气坦诚地说，"其实仔细想想，虽然那天晚上的事让我对你起了疑心，但后来一步步和你疏远，直到接受David，其实不止是这个原因。你知道我在经济上不愿牵累父母，我在卡大的奖学金只是半奖，还要到餐厅洗盘子才能维持生活。当然打工也没什么，不止我一个人这么做，但卡城的冬天真的很冷，公交要好久才来一班……我也许只是想早点找个依靠。"

世钧望着美丽的新娘，眼中噙满了泪水。白色网纱下那张熟悉的脸没有幸福的红晕，却因为痛苦而变得苍白。

曼桢的坦诚让他难以责怪她的软弱与负心。说到底，倘使他们一起在北京的那一年他能让曼桢多一点安全感，她就不会灰心回乡。而且他知道，她是一个天一冷就手脚冰凉的姑娘，她真的需要很多很多的温暖，而自己没能给她。

世钧退后几步，近乎贪婪地多看了她几眼，空间充满了他们往日的气息，混着她新娘妆的脂粉味儿和白玫瑰花球的芬芳，与当年的种种渐行渐远。

他知道，这个混合的气息也会被自己的嗅叶捕捉，嵌入他深层的记忆。

"再见，"他努力对她笑了笑，"祝你幸福。"然后几乎是狂奔下楼去。

站在一边的佳媛完全不知该如何反应。她知道除了自己看到、听到的，这两个人之间还发生了一些神秘的事情。直到世钧离开，她才回过神来，轻轻碰了碰曼桢："你，真的不会后悔吗？"曼桢没有作声，手心攥着一个又冷又硬的东西，不自觉地越握越紧。

接新娘的花车沿着卡城的大道欢快地行驶。记忆香水已经被收进新娘的小坤包，由伴娘佳媛保管起来。似乎有什么魔法也被一并收入笼中，让曼桢松了一口气。

预定行礼的教堂只有十几分钟车程就到了，她们走进休息室做最后的准备。佳媛手势轻柔地为曼桢调整头纱，刷了点胭脂。她已不敢再提之前的话题，但目光中仍有疑问的意思。

曼桢垂下头避开佳媛的目光，随手抬起手背在鼻头上印了一下。这是她的习惯动作，每到紧张的时候总忍不住要这样做。

但这一个轻轻的动作，又把她推了回去。

这一次，是整整推回了10年。

空气中有甜腻的桂花香，分明是中学教学楼下那几棵灿烂的金桂盛开的香气，还有校园里熟悉的草叶气息。世钧在一楼楼道口蹲下身，让她趴在他背上，紧紧搂住他的脖子。

那是初三上学期的秋天，她因为意外左脚骨折，老校舍没有电梯，教室在三楼，全班体重100斤以上的男生每天轮流背她上下三楼。

在此之前，班里的男孩子们对她来说没有什么区别，但这一个和那一些从此就有了区别。他的汗味透过薄薄的T恤衫，有一点淡淡的青春期荷尔蒙气息，和她少女的体息混在一起，还有桂花香和青草的味道。她记得这一个让她感到最安全最熟悉的男生的背脊。那一刻她忽然希望，能和这个人天长地久，一直走下去。

校园的秋叶落了，一阵风吹来，"簌簌"的桂花满地。那是她的初心。

曼桢陡然哭出声来。我怎么可以忘记，一个曾经那么纯净的自己。那时候不会为了寻找依靠就放弃真正的感情。

这么多年的学习与努力，这么多年的成长与挣扎，难道不能让我成为自己的依靠吗？

她低头，再嗅一下手背上香水的"后味"。

最终一个能依靠自己的女子，才有追求真情的自由，也才有真正属于自己的人生。

她恍然大悟，指一下通向礼堂的门，对佳媛说："你帮我解释！"

然后她转过身，拔腿就跑，推开后门冲出教堂。

她没有跑出多远，就看到教堂的大门外，有一个身影在徘徊，那正是她要寻找的人。

在他身后，远远的落基山脉上白云浮动，露出一片雪峰，在阳光下光芒四射。

曼桢叫了一声。

世钧回过头来。

她哭了。

他笑了。

创作絮语

多年以来，我有一个念头总是挥之不去。生命中偶尔会有这样的瞬间，我闻到一种熟悉的气息，突然回想起某个过去的时刻。记忆中这样清晰的经历只有几次，特殊的是，嗅觉被唤起带来的回忆并不像是普通的"记起了什么"，更像是在那一两秒钟被陡然"推回一个遥远的时间点"，如时光倒流。

如何以此找到一个合理的科幻点，并建立一个合适的故事构架，却并不容易。在我创作的早期就发愿想写这样的故事，却直到发表科幻小说的第十九个年头，才完成夙愿。

2015年10月初忽然得了故事，那一两天兴奋不已，甚至看到故事如电影般在头脑里上演，如果不抓紧写，完成它的机会就会被错过。但作为一个全职教师，小学生的母亲，我当时还在中国美院在职读博，塞了一脑子的博士论文。要找到合适下笔的时间实在不易，甚至不该。于是写了几百字后，实在没时间，搁置了十多天。终于，借着去北京看《石渠宝笈》大展的机会，在赴京的过夜火车上写了1000多字。

次晨7点抵京，赶去故宫看展，因为展品中有《清明上河图》的真品，观众爆棚，居然排队快10个小时才看上展。但我是为了展品中的中国山水画第一图《游春图》的真品去的。等待的时间倒也没有白费，我一手托个小本子，一手写小说，站到下午四点多时，这个7000多字的短篇居然写完了。我心里别提多美了。再过两小时，看到了《游春图》真迹（其实应当是隋画的北宋摹本），古雅之气，令人沉醉。

故事写完后不久，我因为承担该年华文科幻星云奖的评委工作，认识了当期出席讲座的科学家——中科院上海所的仇子龙老师。我请他为小说的科学问题把关，蒙他指点，修改了部分技术上的措辞，在此顺致感谢。

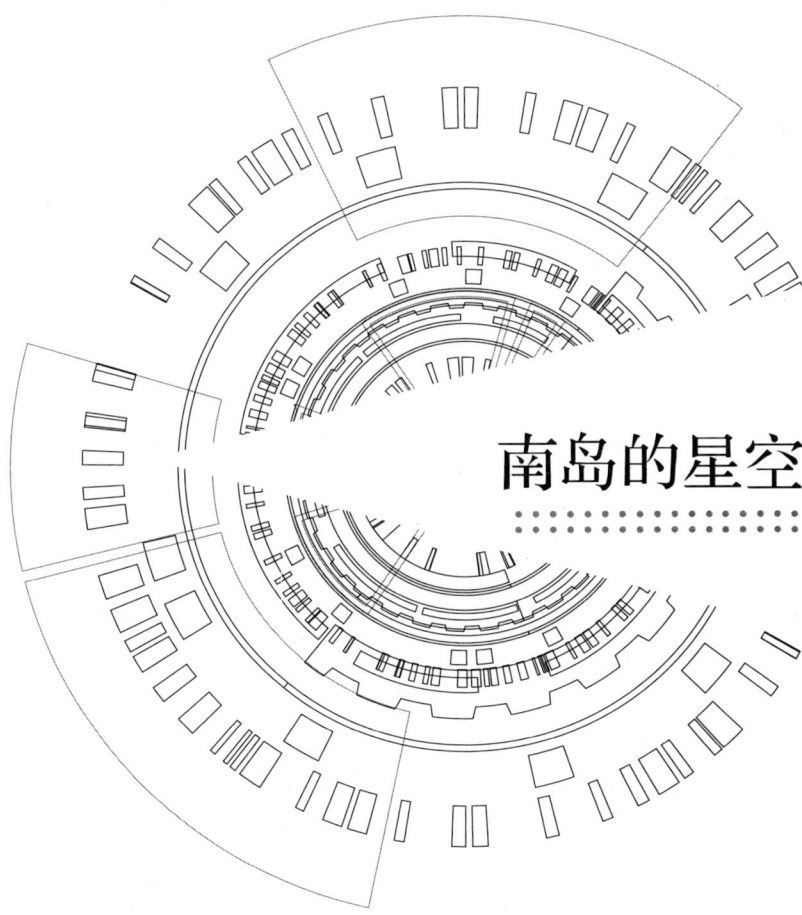

南岛的星空

那一天大风来袭，狂风将浓重的灰霾席卷而去，天突然亮了。路人们纷纷抬头，对着依稀展现的那片蓝天发出由衷的惊叹。它远不算澄澈，但即使是浅浅的灰蓝色中透出的几丝天蓝，已足够让人感动。在这样的天空下，珍珠城展现出尤其动人的美。

倘使从高空俯瞰平安市，20座半球形、被珍珠膜覆盖的城市综合体是城中最傲人的存在。8年前，当一座又一座珍珠城在平安市最重要的路段拔地而起，整个城市却越来越重地陷入了日益沉郁的灰霾。于是珍珠城同样光彩不再，都变成了灰色的半球。每天凌晨5点钟，珍珠城自我清洁的那个瞬间，一种低沉的嗡嗡声回荡全市。然后是一声"嘭"的闷响，沉积一日的灰霾从珍珠城的外膜上被弹开，瀑布般倾泻到外膜的底层，在周围的街道上激起一阵小小的尘暴。那时，街上少有行人，凌晨就开始工作的清洁工则会尽量避开周边的区域，并在尘暴消歇之后开始清扫。

仅仅一层膜，就将平安市分成了两部分。珍珠里的人和珍珠外的人。进入珍珠城是每一个"外人"的梦想，尤其是在这样的傍晚时分，落日刚刚下沉，难得一见的蓝天上霞光涌动。绵绵铺开的亮橘色的云锦将一排排半圆形的珍珠膜罩也映成了浅橘色。启明止步抬头，望着这一幕，莫名吐出四个字："天上人间。"

天人两隔恰是他的家庭景况。妻子天琴从事环保材料推广，得以入选时代精英保护计划，带着10岁的女儿小鸽进入珍珠城生活。而他被社会视为非急需人才，无权享受这一宝贵配额，被留在城外与霾为伴，当然还有口罩。平安城中已经产生了无数个这样的家庭，也因此多出了许多段破碎的婚姻，甚至成为社会关注的热点问题。

其实分离的主因并非外力。妻子在争取进城的那几年间，日日焦心，夜夜加班，希望能在综合排名表上不断提升，争到入城资格。但启明的专业在新时代不受重视，同行中仅有极少数站在国际前沿的科学家获得了资格，却又因为专业特性，只能在城外工作。

启明是一位观星者。为避免光污染，全世界所有的天文台都远离城市中心区。但日益严重的雾霾遮蔽了观测设备的视野，影响了观测的精度。在一个白天难见太阳、夜晚一片混沌的世界，他简直羞于提起自己的工作。偶尔必须作答时，他总会看见听者略带诧异乃至讥诮的眼神。人们甚至忘记了星星的存在，那么观星在这个时代还有什么意义呢。

曾几何时，人们对星星发生过浓厚的兴趣，尝试探讨在无法解决地球的环境危机时移民到月球或者火星的可能性。但当珍珠城计划启动，第一座实验性的城市综合体成功运行之后，人们欣喜若狂，将热火朝天的星际移民计划抛之脑后。比起在外太空建立可循环的人类生态体系这样复杂艰难的设想，珍珠城的成功是可见的，也能够迅速复制推广，惠及主要的精英人士。

那时小鸽刚出生不久，天琴怀抱着那个温暖的婴孩，望着窗外日益严重的雾霾，咬牙切齿地说："我要改行。"

天琴和启明是同校同届的大学生，她学中文，启明念天体物理学。两人在一次学校活动上相识，听说启明的工作理想是观星，天琴青春的脸庞激动得光彩四射。中文系的浪漫使她将宇宙星空的浩大与神秘，同眼前这个讷言的高个子男生联系在一起。

> 星空如棋，记录一切的轨迹。
>
> 从大爆炸的那一刻起，
>
> 物质无限充盈，
>
> 然后冷却成
>
> 苍白凌厉的光点。

这是她为他写的《观星》。于是他迅速沦陷，爱上了这个同样向往星空的女生。毕业后两人就结了婚，她开始为网媒撰稿，他则一路读研读博，终于进入天文台工作。

可是时移世变，珍珠城的出现改变了人们的理想。一切无益提升入城考核指标的工作都不再受重视。妻子在小鸽出生后开始紧锣密鼓地准备改行。她决定以文科生背景自学相关理科知识，然后进入环保材料的推销和采购行业。"我做不了研发，但做营销和推广还是有可能的，不管怎样都要搭上环保行业，争取20%的考核加分。"

启明犹豫了一下，他觉得自己也需要表个态，但他不知该说什么，生硬地蹦出来一句："我不想改行。"

天琴搂紧了怀中的小鸽，感受着女儿柔软的生命与温度。她沉吟许久，轻轻叹了口气："我没有这个意思，我们各自努力吧。"

开始工作后，启明失望地发现，这家离城市不够遥远、海拔也不够高的天文台受长期雾霾天气的影响，已很难用光学望远镜进行观测，连射电望远镜的观测都大受影响。粥少僧多，观测申请许久无法获批，去国外天文台的申请成功率更低。于是，他只能从网上已经公开的数据中寻找合适的研究来源。其实天文台的观测任务虽然受到影响，但有赖于世界共享的公开数据，工作依然在正常的进行，可是社会对他们的眼光与看法却在悄然改变。

进城的积分排名办法决定了各种职业的重要程度。为了新城市的顺利运行，高级公务员再度成为全社会趋之若鹜的职业，环保、医疗、能源行业的附加分也遥遥领先。而对于能够进入珍珠城的人来说，在他们封闭的世界里，一样需要衣食、娱乐，于是服装、餐饮、食品生产、服务业、影视生产线上从制片导演到作家演员，只要在行业中能成为佼佼者，也就自然获得了进入珍珠城的通行证。

我这个职业的希望在哪里？启明问自己。看着妻子日日挑灯夜战，以充足的热情投入到一个全新的"有前途的"行业中去，他感到由衷的敬佩，但又有深深的苦涩。作为重新开始的外行人，妻子不论多么努力，能获得一个入城名额已是千难万难。而未成年人只有在父母两人皆有资格，或者父母离异并且监护人拥有资格时，才能一起进城。于是妻子的努力终将让两人的婚姻逐渐走向尽头。

他觉得，周围的一切都在嘲讽他。灰霾沉重的大幕深刻地改变了世界的面貌，当望远镜的另一端的星空都日益黯淡，那自己的职业，不，自己的事业还有什么意义呢？

他投出了去FAST（Five-hundred-meter Aperture Spherical radio Telescope）工作的申请，与来自全世界的无数同行一起，等待被选中的那一日。FAST位于贵州，是世界最大的500米口径球面射电望远镜，被誉为"中国天眼"。那个陷在群山之间的巨大的耳朵，倾听着来自遥远宇宙中的各种声音与信号，能够有效地探索地外理性生命。有时他会做一个梦，梦见自己躺在那个深山中的碗形巨耳中间，绵绵不绝的射线、电波，带着来自深邃而广袤的外部世界的信息，向他涌来。他仿佛就躺在宇宙的中心。在那里，一声召唤似乎会像涟漪一般，一层层地扩大，延展到宇宙的每一个角落。而那遥远的光，穿越漫长的光年，一路照亮了无数个世界和无数个活着与死去的文明，终于来到这里。星光抵达的瞬间，梦中的他一怔，猛然睁开眼。那一瞬，他看到了宇宙中个人的存在，看到了一个渺如尘埃的生命与整个宇宙的关系。

我在，我在这里，不知不觉间，他热泪盈眶。

这个世界又下起了黑色的雨。雨水洗刷了空气中的污浊，透出一丝清新。天琴望着窗外的雨，嘴角抽动了一下。五年的拼搏，让她原本红润饱满的面颊变得枯干失色，她憔悴得那么厉害。启明心中一颤，他的理想，他不顾世俗生活的追求，放在这个充满人间烟火气的女人面前，并没有那么高尚。坐在两人之间的小人儿仿佛已经明白了将要发生的不幸。她抬头看看爸爸，又看看妈妈，圆圆的黑眼睛里透着紧张、不安与恐惧，连咳嗽都轻轻地、小心翼翼地。

我是一个自私的人，启明沉重地想，我放弃了婚姻的承诺与对女儿的责任，我没有为让她们过上更好的生活而奋斗，我选择了不被这个世界理解的事业。

"启明，"妻子轻轻地说，"请你理解。我必须把小鸽带进城，她的哮喘已经很严重，在城外多留一天，就多一天伤害。"

"我明白。"启明垂下头，脑袋很沉，几乎抬不起来。昨天已经办了离婚手续，今天这一顿，就算是散伙饭了。小鸽伸手牵住他，五岁的女孩柔软的小手盖在他骨节粗大的右手上，轻轻地拉，轻轻地扯，让他的手发痒，让他的心一阵阵地疼。

"爸爸……"她红润饱满的嘴唇轻轻吐出这两个字。那一瞬间他真想拔腿逃跑。他觉得自己在这个人类社会中是多么的失败、自私和不负责任。他不知道小鸽长大之后，是否也会用别人的眼光来看待自己，然后认同他是一个失败者，一个差劲的父亲，一个对世界毫无用处的人。

"妈妈要带你搬到一个新城市去住。一个又漂亮又干净的地方，你一定会喜欢那里的。"他尽量用平静的语气对女儿说。

"爸爸，你不去吗？"小鸽的眼神里流露出惶恐和不安。

"爸爸要出差，爸爸要去一个很远很远的观测站。不过我一回来，就会去看你的。"他勉强笑着对她说。他抬起头，面对自己的前妻，问："我想每年带小鸽去旅行一趟，可以吗？"

天琴点点头，她望着启明，嘴唇轻轻嚅动，却说不出话来，然后飞快扭转头，擦掉顺着鼻翼流下来的眼泪。

客车沿着漫长的湖岸线前行，望着布满天幕的阴云，启明的心情也越来越沉重。

"爸爸，快来！"小鸽踮着脚尖，在湖岸边的碎石上雀跃地跑跳。阴云铺满了天空，雪山静穆，环绕着蓝得透亮的冰湖。空气清爽，几乎带着甜味，启明深吸了一口气，享受这难得的自然馈赠。这一刻他放下了对天气的担忧，把这片山水的美深深记在了心头。

他们就住在湖边的一家青年旅社，离小镇中心只有两百多米，湖水几乎漫到了楼下，窗户对着湖面的一角，可以望见不远处的雪山。

天快黑了，启明和小鸽手拉着手，在镇中心唯一的大道上散步，路边有比萨店、啤酒屋、日本料理屋和一家中餐馆。这几天父女俩已经吃腻了薯条汉堡，他们决定去吃中餐，叫了麻婆豆腐和虾仁炒饭，一份饭居然有满满一小盆，足够两个人分食。启明望着女儿吃得那么香，心里又惦记起那件事了。

吃完饭他们继续散步，到旅游中心打听了一下，店员告知他当晚的观星活动不开放预约。

"今天确定看不到星星吗？"

店员摇摇头表示同情。

店外停着一辆喷绘着库克山天文台外景和"星空探索"字样的大巴，车身上还画着星轨和星图，令人浮想联翩，却更加深了他的失落。那是湖畔库克山顶上的天文台专车，用来接载参加观星活动的游客，无法观星时就停运了。

"爸爸，给我拍个照吧！"小鸽靠在大巴上，张开双臂，做出种种热烈的姿势。启明一遍遍为她拍照，心头却泛起阵阵苦涩。女儿一点儿也没有露出失望的样子。她真那么高兴，还是仅仅为了安慰自己呢？

夜幕降临，父亲和女儿并肩走到一片最开阔的湖面前方，成片紫色的风信子汇成了夜色中暗青色的锦帐。湖边一座简朴的坡顶石头小屋是镇上的教堂。

"牧羊人教堂。"他轻轻叫出声来。多少幅绝美的观星照片都是在这里取景的，可是今天……

"爸爸，我们坐下来等等吧。"女儿乖觉地说。他们在湖边找了两块并排的石头坐下来。他抬头望着厚厚的阴云占据的天幕，那是沉沉压在他心头的分量啊。三年，他整整攒了三年，凑足了这次国外旅行的费用，作为他送给小鸽小学毕业的大礼。旅途中的各个站点他都反复设计，想让她满意。小鸽喜欢《指环王》中霍比特人的矮人国，北岛上的玛塔玛塔小镇是她最想去的地方。当然其他取景地如南岛的峡湾、箭镇也都在名单上。但在影片的取景地之外，他专门加上的这一站，其实才是他旅行的真正目的。是的，他带着女儿，远赴万里，是想到南半球这个迷人的小岛上，来看世界上第一个国际星空保护区。他想对着这片星空，向女儿解释，自己的工作在今天的世界有什么用处。

他不知道那群星灿烂、河汉昭昭的视觉冲击是否能让她明白自己的人生选择。

可是今夜，没有星星。

什么都没有。

入夜了，黑沉沉的天空下，一切都那么静寂，只有拍岸的湖水，发出往复的潮汐之声。风信子都沉入了夜色，雪山深色的剪影在黑夜中影影绰绰。他冷得发颤，这个季节，镇上的早晚温差有16度，穿着冲锋衣都顶不住一阵阵的寒意。他忽然觉得自己很可笑，为何直到现在还不能接受看不到星空的事实。小鸽打了个喷嚏，从背包里摸出一块大披巾把肩膀裹了起来。

此刻，他想起女儿的哮喘，刹那间又是难过又是自责，连忙说："小鸽，我们回去吧。"

"不等星星了吗？"小鸽有点失望。

"恐怕等不到了。"他苦涩地摇摇头，伸手搀住女儿，想扶着她一起站起来。

"等一下。"女儿推开他，又伸手到背包里掏出一件东西，随手打开，用拇指按亮了，那是一台生物电能的平板电脑。

启明不明所以，有些傻呆呆地望着小鸽打开一个写着"观星"的APP软件，然后将平板电脑举了起来，举向天空。一块晶莹的屏幕上亮起了一片小小的星空。这是软件根据他们的实时位置，为他们推送的星空图景。

"爸爸，你来讲给我听听吧。"

"你也喜欢观星吗？"他的声音有些颤抖。

"是妈妈教我的。"女儿说，"她总是说，虽然现在看不到星星了，其实它们一直在那里。"

启明努力眨了眨眼睛，挤走热泪带来的重影。他想象着天琴平日是如何带着女儿在这块屏幕里认识星空，认识父亲，了解他们当年的爱情。

今夜，倘使父女俩可以头挨着头，在一块小小屏幕的指引下，对着灿烂的星河，辨认一颗颗或明或暗的星和它们可能蕴藏的亿万世界，那会是多么美好的一幕啊！

"爸爸！"女儿温柔地催促他，那声音真像天琴。

启明笑了。头顶黑暗的天空仿佛被这小小屏幕揭开了一角，那里有无数放射着奇光异彩的行星与恒星，喷吐着物质的瑰丽星云，吞噬一切的幽深黑洞，传说中的诸神之星星罗棋布。宇宙被造的那一瞬间，就躺在遥远的星空彼岸。一切生命，所有存在，被这群星的网络牢牢牵系在一起，从时间的起点，直到时间的尽头。

他帮小鸽把平板举得更高一些，屏幕上，在南天极的上方，半人马座的 α 星和 β 星附近，三颗亮蓝色与顶端一颗黄色的光点形成一组十字形光簇，"看，那就是南十字星！"

在小鸽的欢呼声中，整个星空亮了。

创作絮语

2009年，怀孕的我开始越来越在意空气问题。此时空气污染尚未引起全社会的关注，但已有零星的网文出现。作为总是"向前看"的科幻作者，我忧心忡忡，构思起一个"为躲避雾霾而建立'珍珠城'的未来世界"。

一直以来，我的小说科幻点与情节很少并生，往往是先偶然有了一个科幻点，但承载这个点子的故事，还要等很久才会出现。我的故事从来不做人设或事先规定大体情节走向，灵感来时便来了，从来强求不得。有了故事的粗略框架后，细节在长时间构思中一点点自然生长出来，突然有一天，脑海中放起了电影，就是我该把它用文字追记下来的时候了。

从2009年构思到写成，这个故事的初始设想逐渐变化。虽然故事因雾霾而起，但很快就不再以环保为内核。想象中男主人公是一位新世界的边缘人，希望在一个现实的世界里，做一个理想主义者。相比承担了家庭责任的妻子，他显得那么任性，甚至不够负责。

那么观星的重要性何在？对许多科幻作者来说，观星的体验都曾带给我们强烈的心灵震撼，甚至引导我们走上科幻创作的道路。于是这个故事，经由启明如何找到观星的重要性，变为我的自我追寻——仰望星空的意义何在？大致有了模糊概念时，2013年，我和朋友文瑾去新西兰旅行，行程中我专门插入了观星的计划，希望以此为契机完成小说。不想因为天气缘故，计划泡汤。当然新西兰之旅依然值得，但我的失望无法言表。这种失望的情绪在酝酿几年后，慢慢让小说的构思转向——也许结尾看不见星空会更好？但因此出现的情感空洞要如何填补？

情节生长到这个地步，才出现了女儿的作用，而"国之重器"FAST的建成也成为小说的重要一环。启明在现实中的坚持与痛苦，原本带有一定的悲剧色彩，却终于在温暖的结局中，获得了亲情与爱的救赎。

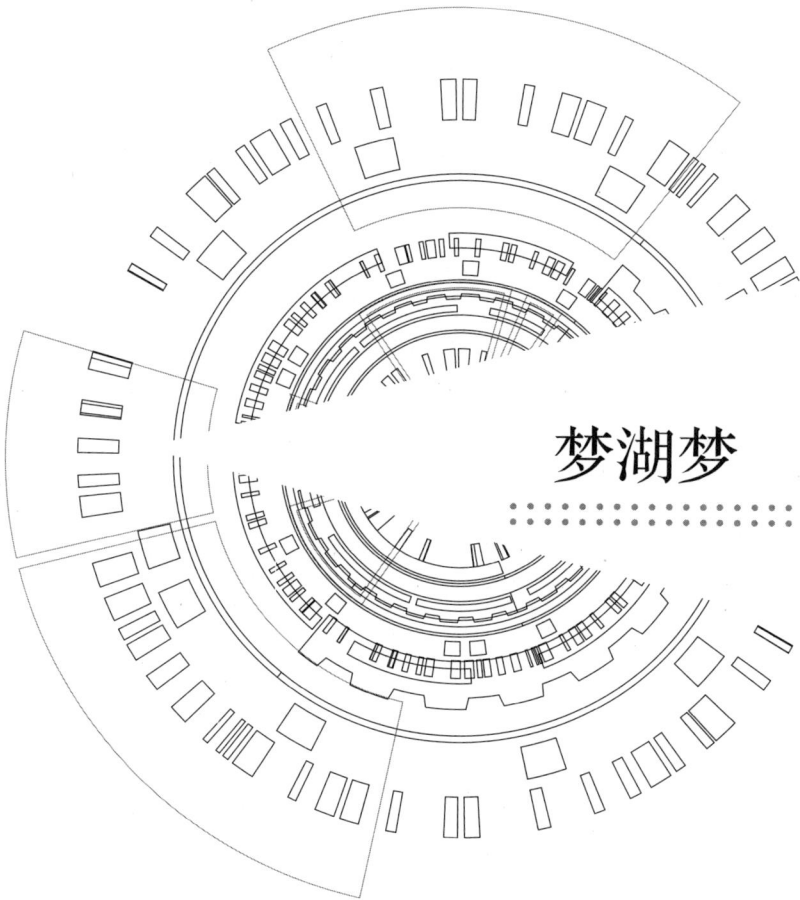

梦湖梦

1

琳在社交媒体上只留下三张自己的动图。

虽然，路过月球保留地的孤独行者们大都记得她，也曾用各种不同的媒介留下她的影迹，在月球驿站漫天飞舞的电子讯息中，可以看到种种她被放大的表情：喜悦、傲慢、慈悲……但她总是带着浓妆，有时妖艳，有时狂放，难以想象她一旦卸下那层厚重的外壳，会是什么模样。

那么这三张动图就是她认可的真实样貌吧？

第一张是她在社交媒体上的头像。一个特殊角度的脸部特写，放大了眼睛，缩小了鼻子和嘴。因此也无法作为辨识的凭据。而且，这是一张孩童期的留影，孩子一脸懵懂，瞪大的眼睛带着做梦的表情，瞳仁里星光闪烁。

第二张是她坐在舞台上，低着头，长发披面，左手扶着二胡琴杆，手指按动琴弦，右手猛烈地抽动琴弓。这是一张有声音的动图，万马齐喑中掠起一声惊马的嘶鸣。她的面容藏在长发中，却像有藏不住的光亮迸射出来，像一颗随时可能爆发的灼热星体。

第三张是她最晚的一次留影。强烈的光打在她的正脸上，五官在满溢的光线中几乎融化，但依然让人感到款款的温柔。动图的背景上不停变幻地闪烁着几个字：再见！ Farewell! Au revoir! Auf Wiedersehen! Addio! adiós! さようなら……各种不同古老语言中表达告别意味的那个词。

竹之内丰面前的这个女孩，纤弱、白净、素颜，很难想象她就是那三张动图中的主角。但也许卸净了所有非本质的装饰，这恰恰就是她该有的样子？

"欢迎来到'世界'。"竹之内丰抑制住自己的兴奋，一年多来漫长的寻找终于有了结果，他终于可以向洪祖交代了。

"为什么这里叫'世界'？"她的肢体语言仍显拘谨，但望着窗外的目光里有跳动的好奇。

"因为放眼望去，这里已经是人类文明最重要的堡垒。灵波世界就是人类世界的未来。太阳系的人类基地已经没落，其他星球上的文明也大多后继无力。你离开月球完全是正确的选择。"

"我不是因为这个才来的。"她好像有点生气了，握紧了拳头，脸色发白。

"当然，你是为了找父亲。"竹之内丰忙赔笑说，"洪祖正等着你，检疫期一结束，你就会见到他。"

她张开嘴，迟疑了一下，止住了想说的话。

2

安阳是一位采矿员。作为梵天社区最早的签约者和"世界"的第三批居民，他参与了灵波世界最蓬勃的建设阶段，但又在"世界"初具规模之后，开始在群星间残存的人类保留地中流浪。虽然"世界"在建立之初就力主建成本星球自给自足的能源体系，但星际航行仍需要大量能源，必须依靠其他星球上开采的矿产。月球由于储藏了大量氦-3，成为灵波世界重要的矿产基地。

时隔5个地球年，安阳第二次被派到月球矿场，刚到月球驿站的晚上，他就被琳无处不在的电子广告吸引了。他乘坐月球缆车来到梦湖，找到琳驻唱的大型酒吧，买了一杯最高价的马德拉酒，被引到第二排中间的好位置落座。在等待她登台的时间，他慢慢品味着这杯来自地球的昂贵饮料。那是20世纪70年代酿造于大西洋马德拉岛上的酒精加强型葡萄酒，因为能够常年保存，素有"不死酒"之称。

琳据传是位极有音乐天分的少女，人类古往今来的各种乐器，她大多都能玩上一把。但是否说得上真正精通，台下来来往往的外行人亦无从分辨。若以动人为音乐之第一标准，她登台三年来赢得了多少酒客的喝彩、礼物和眼泪，这些都可以说明问题。

这女子的身世不甚明朗，似乎她在大崩溃时代之前同最后一批逃难者一起来到月球，滞留至今。彼时人类文明世界大厦将倾，遥远的文明灯塔灵波世界不再需要更多的垦荒者。面对其他星球蜂拥而至的新移民，盖亚政府建立了苛刻的准入制度。于是，剩余的人类在广阔的星际间漫游，在日益萎缩的人类殖民地上艰难维生。核聚变连锁事故后，传送门——远距离瞬间传输的技术被禁止使用。距离以光年计的星际旅行必须依赖虫洞网络，但代价极其高昂。月球上的人类保留地因为拥有大量氦-3资源，而且与地球交通便利，与灵波世界建立了常规的联系，也成为灵波世界在本星球之外的少数几处矿产基地之一。

透过月球驿站防宇宙辐射的铅化玻璃穹顶，可以看到蓝色的"半月"

浮在黑沉沉的夜空中，14.5个地球日那样漫长的月夜中，星际的旅人们点上一杯马德拉酒，望一眼零下150摄氏度的夜空中再也回不去的原乡，不禁都眼窝发热。

就是在这样的时刻，安阳听到了琳演奏的《柔版》，那声音是如此明亮。他并不知道那是什么曲调，眼中的半月忽然变模糊了，变得毛茸茸的，多出一层光晕来。胸中好像有一根细细的线被谁的手指一圈圈缠绕起来，一线弦音将他牵系、抽紧、提升，再轻轻放下。嘴里的甜味变得沉郁、厚重了，带出一丝丝果木的香甜，然后又变酸了——那是他的鼻子在发酸。

安阳向酒保招招手："我想约她，该怎么做？"

酒保一咧嘴："很多很多钱。"

"我有一些，你看够不够？"

"你还当真了！"酒保捉狭地笑了，"别人也许可以，她不行。先得看她对你有没有兴趣。"

"方便时帮我问问。"安阳轻轻扣了一下手腕上的表。随着嘀嗒一声，一笔钱已转入了酒保的账户。

"得嘞！"酒保闪身进了后台。一曲终了，琳刚刚下场。

3

事情出乎意料的顺利，10个地球日之后安阳就得到了单独同琳见面的机会。

屋里很暖和，琳轻盈地滑行而入，一进屋就脱下外套，挂在椅背上。安阳有些吃惊，采矿的这些年，在各个人类保留地，他去过很多的声色场所，见过不少里面的女子。但今天听过她的演奏，他完全没有将她视作同类。她应该有几分艺术家的矜持，至少，应该有与她的才情相配的自尊。

琳没有再脱下去，一条紧身长裙束着细细的腰身，像她的一层皮肤。然后她望着安阳，目光晶莹。近看她的妆容很重，如同面具。

"约我做什么？"琳几乎是一字字吐出这句问话，语速慢得发滞，透着说不出的古怪。

"只想和你聊聊天。"安阳答。

琳没有像以前那些女子一样——诧异、讥嘲或怀疑。她轻轻呼了一口气，语气仿佛有些怀念："聊什么呢？"

"聊聊你的故事，你是哪里人？你为什么会在这儿工作？你的家人呢？"安阳问出这些几乎不知重复过多少遍的话，一如每一次，他有点紧张，但太多次的失望已经让他学会了尽量少些期待。

"然后呢？聊完又怎么样？"琳的声音越发滞重。

安阳愣住了。他也曾遇到过这样反问的女子，但那些声色场所中的女孩子如此问话时，口吻或是轻佻，或是不屑，像是要以此戳穿他的虚伪，琳却不是这样。任他再迟钝也已发现，她已经快哭出来了。

"怎么……"安阳茫然地望着琳，她正忙不迭地用手心、手背，抹去争先恐后夺眶而出的泪水。她的浓妆花了，晕开的睫毛膏和眼影被抹得满脸都是。

"5年了，"她抽泣着笑了，又或是苦笑着抽泣，"你还在找你女儿！还在用这么笨的法子！"

安阳有点明白了，这个女孩以前一定见过他。

这些年来，他在访遍正常途径的同时，带着隐秘的希望在每一个短暂工作的地方拜访过许许多多和他失散的女儿大致同龄的女孩。一年又一年，随着无望的寻找，7岁就走失的女儿，现在应当21岁了。

4

当年，安阳追随洪祖远赴盖亚星建设灵波世界。因为一去前途未卜，便把妻女留在了地球。

大崩溃时代来得毫无征兆。原本只是世界各地以核聚变为动力支持的传送门突发连锁事故，所在地方圆一公里被完全摧毁，引发了全球性的恐慌。同时连锁事故又引发系列里氏8.8级以上的超级强震，其中许多震区原本是地质层稳定的区域，在核裂变技术退出历史舞台前，曾掩埋了海量未经彻底无害化处理的中、高辐射的核废料。这些用各种方式与外界隔绝的核废料在地震中重新被搅动到地表，其屏蔽辐射的外壳也多有破损，核泄漏造成的辐射灾难短期内蔓延全球，人类世界包括南北极几无幸免。在三重灾难的打击之下，幸存者们或深藏地底，或涌入临近的星球，月球和火星等近地行星的居住人员超过负荷。原本运行良好的各个星际保留地既失去地球支持，又面临大量冗员涌入，引发了各种次生灾难。各大近地人类文明辉煌不再。

　　安阳克服万难，在三年后赶到地球去接妻女，那时才得知，女儿早在混乱期的第三个月，便与母亲失散。自责与悔恨几乎将他压垮，但妻子当时身患严重的辐射病，他有义务照料她走好最后一程。于是，带着妻子临终的遗愿，他开始了漫长的寻找。

　　崩溃时代的信息网络破碎不堪，加之传送门技术被禁，他并非大富大贵之人，以本身的财力，无法负担多次的虫洞飞行。要在茫茫宇宙中寻找一个人，几乎是无法完成的任务。于是他选择了格外艰苦但报酬丰厚的采矿员工作，得以借工作的便利解决大部分的星际交通问题。五年前，他曾经在月球寻找过女儿的踪迹。是否遇到过眼前的这个女孩，他已经记不清了。那几百个或稚幼、或憔悴、或俗艳、或清纯的女孩在他记忆中沉浮，常年的失望与深深的疲惫使她们的脸日益模糊。

　　有时他想，自己为什么要到这些声色场所去寻找女儿呢？或者因为这里埋着他最深的恐惧。他害怕女儿会沦落到这里，坠入生活最黑暗的底层。然而也唯有这样，自己才有资格来拯救她。倘若她幸运地被好人家收养，过着幸福安定的生活，那他这个不称职的父亲，又有何面目与女儿相认呢？

　　一次次失望后，他总假想，女儿正同善良可亲的养父母一起过着好日子。但是举目望去，除了遥远的灵波世界正在蓬勃建设，整个人类文明圈在地球衰败之后，大都日见凋零。即使是建立最早、人类生活设施最完备的月球基地，原本欣欣向荣的生活失去了地球的依托，只剩下了各大矿场、生产基础材料的设备制造厂、工人的集中生活区以及周围星星点点的月球驿站。必不可少的医院、学校都在惨淡经营，越来越少。月球背地面的科研基地与太空观测点则已逐一关闭。

5年前，他在1.5个地球年的工作间隙里，乘坐月球缆车和月面火车走访了每一处集中生活区和月球驿站。静海、丰富海、风暴洋、云海、雨海、死湖、梦湖……这些没有水的暗色熔岩平原在大大小小的陨击坑的环绕中，静默而荒凉。采矿场的大型机械车无声地驶过，车轮在月壤表面的尘埃上留下了深深的印痕。在没有空气，因此也没有风化、沉积的月球上，除非受到陨石撞击，它们留下的每一道痕迹都将永远留在那里。

驿站有的很简陋，造在天然的月球溶洞里，或是隧道和简易居住舱中。只有在大型工地附近，才有用混凝土、玻璃或金属建筑建成的驿站。梦湖的月球驿站是个难得的大型建筑，结合使用了月岩、混凝土、金属和玻璃，后三种材料直接由月球资源提炼生产。驿站最大程度地模仿了地球上大饭店的功能结构来进行设计，但由于缺少木材，月球建筑总让人有清冷的感觉，全靠建筑内部的各种弧形设计和其他软装来柔化。

如今，纺织品由月球温室培养的植物中提取的纤维制成，产量非常有限，月球化纤工厂的产出也无法满足大量居民的需求。因此，在蓝色地球照耀下的铅化玻璃背后，这个用深浅不同的窗帘和帐幕装饰的房间，可以说用上了最奢侈的月球装修。

琳凝视安阳许久，终于说出了原委："原来你一点也不记得我了。可是我不会忘记，如果没有你资助我的那笔钱，我没有办法去教坊学艺，也就没有今天。"

安阳想起了那件事。那是他在某个月球驿站找过的女孩子，聊过天之后，才知道她自小没有父亲，一直同母亲相依为命。母亲是中国人，后来去法国学习酿酒，留在了法国的酒庄。大崩溃时代来临后，母亲倾尽所有，换到一张去月球的船票，把当年14岁的琳送走。但琳没有一技之长，只能在驿站干杂活，工作非常繁重。算起来她其实比安阳的女儿大两岁。遇到他的那天她刚满18地球岁，决定开始陪酒。

安阳记起了那个五年前垂头坐在自己面前的女孩。

5

当年的琳说完自己的来历后，抬头瞥了安阳一眼，她的眼神倔强，让人很难相信，这样的女孩会轻易向命运低头。随后她又垂下头，攥着拳头，手臂交叠放在膝上，全身紧绷得像一张弓。

他忍不住告诉她，自己在找女儿。之前他很少对那些女孩子说起，怕被她们当成骗子或是傻子来嘲笑。

"我不是你女儿。"女孩的目光变得柔和了一点。

"我知道。"他说，"你为什么干这个？"

"我要多赚点钱，有了钱才能去教坊学本事，然后可以去表演，就不用在这里陪酒了。"

"还是在驿站工作？如果去工厂，虽然赚的钱少，但总比在这些声色场所安全吧。"他这管东管西的口气也像是一个父辈在教育晚辈了。

她不语，只垂着头。

"教坊的学费要多少？"他问。

她说出一个数字。

真不少，她恐怕要陪酒好几年才攒得到，又或者，不只是陪酒。

那一刻他忽然想象，如果是自己的女儿被迫用这样的方式来赚钱……想到这儿，他像被人在胸口打了一拳，顿时热血上涌，拍拍她的手，就把那笔钱转到了她手表的账户上。

那只表非常简陋，仅有最基本的功能，应该从没接收过这么大的款项。

她惊异地瞪大了眼睛，惶恐胜过兴奋："我不是你女儿！"

他站起身，摆摆手："我希望遇到我女儿的人也能这样对待她。别陪酒了，去你说的那个教坊吧。"他故作潇洒地出门时，心中不是没有懊悔的，那是好大的一笔钱啊。

"你记起来了，"琳正望着他淡淡地微笑，"你记起那笔钱了。"

"可你为什么还在陪酒？"

"我没有。"琳笑得有点骄傲，"我再也不需要为钱接受别人。"在蓝色的地球照耀之下，这一刻，她的脸上光华四射，像个女王。五年前那个稚气未脱的女孩如今化茧成蝶。

安阳觉得有点喘不过气来，眼前的女子已没有半点会让他联想到自己的女儿。他为她的成功而喜悦，被命运感动得几乎落泪。

"想起五年前，真像是一场梦啊！"琳拿过两杯早已倒好的香槟，"来，庆祝重逢，菪乐香槟酒庄的Abyss。我终于从命运的深渊里爬起。"

在低压状态下，酒杯里的几个气泡已经变得很大很大，嘴唇轻轻一碰就整个迸裂开来，送出海洋环境在陈化过程中为这款香槟带来的微妙气息。那香味里有烤面包、坚果，甚至黄苹果，许多旧世界里美好的味道。

安阳低头饮一口酒液："我不用你报恩。看到你现在这样，我已经很高兴了。"

琳温柔地抚摸他的手背，他的表轻轻一抖，收到了一笔新款。

"说不上报恩，我可没付利息。其实，有你这样的父亲，你女儿很幸运。"她低头轻笑，"我是妈妈一个人的女儿。某个来自精子库的精子就是我生理上的父亲。"琳举起酒杯，晃了晃明黄色的酒液，感受二氧化碳的气泡在月球的失压空气中破裂的气息与噗噗声。或者，她是借这个动作，掩饰自己激动的心情。记忆中的恩人重新出现，她已不复是五年前那个恐惧、紧张、如临大敌的女孩，可以好好打量这个改变了她命运的男人。

可她忽然发现，这个风尘仆仆、心事重重的男子，却比五年来雪泥鸿爪的短暂情感中任何一个过客，都更加打动她的心。

6

于是，就这样开始了。与报恩无关，与寻子无关，只是两个人，两个孤独的灵魂，在一颗荒凉的星球上互相依靠。

安阳原本以为自己已经没有资格去爱。寻找女儿是他最重要的使命，心愿完成之前，他都无法放下重担去追求幸福。但在梦湖驿站，他疲惫的人生得到了难得的休息，倘使命运将琳带到了他身边，或者是将他带给了琳，在这旧世界分崩离析的漫漫宇宙中，他期望将月球当作他短暂栖息、享受一点点快乐的驿站，将这份难得的温暖际遇当作一个美妙的梦。未来会如何，他没有仔细想过，或许是不能想。但在极度寒冷的分馏塔里工作时，听着机器的轰鸣声，他有时会情不自禁地微笑起来。

琳依然按时去梦湖表演，偶尔也去更远的月球驿站巡回演出。她让安阳放心，她已通过驿站人员内部的信息网络，为他寻找女儿。任何一家月球驿站出现了可能是他女儿的姑娘，她都会在第一时间得到消息，这比他原始而笨拙的寻女方法要有效得多。

当琳带着安阳去见那一个个疑似他女儿的女孩时，他原先屡屡遭遇的尴尬，被女孩们见到偶像时的欢喜取代了。是的，琳是这个年纪的女孩们最希望成为的榜样——她为这个死寂的星球带来了无比丰富的声音。

有时他们会乘坐宿舍区与矿厂之间的轨道缆车。缆车离开了铺满沙砾的地面，在离月面25米高的空间运行，感觉更加平滑顺畅。这个高度已超越了大部分月面上的人工建筑。但离开了温暖舒适、光线明亮的小小内部空间，从外部看，月球上的人类世界就是一堆堆毫无生命的混凝土块、冰冷的金属和月岩、用气锁装置封死的洞穴。为防护月球上强烈的宇宙射线辐射，大多数建筑都有外堆的混凝土和月壤来防护，只有装有铅化防辐射玻璃的少数建筑，才能透出一点点人类生活的光亮，就像黑沉沉的保留区里亮起的几只眼睛，透出文明的光。

又有时，安阳会把琳带上采矿车，在原本寂寂无声的旅程中，听她一路歌唱。借助几代人对AI（人工智能）深度学习法的借鉴和学习，现在人脑的信息储备量已经大大提升。这个能演奏大多数地球乐器的奇女子，居然还会那么多地球上古老的歌：

可爱的一朵玫瑰花，

赛迪玛利亚，

那天我在山上打猎骑着马，

正当你在山下歌唱，

歌声婉转入云霞。

……

　　采矿车在月面沙砾上的轻微颠簸，让他真的可以假想自己是骑在马上的猎人，透过车子前窗，可以看到一轮完满的"蓝月"悬在洒满星尘的黑色天空中。那颗星球上的蓝色海洋、棕色陆地与白色纱巾般缠绕其上的乳色云层，都是那样清晰。

　　那一刻，他忽然想到，灵波世界未来计划将地球作为流放地，驱逐不愿遵守灵波道德的新公民。可地球如何是流放地？每一个不能再回去的人类才是流放者。

　　望着他不再适宜人类居住的母星，耳边响着琳清亮的歌声，安阳不禁潸然泪下。

7

　　不论各个星球的相对时间有多长，就算一个月球日抵得上地球上的14.5天，时间也依然如沙漏中的流沙般逝去了。安阳在月球矿场的工期已经结束。"世界"所有外派的工作时间都不长，唯恐公民们一旦脱离灵波世界日久，就难以融入世界的独特体系，丧失在盖亚的正常生活能力。他申请将一年半的工作时间又延长了一倍，但这已经是他可以停留的极限。

离开前，安阳有两个月球日的假期，便邀请琳一起去参加一次月海尘沙之旅。琳安排好了工作，带上了她最心爱的二胡，与他一同上路了。

这个几百年前在科幻大师克拉克笔下构想出来的月球旅行项目，在月球基地的极盛期开始投入实施，但在整个月球基地萎缩的今天，原本每个月球日七班的热门旅行已经降至每个月球日一班，才能勉强凑足旅客。

事实上，由于克拉克的小说写于登月之前，故事里那种细滑的月尘原本只是他的想象。后人在对整个月球表面做了详尽的勘探之后，才找到了基本接近小说描述的月尘之海，开展了现在的旅行项目，旅客们乘坐270度全透明滑翔游艇在月尘上滑行，观赏外部景观。游艇的两侧和顶部都采用了月球防辐射玻璃中透光率最高的品种，可以看到几乎接近裸眼效果的月球星空。

在6个地球时的旅行中，"克拉克"号游轮在平滑的渴海中轻盈地前行，无比辽远的月平线上，天空仍然黑沉沉的，一轮亮度之高无法让人直视的太阳与蓝色的地球并排挂在天空上。没有大气层，没有散射，永远黑暗的月球天空下，在环形山之间这一片平坦得像无波水面的月尘之海中，划过一艘承载着生命的舰船。

航行一切顺利，在这些细若齑粉的尘埃之海上，没有发生克拉克笔下那样惊心动魄的险情。当乘客们知道了琳的身份，纷纷邀请她在颇有些平淡的航行中途为大家表演。

她爽快地拉起二胡，弓毛平滑地拉过琴弦，如同舰船滑行在海面，沉郁悠长的琴音中听到她用低沉的嗓音唱出一首古老的诗：

你我相遇在黑暗的海上，

你有你的，我有我的方向。

你记得也好，

最好你忘掉。

在这交汇时互放的光亮。

唱歌时琳定定地望着安阳。于是他明白了，他近来的各种表现，忽然的旅行和其他蛛丝马迹，让她猜到他要走了。

8

回到梦湖那夜，琳第一次带安阳进入自己的闺房，第一次洗净了脸上所有的妆容，素颜以对。

他轻轻赞叹了一声："我希望你一直这样。"

"浓妆其实是我最后的盔甲。"她自嘲，"我十几岁就遇到了大崩溃时代，离开我妈，一个人挤上逃难船，是我妈帮我画了第一个大浓妆。与其说那是化妆，不如说是扮丑，把肤色涂暗，加上很多斑点和黑痣。她希望这个粗劣的伪装可以代替她来保护我。到月球之后，我开始在驿站工作，后来一直那样装扮。决定要陪酒时，我也上了一个正式的浓妆，不再是扮丑，但也希望把自己完全变成另外一个人，也就不会为自己做的事羞耻。后来久而久之，成了习惯。如果不糊上这一脸颜色，就像没有穿衣服似的。"

"那你现在……"

"我想让你记住我真实的样子，这张月球上没人见过的脸。"

他伸手去摸这张有几分陌生的面孔，因为常年浓妆的伤害，她比真实的年纪更憔悴，但皮肤依旧光滑，细长的眼睛，黑黑的睫毛，清澈的眼睛。他能对她说什么？他无法带她一起走。回到盖亚，需要通过虫洞网络航行。这些年随着远程星际航行的萎缩，虫洞星航的价格暴涨，即使是一张单程票，都是普通人难以企及的天价。他工作多年的积蓄，如今只能买一张单程票。倘若不是工作派遣，他完全无法来月球两次。这次离开，还能再来吗？如果要去别处继续找女儿，就不该再来了吧。

对于她，我不过是一个普通的旅人，因缘际会，有了一段情分。她的人生还长，还会遇见很多别的人。他这样想着，但抚摸她的手禁不住微微颤抖。

"再见。"琳用做梦般的声音说。

听她抢走了自己要说的话，安阳一时有些无措。"再见。"她话音中带着哽咽。

他忽然不想接话，就故意笑着问："月球语怎么说？"

"哪有什么月球语，不过是地球上各种语言加了点本地化的口音。"

"那英语怎么说？"

"Farewell！"

"法语怎么说？"

"Au revoir！"

"德语怎么说？"

"Auf Wiedersehen！"

"意大利语怎么说？"

"Addio！"

"西班牙语怎么说？"

"adiós！"

"日语怎么说？"

"さようなら！"

他不断地问，她一声声地答。他问话时别过脸去，声音似乎在笑。她一开始有一点诧异，但渐渐明白过来。

她努力去掰他的脸，他非常固执地不愿转头，不愿让她看到自己真实的表情。

她恍然大悟，他不是在开玩笑。

他是想让这告别的时刻不断绵延，永不终结。

9

安阳离开之后，琳为那个时刻写了一首歌，叫《无尽的告别》。歌曲迅速成为月球驿站的流行曲。这个荒凉世界中的人们格外渴求爱、渴求情感的温暖。

让我报出我知道的所有地域、所有国家、所有星球，

这世上千千万万种语言的名字。

如果你今夜说再见 爱人，

我要让"再见"绵绵不绝，

天长地远。

以前安阳问过琳，她为什么在学艺之后还要留在驿站工作？其实，她一直有个隐秘的愿望，想要赚很多很多钱，去买一张地月双程票。虽然地月旅行并不难，无需经过虫洞网络的普通星航原本也并不贵，但由于传送门事故造成连锁灾难后，地球大部分地区都还有强烈的残留辐射，被划为文明禁区。常规的地月旅行已经取消，因此一张地月旅行双程票堪称天价。

多年前就有人带过消息，琳的母亲已经不在了，和许多那个时代的人一样，尸骸都埋在巨大的万人坑里。那样可怕的地方，整个星球上还有很多很多。即使如此，比起暴尸荒野，或许母亲还算是幸运的。

得到消息后琳失眠过很久，直到她下决心攒钱，生活有了目标，才能恢复正常的睡眠。

地球依然非常危险，就算去那里短途旅行，也可能受到辐射伤害。但在她有生之年，她想去为母亲扫墓，到那个孤寂荒凉的万人坑，为妈妈洒上一杯酒。也去自己长大的地方，再看一看，不管那里已经变成什么样子。

但是，现在她想先买一张去灵波世界的飞船票。可去盖亚比去地球更难，因为即使赚得到那笔贵得骇人的旅费，拿不到盖亚的签证也没有上船

的资格。

琳一切的焦灼和辗转的思绪，因为一条新的信息有了转机。琳在月球网络平台上发现了一个金灿灿的广告：想拥有真正的未来吗？想去灵波世界吗？一位父亲正在寻找他从未谋面的女儿，可能就是你。如果你符合以下条件，请将一份头发样本送到以下地址……

那一刻她心动了，按要求采集了样本，用假名发到了广告上的地址。寄出时她留下了月球驿站的地址。

她依然在寻找安阳的女儿小芸。

月球驿站的人员流动很大，不时会出现新人，谁也说不准那个不知在何处的女孩何时就会山穷水尽，走到驿站的酒吧来找工作。无论如何，按时间点来看，小芸在月球的可能性依然是最大的，不，其实还有个更大的可能，但那种可能，安阳不忍想，琳也尽量回避去想。

也许小芸早就死在了那颗夜夜悬在月空中的蓝色星球上。

10

在距离月球三个月航程的盖亚星上，一位烦恼的父亲正一筹莫展。洪祖，这位天才科学家在太空移民时代的高潮选择了一颗过于遥远因此价格低廉的小行星。在这里，他展开了庞大的灵波材料试验，用这种结合生物科学与材料学的最新发明，逐步覆盖了盖亚星三分之一的可居住区域。笼统地说，灵波是一种神秘的生物材料，灵波A型可以添加、固定在其他物质里，用来汲取能量；灵波B型则能在灵波A型的间隙游动，带走它们储存的灵波能。

由于有接近地球大气比例的大气层，盖亚的各项建设比许多近地的月球殖民地都开展得更加迅速。经过九批大规模移民的不断建设，灵波世界此时已经进入了创建以来的第二十六个地球年，大气改造基本完成，盖亚星上的人类社会已初步成型。洪祖为这个人人参与星球建设，每个人都作为星球能源供体的特殊社会规划了壮阔的蓝图。

灵波世界的政体非常特殊。因为，严格说来，整个盖亚星都是洪祖个人购买的外星殖民地，洪祖允许自己领导的梵天社区成员移居盖亚，加入灵波试验，但这一切都在他的个人决断之下。某种意义上，他是整个灵波世界公民的房东。他自认为有资格让房客们按照他的规定来生活，否则，他便有逐客的权力。但他也无法以一人之力，管理一个星球。原本网上梵天社区的委员会就成了今日的世界委员会，负责应对层出不穷的新情况，并筹备星球的第一次选举与立法会议，制定在法律颁布前应急从权的各种临时法案与规则。

洪祖提出建立未来社会的灵波道德，甚至以个人贡献的灵波值作为每个人对社会应尽的最大义务。也有委员提出不同意见：灵波材料的基本原理是汲取太阳能（为纪念地球的人类文明，盖亚定期公转的恒星也被称作"太阳"），并收集人类生产、生活中原本会被损耗浪费的功，转化成灵波的能量，进一步储备起来。但每个社会个体能创造的多余能其实并不可观。如真以灵波税取代金钱税款，对政府而言恐难持久。

洪祖解释说："采用灵波税推动建立灵波道德是为了发挥梵天社区渊

源已久的历史精神，灵波使整个星球的人都联结在一起，共同推动社会前进，不论这种合力的真实比例现在有多大，以灵波技术的发展，这个比例还会提升，而且每一个公民都会因为投身于一种巨大的存在而获得意义。

"至于政府的财政收入来源，还有各种企业的经营税和对需要保留一些生活特权的富人额外征收的奢侈税。未来，在灵波世界，可以不需要金钱，而是用灵波替代一切，作为一切星球内部结算的基础。仅仅在进行星际间的结算时，才需要一些人类世界通行的世界币。其实在绝大多数星球，金钱早已失去了实体，成为一个网络上流动的数字，保留钱这个电子符号，只是顺从大家的心理习惯罢了。

"之前，关于特殊人群如何完成灵波税，委员们争议很大。现在我们一致同意，老弱病残免征灵波税，把它作为灵波世界的常规福利。但因此也引出一个问题：特殊人群是社会的负担，从道义上我们应当加以关照，但从理智上，符合自然规律产生的生老病死和意外伤残固然是无法避免的命运，可对于未曾出生的未来公民，我们应当承担起为社会筛选的责任。基因选择法必须实施！"

委员们表情各异。梵天社区在成立之初，强调的是关爱自然、热爱生命。基因选择法与许多委员的理念不合。一些委员目光灼灼地瞪着洪祖，流露出愤怒与不平。

会议室中的空气忽然凝滞。洪祖挥动双臂，大力拍手。那啪啪的声响和大幅度的动作像要把沉重的空气拍散。

"各位同仁，我知道有人对我不满。因为我自己的儿子就是残疾人，由我推动基因选择的法规似乎很讽刺。但正因为我是一位残障孩子的父亲，我才尤其希望能推动这项立法，避免造成更多家庭与社会的悲剧。"

一位女性委员冷冷地说："不能因为你认为自己的孩子是个悲剧，就剥夺所有不完美的孩子出生的机会。一旦'基因选择法'立法，不仅有重大先天性疾病基因的孩子无法出生，一些基因的轻微弱点都会被强制修改。"她语气沉重地说："命运是一场不可控的表演，失之东隅，收之桑榆。多少出色的天才都是带着基因缺陷出生的，而且无法确定这些缺陷和他们的成就的真实联系。迷信基因选择，就不会有当年的贝多芬，也不会有霍金……"

"作为父亲，我不会希望自己的儿子是霍金。"洪祖决然地说，"基因选择权是父母选择孩子健康的权力，也是为世界减负。我坚持！"他身材高大魁伟，浓眉深目，广额方颌，年近花甲也依然有慑人的气度。但一想起只能依靠轮椅或机械外骨骼来行动的儿子，他的神情顿时黯淡了下来。

11

会议不欢而散后，洪祖在空荡荡的房间里坐了很久。助理竹之内丰两次进屋都没敢叫他。洪祖的眼神空洞，完全不能聚焦，嘴唇轻轻嚅动，像在自言自语。

竹之内丰凑近去听，只听见"不行，不行……"。忽然洪祖"哎呀"了一声，陡然站了起来，满脸放光。

"老师，您有什么吩咐？"竹之内丰连忙问。

"阿丰，你要对我说实话。我视为终身理想的这个灵波世界，一旦运行成熟，每个人都接受灵波道德，愿集合微弱的力量来推动世界的运行，那么这个人人将运动视同呼吸一样重要的世界，能接受一个轮椅上的残疾人来领导它吗？即使从法理上他有完全的资格。"

"我想……接受不了。"

洪祖叹了口气："我也这么想。所以洪儿这一辈子，注定无法走上前台了。我也很遗憾，但我刚刚想起一件事，或许能找到其他替代的方法。你帮我去查一查。"

要查的这件事颇为棘手。洪祖27年前离开地球时，曾忽发奇想，向一家精子库捐出了自己的精子。他让竹之内丰调查：在地球大崩溃前，是否有人使用过这批精子？是否有女性借助这些精子产下过健康的孩子？倘使有，孩子是否还活着？现在又在哪里生活？

"如果你能为我找到一位健康的继承人，灵波世界的未来就能更好地延续下去。我需要一个能站在前台的孩子，为此，我可以不计代价。"说到这里，洪祖的目光大盛。

"老师放心，我尽力而为。"

竹之内丰是一位工作扎实、特别可靠的助理。他立刻乘飞船秘密抵达地球，全副武装地穿上所有防辐射装备，找到了当年洪祖曾经捐精的精子库。他克服重重困难，钻进了荒废的精子大楼，虽然坠落的瓦砾和建筑物破坏了他的防辐射服，他也依然坚持搜索，直到在废墟中找出信息存储设备。然后他修复启动设备，进入资料库，终于发现了洪祖的精子使用记录。

记录共有三次。之后就是更加困难的对人的追查。三位母亲产下的三个孩子，一位有先天残疾，而两个健康孩子有一位很可能已经死于大崩溃时代的第四次连锁爆炸。虽然无法找到尸体，但生还可能微乎其微。最后，还有一位女孩，26个地球年前出生时很健康，后来被母亲送上了去月球的飞船。但崩溃时代后，原先人类文明的身份认证库严重损毁，此后流散到各个星球的地球难民不再有明确的身份认证。许多人隐姓埋名，也有人伪装了各种新身份，而且也无法确定女孩之后是否离开了月球。

迫于无奈，竹之内丰只能在月球通用网络中发布了寻人通告，鉴于这一事件中的母亲可能会就生父身份撒谎，通告中未提及"捐精"，只说寻找一位从出生起就没有见过父亲、现年26岁的女孩。所有回应的女孩都需要提供一份毛发样本。

竹之内丰在各个仍有地球移民的星球设下站点，收取样本，安排测试机构，要求他们得出基因报告后统一发到盖亚。然后他赶回灵波世界，一边抓紧治疗辐射病，一边等待消息。

苍天不负有心人，在海量的报告中，竹之内丰发现了那份与洪祖基因的亲权概率大于 99.97% 的珍贵报告。但奇怪的是，发信人只留下了一个电子地址和一个无法追索到的假名。稍一打听，那个电子地址位于月球人流量最大的梦湖驿站，由于那里有许多公用上网设备，并不能由这个地址确定她的真实身份。

成功已然在望，竹之内丰不在意多些小周折，但他忍不住激动，先把这个好消息告诉了洪祖。听到老师发出洪亮的笑声，他也忍不住欣慰地笑了。

12

梦湖驿站的"玛利亚"收到了她的邮件。

琳趁着四周无人注意时使用了这台设备，登入那个她临时注册的邮箱，看到了竹之内丰的来信。他说灵波世界的关系人想尽快邀请寄件人去盖亚星见面，因为"玛利亚"很可能就是他的女儿。

琳一阵心跳，她的生父终于出现了。好奇吗？她也曾好奇过。当妈妈告诉琳，她其实只是妈妈的孩子时，她对那个随意抛洒自己生命种子的男人有过好奇，或者说，那是她对自己生命源头的好奇。

12年前，在甘肃酒泉——那个因为航天事业和地外旅行的蓬勃在荒漠上盛放的城市，与休斯敦并称为"地球肚脐"的地方，发射场外方圆两公里都挤满了五颜六色的难民帐篷。母亲和她像两个泅水的人，努力在人海中游弋，终于靠近了发射场的入口。正是日出时分，这是琳最后一次看到霞光，玫红色的云彩在母亲背后的天空舒卷出种种迷人的姿态。

母亲的嘴角在笑，面色却如此沉毅："对不起，我把你生下来，却不能对你负责到底。"

那时母亲一定是预见到了，一个14岁的女孩独自在星际求生会有多艰难。她无从担心自己的命运，满心都是沉甸甸的对女儿的愧疚。

那一刻琳对自己说："这是我的母亲，我要记住这一刻的她。"她想记住母亲黑黑的眉眼、挺直的鼻子、爱笑的嘴角，记住母亲脸上每一道细小的纹路与斑点。但她越是努力，那张脸却越是融入了背景中霞光流溢的天空，成了那云，成了那天空。

那一刻，她确定自己不再需要父亲，直到寻找女儿的安阳出现。

安阳的执着与善良打动了琳，但也许潜意识中，一位寻找女儿的父亲，也让她有一处封闭的自我被打开，被一种她从未获得过的爱照亮。

那样的爱是存在的。那样的父亲也是存在的。

这次寻找女孩的活动一经发布，就令她惊觉。直觉告诉她，他们要寻找的很可能就是自己，而且原因与那颗匿名的精子有关。若是以前，她不会回应。过往的经历让她学会了自我保护，整个事件福祸未知，寻找她的人既可能是她的生理父亲，也可能是因为某种原因，必须将他的生理后代斩草除根之人。她选择了谨慎。

但因为安阳，她发觉自己对那个一直空缺的人，也有了期待。

琳在电邮中向竹之内丰提供了她的毛发样本袋的随机编号。初步确认了她的身份后，竹之内丰告诉了她更多的情况，比如寻找她的是她的生理父亲，他在世界地位崇高，希望找到自己的女儿。

琳并不轻信，她需要知道理由，为什么"父亲"在26年后，突然对自己多年不闻不问的偶然捐赠产生了这么大的好奇。

竹之内丰解释说，之前她的父亲一直忙于建设新的星球，而且精子捐赠不能追索受赠方。时隔多年，他想起地球居民遭受的苦难，想到自己可能还有生理后代在外星受苦，便希望能帮助自己的"孩子"。

13

但真正让琳下决心离开的，是她对安阳的思念。

她怀念和他一起在月球上漫游的时光。

多年来她一个人对着头顶的蓝星怀念母亲，怀念地球上的生活，这无尽的怀念有时让人寂寞得发疯。可是因为有了安阳，当他们一起仰望地球的时候，她觉得温暖，第一次在这颗随时轻盈得会飞起来的星球上，感到踏实。

因为有了你，我不再孤单。

即使他离开了，这种温暖还在，那片刻的完满带来的幸福还在。可思念有时轻轻揉捏她的心，有时却用利爪将她抓得伤痕累累。

原先的救赎，成了新的痛苦。

那么，去找他吧，去他的星球，去盖亚那个新世界，和他一起创造新生活吧！

她鼓起勇气，决定放弃在月球取得的一切。

下决心要走之后，琳对这个荒凉的星球生出几分不舍。她听说自己要去的盖亚经过了大气改造，已经拥有像地球一样可以直接呼吸的空气，重力则是地球的三分之二，也即是月球的四倍，多少习惯了月面重力的她，也许会觉得那是个步履沉重的地方。

但是，这又有什么关系呢？沉重的脚步能将她稳稳地留在星球的表面。在那颗有云层、有大气的星球上，又能再一次看到像地球上一样的霞光，还有安阳。琳想象自己对着他唱起新写的流行曲，想到那无尽的告别居然结束于重逢，想象他的脸上会浮现出怎样的微笑，她的心变得非常柔软，柔软得连呼吸都变得悠长。

"你等着我。"她在心里说。离开了月球驿站的无数舞台，去一个完全陌生的星球，她其实也有些发怵。这些年来摸过的乐器，个个都像她的老伙伴，但她不可能都带走。她决定带上那把教坊师傅传给她的"果敢琴"，不知为什么，所有乐器中，她总对二胡情有独钟。

琳的手指轻轻抚过六角形的琴筒和紫檀木琴杆，琴筒前口包的蟒皮用几百年前生存在地球丛林中的大蟒蛇的外皮制成。

想起他笨拙的手指划过自己的脸庞，她轻轻说："我来了……"

14

"琳姐！"酒保的声音让她一个激灵，马上回到了现实。

"这是新来的妹子，老板让你给她说几句。"酒保拉进一个纤细的姑娘，看上去也有20多地球岁了，姑娘的姿态和表情都透着别扭。

琳哼了一声，但立刻仔细打量着眼前的新人。自从8年前受了安阳的恩惠，得以摆脱做陪酒女的命运，她一直对新人悉心关照，希望能从中发现有音乐天赋的女孩，鼓励她们走上从艺的道路。而在她开始帮助安阳寻找女儿小芸之后，琳就更多留了一份心思，小心观察新来的女孩儿们。

这次的姑娘年纪与小芸大致相仿，眉目之间似乎有些熟悉的气度，令琳心头一跳。

琳打发走了酒保，拉姑娘坐下，想再问几句。姑娘瞪着她说："我见过你，到处都有你的广告。"

"那你到这里来，是想学我的样？"

"可我不会表演。"她垂下头。

"你的家人呢？他们知道你来这儿吗？"琳沉着地回想安阳那些常用的问题，一个个抛向姑娘："你是在哪儿出生的？聊聊你的故事吧。"

"我刚从火星保留地来。"

"你是土生的火星人类？"

"也不是，更早时从地球过去的。那时我还小，爸妈带我过去的，然后我妈走了，我爸又带我来了月球。"

"你爸让你到这儿来工作？来陪酒还是来唱歌？他舍得吗？"

姑娘嚅嗫了几声："他没有什么舍不得的。"

琳觉得这背后有故事。

之后的时日，琳把姑娘当成自己的学生，为她做好上岗的准备。她甚至对老板说，我选了这个姑娘做我的助手。

那天，琳也看到了那个自称是姑娘父亲的男人。他在酒吧后场找了一个黑暗的位置，以接女儿下班为名，讨了一杯免费的酒喝，目光在酒客中游移，像一个惯偷在寻找适合下手的目标。

姑娘也看到了，那一刻她埋下头，轻声说："其实我觉得他不是我爸。"

琳的心里咯噔一下。

姑娘瞥了一眼琳的表情，有点迟疑地说："我妈可能也不是我亲妈。"

琳伸手握住姑娘的手，仿佛要用自己的力量帮助她说下去。

"虽然他们老说我是在做白日梦，但我记得小时候因为不肯叫他们爸妈，还挨过几回打。"

琳惊喜得快要叫出来。她貌似随意地按亮自己手表的屏保，观察姑娘的反应。

姑娘皱了一下眉头，眼神定住了。然后她摇摇头，笑了。

"怎么了？"琳问。

"我真是在做白日梦，我居然觉得你屏保上的这个男人，像我记忆里的真爸。"姑娘不好意思地转过头去，"也许因为说到了这个话题，但这联想也够古怪的。"

"你记得他的样子？"

"如果那真是我的记忆，不是我想象出来的父母，那我是在7岁那年和妈妈失散的。爸爸呢，我在更小时见过，后来他好像去了外星球。妈妈天天拿他的照片给我认，怕我忘记他。回想起来，现在倒是爸爸的样子比妈妈还要清楚一些。"

"你还记得他去了哪个星球吗？"

姑娘摇头说："瞧我在扯些什么，我自己都不确定了。也许那对所谓的真父母，只是我因为不满意爸妈一步步假想出来的吧。"

琳怜惜地摸了摸姑娘的头："看来他们对你并不好。"

姑娘灵秀的黑眼睛睁得更大了，露出有点恍惚又有点幸福的表情。原来这么一点点的温情，对于她也是难得的。她嘴唇嗫动了好一会儿，终于又说："我妈，好一点吧。但我爸也总是打她，从地球打到火星，终于把她折磨死了。"

琳倒吸了一口凉气："那你，他也对你动手吗？"

琳垂头苦笑，那笑容比她的真实年龄苍老多了。她低下头时，后颈处露出半截青色的指印。

琳跳了起来。她张大口，喘着气呼吸，她没有追问，她想起这些年的所有经历，想起早年在黑暗中挣扎生存的过往。她庆幸自己遇到过许多光亮，但对生命中那些最不堪的真实，她又何曾没有见识。

姑娘看到琳的表情，讶异她如此为自己动容，便也感动了："哎，其实没有看上去那么糟糕。他只是很生气我没有立刻为他赚钱。他恨不得我第一天就开始陪酒，还说我想学音乐都是浪费时间。"

"那你怎么想？"琳的目光沉了下来，她心里生出了一个念头。

"我想跟你学。"姑娘声音很轻，语气却很坚决。

琳握住她的手，嘀嗒，一笔款子已经汇进了姑娘的腕表："你先用这个应付他一段，不能让他再打你了。"

姑娘望着琳，不知该说什么好，她的表情似乎想问："你为什么对我那么好？"但这样的问题问出口会显得很蠢，很不领情。她嚅嗫着说，"盖亚。"

"什么？"

"我那个可能是想象出来的真爸，他去的星球叫盖亚。记得他一直叫我小芸。"姑娘的眼睛里好像定定地燃着一点小火星，似乎她把生命中所有的秘密都交托给了琳，她完全信任她了。

琳那一刻再也忍不住了，一把将女孩搂进怀里，那一刻她仿佛成了安阳，似乎要用这个拥抱弥补这些年来，女儿失去的所有爱。

她又是她自己，拥抱着多年前那个同样内心坚定、命运多舛的驿站女孩。

15

琳已经决定，她必须尽快把姑娘，也就是小芸，送到安阳身边去。

如果琳这次离开月球，即使她能为小芸争取到下一班去盖亚的航程，但在两次旅行之间，有这样一个自称是父亲的可怕男人虎视眈眈急着要卖女求财，实在让人放心不下。倘使出了什么三长两短，安阳多年来的寻找都失去了意义。

虽然可以与安阳取得联系，但琳并没有告诉他整件事的内幕。她没有问，你是希望我去盖亚，还是你的女儿过去。她没有问，她不能问。她只是在定下行程后告诉安阳，自己预计会在何时抵达他的星球。

安阳非常惊讶，也有掩饰不住的惊喜。但是盖亚签证难如登天，她是如何办到的呢？

啊，是个演出的邀请，短期签证罢了。她这样说，也不管他信不信。

"哪儿也别去，你等着我。"琳说。

"我等着你。"他承诺。

于是，在之后的几天里，琳一点点向小芸透露了安阳的故事。有这么一位父亲，多年来在群星间的人类保留区寻找女儿。一开始，他要找的女儿才12岁，找着找着，他的女儿应当已经24岁了，可是他还没找到。他去过很多地方打听，工场、医院、学校，哪里都找不到，后来他又开始到声色场所去寻找。人们都嘲笑他，他甚至因此得了些坏名声。但他还是没有放弃，一直在寻找。

你想要这样一个父亲，还是外面等着你的那一个？

小芸一边听着，身子渐渐开始颤抖。然后她忽然瞪大眼睛，想起了什么："你说的，就是你屏保上的那个人吗？"

琳微笑，两个姑娘相拥而泣。

在确定航程之前，竹之内丰坚持要知道琳的真实身份。确实，这样重大的一件事容不得儿戏。竹之内丰在之前的地球调查中受了辐射伤害，现在仍在盖亚接受后期治疗，无法直接到月球上去接她。但他必须保证这件事万无一失。琳于是把自己的真实身份告诉了他。她知道不能用小芸的身份替代，纰漏太大，他们马上就能发现。不过好处是，因为几乎没人见过她卸妆后的脸，用小芸去顶替也没有问题。

只要小芸上了船，到了盖亚。让安阳接到她，以父女身份申请长期居留，她就可以安全地留在那里了。届时，即使知道小芸不是自己的女儿，另一个父亲应该也无法狠心把她驱逐出去。说到底，安阳与小芸多年的父女分离，也是安阳为建设盖亚星付出的牺牲。

至于琳自己，如果那个父亲真的想见这个女儿，自然可以为她再安排一次旅行。虽然她还不知道洪祖的真实身份，但至少是那个星球上非常尊贵之人。倘使他不愿意为自己的亲生女儿多付一张船票，那么他们就真的不过是一颗精子的关系，再也莫谈什么父女情谊。

于是，一切就这样安排好了。

16

那天小芸到酒吧之后，琳为她画上了自己常用的一种妆容，随后琳自己卸了妆。她带着小芸悄悄从后门溜了出去，坐上自己两年前购置的座驾，驶入气密舱外的荒凉世界。

车轮在沙砾上轻轻颠簸，黑暗笼罩的月夜中，悬着亲爱的蓝星。

琳指向远处一个光点，那是建在月海边缘一个环形山阴影中的分馏塔，塔顶亮着光，远远看去像一颗星星："以前，他就经常在那里工作。"

那里大约是整个月球最冷的地方，常年需要用零下270度的低温来分馏从月壤中提取的太阳风，然后获得氦-3，它是核聚变反应的关键物质。然后靠着它，她，她们，可以抵达那个遥远的星球——盖亚。

"琳姐，我不知道该说什么。"小芸的眼眶又湿润了。

"那就别说。"琳兴奋地拍了拍方向盘，"发射场到了。"

就在那里，环形山后一片平坦的月海，就是梦湖发射场，那里静静地停着一只飞船，陆续有乘客的月球车驶入船坞。

琳停下车，默不作声地取下自己的腕表，和小芸交换。在月球，这便是最重要的身份识别器了。早几天，她已经为小芸的手表做好认证，可以进入自己的房间，驾驶自己的月球车，共享自己的一切财产权利，即使在小芸离开之后，她也可以用小芸的表正常生活。

在登船口顺利办完登记手续，核对了身份，小芸就可以上船了。看着小芸那一脸标志性的烟熏妆，登记的小姐忍不住问："原来是琳小姐啊，我们都很好奇，你永远都不卸妆的吗？"

小芸摸着脸微笑。

琳向她挥手，笑着替她回答："到了那边，到了那边她就会卸掉了。"

17

"所以，这就是全部的故事了？"

洪祖读完了素未谋面的"女儿"给自己写的信，然后抬头看着这个替身女孩。

"她说如果我真的这么想见她，她可以上下一班飞船？"

"是的，她说你会让我留下，见到我自己的父亲。因为他也是帮助你追求梦想的人。"

洪祖的手微微发抖，他抑制住自己的愤怒。多年来，他对被欺骗的感觉已经有点陌生了，但他没想到会被自己一心要寻找的女儿欺骗。

小芸有些惊讶。洪祖的反应超过了她和琳的预期，她有些害怕了。

"她以为这是小事！她以为这只是因为父女亲情！她以为自己可以安排一切、摆弄一切！"洪祖猛地一拍桌子，眼眶忽然红了。

小芸害怕了。

"你知道吗，你的免疫期还没结束，我就收到了她发来的消息。你在月球上的那个父亲，当晚在她开车回驿站的时候堵住了她，他跟踪了你们，但因为没有车，就在驿站等着，结果等回来的是她一个人。"

小芸倒吸了一口凉气，屏息等着洪祖往下说。

"他把她给捅了。"

小芸的身体顿时瘫软了，热泪涌出眼眶。她用弱不可闻的声音问："她……死了？"

"那倒还没有，但她的身体已经无法耐受任何形式的星际旅行。就连已经违禁的传送门，即使我能为她使用，她也无法通过。"

"那么……"

洪祖冷冷地说："她将永远留在月球上。"

竹之内丰一直站在洪祖身后。一天前，又一次收到琳的消息时，他羞愧难当，不知该如何面对自己的老师。自己不惜代价替老师寻来的女孩，居然是个冒牌货。

更让他难以接受的是琳的遭遇。虽然一直被她欺骗，他依然为她的结果痛心不已，因此更觉得对不起老师。

小芸离开后，他小心翼翼地观察洪祖的脸色，忍不住加上了一句："老师，我联系过了月球的医院，其实小姐的身体如果好好调养，远期也不是完全没有可能……"

"通知院方，不要给她任何无谓的希望。我了解过了，除了心肺，她的脊髓神经也受了伤。再怎么调养，未来下肢行动能力依然受限。"洪祖的脸上毫无表情，"让她来盖亚已经没有意义。"

竹之内丰一凛，他从未见过老师的这一面。

"而且，"洪祖的面色略微和缓了一些，"灵波世界对于这样的她，太残酷了。"他轻轻叹了口气。

18

和父亲见面的那一天，小芸重新站在真实的大气层下，蔚蓝的天空看上去与她童年时见过的地球天空一样。她望着那个从记忆中走出来的男人，心头百感交集，紧张之下，忽然发不出任何声音。

"我不明白。"安阳的表情有些无措。琳显然没有同他进一步联系过，这个故事，她需要小芸来对他说。

见到来人并不是琳，安阳显然失望了。但他看小芸的眼神有点迟疑。虽然隔了那么久的时光，但面前的姑娘与他见过的牙牙学语时的女儿，与妻子时时会看，后来被自己设成腕表屏保的女儿7岁生日照，甚至与他妻子，似乎都有丝丝缕缕的牵连。渐渐地，他明白过来，眼睛越瞪越圆。他简直不敢相信这样巨大的幸福已经来到了眼前。

小芸有些支吾地说："琳姐告诉我，你可能是我真正的爸爸……"

安阳上前一把紧紧抱住小芸。他全身像筛糠似的一阵阵地发抖，他说："我知道，我知道……对不起……"

安阳听说琳的遭遇，则是更晚之后的事。

他有些发呆，叹了口气，额上的皱纹忽然变深了。

"我有个疑问。"小芸小心翼翼地试探，"上次离开月球的时候，如果你向琳姐求婚，不就可以把她带回盖亚了吗？你为什么没有这么做？你难道不知道她……"

"我知道。"安阳避开小芸的目光低下头，"可是一次单程的虫洞旅行几乎需要我的全部积蓄，如果为她付了旅费，后来又找到了你怎么办？"

小芸的表情快要哭出来了："原来都是为了我吗？是我夺走了琳姐的幸福。"

"不，"安阳连忙宽慰女儿，"别这么想。也有我自己的缘故。是我心虚。"他停了一停，慢慢说，"我怕她有一天会后悔，发现她并不爱我，只是在我身上找一个父亲。"

小芸愣住了，一时不知道该说什么好。她想琳姐不是这样的。她想起那首响彻月球驿站的歌曲《无尽的告别》。但面对父亲沉重的表情，她明白这个寻找了她十多年的父亲，满心愧疚地要弥补多年来对她的亏欠——即使因此要辜负另一个人，他不会离开刚刚找到的女儿到另一个星球去，他做不到。

安阳飞快地擦拭了一下眼角，然后抬起头望着小芸，温柔地笑了："我第一次离开地球的时候，你才三岁啊……"

19

在月球，在梦湖，驿站不远处一个人类的集中居住区，这个四层高的建筑外围三面堆着月壤、仅留四分之一由月岩、金属和铅化玻璃混合搭建的立面，可以通过气锁通道进出。

在一面正对地球景观的玻璃窗后，一位面色苍白的姑娘正在拉琴。

那原是一位离家的游子，天才的小提琴演奏家，由中国绥远民歌改编的提琴曲《思乡曲》。但用二胡来演绎，原曲的哀婉、思念与悲伤变得更加浓郁悠长。旋律反复，低声沉吟，故乡，永远回不去的故乡，还有星空另一边无法再见的人……琴声中的曲调百转千回，始于悲痛绝望而终于明亮，穿透空间，传出屋子，却在月球的真空中消弭于无形。

结尾，旋律逐渐下行，趋于平静，一如她恢复平静的心……

一曲终了，琳放下二胡。她取出珍藏了12年的那个小酒瓶，那是离开法国卡奥时妈妈交给她的。那时母亲就已知道，此生再也无法回到那个她生活、工作半辈子的酒庄了吧。Chateau de Chambert，妈妈酿的酒。她不能去地球祭拜妈妈了，但那个人已经如愿和女儿团聚，愿他在骨肉团圆的幸福中思念我。她的嘴角浮起一丝微笑。

她倒上浅浅半杯砖红色的陈年酒液。盛着干红葡萄酒的琉璃杯轻轻晃动，香气渐渐勃发，隐约的蓝莓、皮革、松露与干树叶的气味……地球的气息。

向着窗外夜空悬着的蓝色星球，她举起了酒杯。

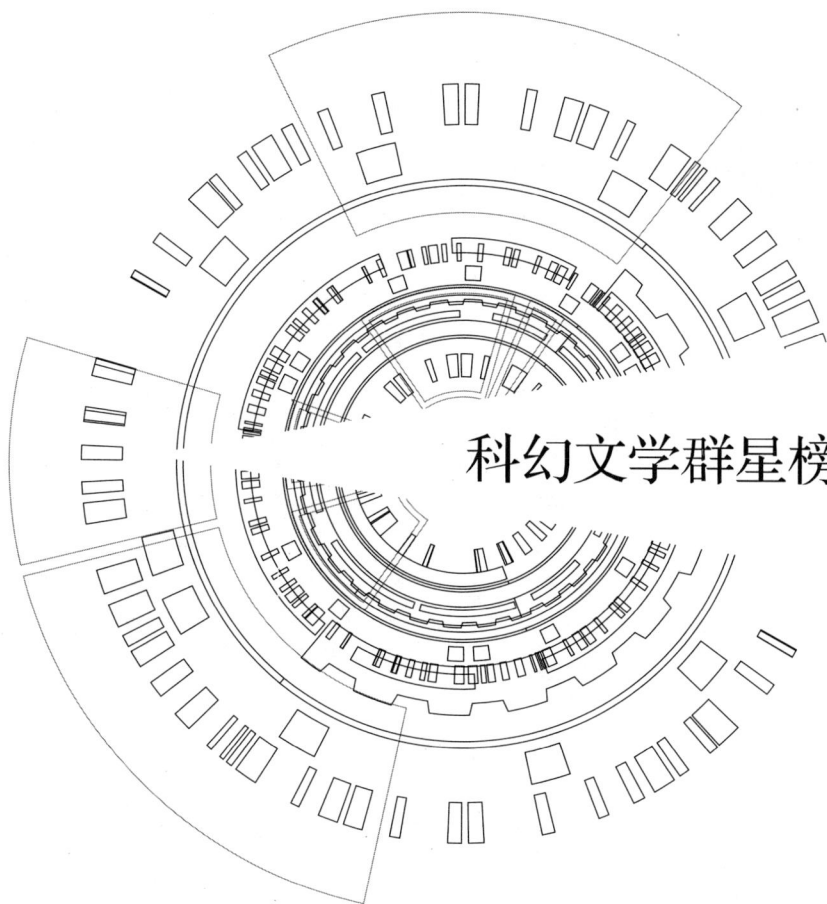

科幻文学群星榜

科幻文学
群星榜
出版书目

序号	作者	书名
1	郑文光	侏罗纪
2	萧建亨	梦
3	刘兴诗	美洲来的哥伦布
4	童恩正	在时间的铅幕后面
5	张静	K星寻父探险记
6	程嘉梓	古星图之谜
7	金涛	月光岛
8	王晋康	生死平衡
9	刘慈欣	纤维
10	潘家铮	子虚峡大坝兴亡记
11	韩松	青春的跌宕
12	星河	白令桥横
13	凌晨	猫
14	何夕	异域
15	杨鹏	校园三剑客
16	杨平	神经冒险
17	刘维佳	使命：拯救人类
18	潘海天	饿塔
19	拉拉	永不消逝的电波
20	赵海虹	月涌大江流
21	江波	自由战士
22	宝树	人人都爱查尔斯
23	罗隆翔	朕是猫
24	陈楸帆	动物观察者
25	张冉	灰城
26	梁清散	欢迎光临烤肉星
27	七月	撬动世界的人于此长眠
28	杨晚晴	天上的风
29	飞氘	讲故事的机器人
30	程婧波	第七种可能
31	万象峰年	点亮时间的人
32	长铗	674号公路
33	迟卉	蛹唱
34	顾适	为了生命的诗与远方
35	陈茜	量产超人
36	刘洋	单孔衍射
37	双翅目	智能的面具
38	石黑曜	仿生屋
39	阿缺	收割童年
40	王诺诺	故乡明
41	孙望路	重燃
42	滕野	回归原点